Ali Zamir

Die Schiffbrüchige

Zu diesem Buch

Eine junge Frau mitten im Indischen Ozean. Die Wellen sind erbarmungslos, ihre Kräfte lassen nach. In einem letzten Aufbäumen will Anguille jeden Augenblick ihres Lebens noch einmal auskosten.
Sie erinnert sich an den Seemandelbaum in ihrer Heimatstadt, unter dem die alten Männer Backgammon spielen. An die Fischer, die sich um ihre Kunden streiten wie alte Waschweiber. An ihren allwissenden Vater, der jedes Fitzelchen Zeitung liest, was ihm in die Hände fällt. An ihre rebellische Schwester, die mit ihren Freunden durch die Gassen zieht. Und vor allem an Vorace, dieser umwerfende Vorace, der sie fast um den Verstand gebracht hat.
Doch jetzt hat Anguille keine Zeit mehr zu verlieren. Sie zieht uns hinein in den Strudel ihres Lebens – und in die Tiefe des Meeres.

»Ali Zamir lässt Anguille von der Schönheit ihrer Insel erzählen, den Bergen, der Altstadt, dem Hafen, den Fischern, dem Meeresrauschen. Aber die Armut treibt viele Menschen in Kwassa Kwassas, kleinen Booten, übers Meer. Anguille wird nie in Mayotte landen. Ein atemloser Bewusstseinsstrom, ein Buch, das man nicht vergisst.« *Bayerischer Rundfunk*

»Ungewöhnlich, atemlos, packend bis zum Schluss.« *Stern*

Der Autor

Ali Zamir, geboren 1987 auf den Komoren, studierte zeitgenössische Literatur an der Universität Kairo. Seither ist er auf den Komoren in der Kommunalpolitik aktiv, wo er sich für nachhaltige Entwicklung einsetzt. Für seinen Roman *Die Schiffbrüchige* wurde er u. a. mit dem Prix Senghor ausgezeichnet.

Der Übersetzer

Thomas Brovot, geboren 1958, lebt als Übersetzer in Berlin. Er übersetzt Texte aus dem Französischen, Spanischen und Portugiesischen, u. a. von Juan Goytisolo, Federico García Lorca und Mario Vargas Llosa. 2018 wurde er für sein Gesamtwerk mit dem Paul-Celan-Preis ausgezeichnet.

Mehr über den Autor und sein Werk auf *www.unionsverlag.com*

Ali Zamir

Die Schiffbrüchige

Roman

Aus dem Französischen
von Thomas Brovot

Unionsverlag

Die Originalausgabe erschien 2016 bei Le Tripode, Paris.
Die deutsche Erstausgabe erschien 2017 im Eichborn Verlag
in der Bastei Lübbe AG, Köln.

Im Internet
Aktuelle Informationen, Dokumente und Materialien
zu Ali Zamir und diesem Buch
www.unionsverlag.com

Unionsverlag Taschenbuch 876

Originaltitel: Anguille sous roche

Neptunstrasse 20, CH-8032 Zürich
Telefon +41 44 283 20 00
mail@unionsverlag.ch

Reihengestaltung: Heinz Unternährer
Umschlaggestaltung: Peter Löffelholz
Druck und Bindung: CPI – Clausen & Bosse, Leck
ISBN 978-3-293-20876-6

Der Unionsverlag wird vom Bundesamt für Kultur mit einem
Verlagsförderungs-Strukturbeitrag für die Jahre 2016–2020 unterstützt.

mein Vater Connaît-Tout glaubt wirklich,
dass er alles kennt und alles weiß

Das Land, ja, das Land hat mich ausgespuckt, das Meer verschlingt mich, der Himmel wartet, und kaum komme ich wieder zu mir, sehe ich nichts, höre ich nichts, spüre ich nichts, aber das fällt nicht ins Gewicht, denn ich bin nichts wert, warum sollte ich den Kopf hängen lassen, wo alles hier endet, »ein Toter darf keine Angst haben vorm Verrotten«, sagte mein Vater Connaît-Tout immer, und der hatte die Weisheit mit Löffeln gefressen, trotzdem wusste er nicht, auch wenn er mir den Namen Anguille gegeben hatte, ja, genau, einen Aal hat er mich genannt, trotzdem wusste er nicht, dass alle ihre eigene Aalstatt haben, dass jede Höhle einen Aal reifen lässt, jede Stille eine Überraschung, aber dass die Überraschungen je nach Tiefe der Stille schwanken, und wenn ich sagte, »mein Vater Connaît-Tout«, dann weil ich noch einen anderen habe, und wie hieß es doch gleich, das ist jemand, der durch die Natur zieht, das sollte niemanden wundern, denn wenn es Leute gibt, die nur einen Vater haben, gibt es auch welche, die haben mehr als zwei, ich jedenfalls habe bisher zwei, aber das ist eine andere Geschichte,

alles hier ist wie ein Spuk und zugleich eine Wüste, mir kommt es vor, als wäre ich in einem großen finsteren Schlund, ein Grab ist dieser Ort, etwa nicht, nun sagt doch was, die ihr mich hört, dann wäre ich also an meiner letzten Ruhestätte, denn da ist weder dieser erbärmliche Haufen, zu dem ich gehörte, noch die entsetzliche Angst, die um mich war, ohne mich auch nur zu streifen, sind keine jämmerlichen Schreie, nicht mal die Schluchzer und herzzerreißenden Tränen, die immer wieder hervorbrachen, Himmel, von nichts mehr eine Spur, kein Wesen könnte hier behaupten, in irgendeiner Form zu existieren, aber was rede ich, nicht mal für das, was man existieren nennt, gibt es in einem solchen Zustand einen echten Beweis, schlimm ist das, aber noch mal, wer sagt mir, dass ich lebe, einem Aal zuliebe, bitte, kann mir vielleicht jemand antworten und mir meine Zweifel nehmen, wenigstens das, nur das Halluzinieren hat hier noch einen Sinn, alles ist eigenartig nichtig und leer, angefangen bei dieser Finsternis, die nichts mehr fasst und nichts mehr wiegt und nur noch blutleere Dunkelheit ist, bloß Dunkelheit, und dann diese unangenehmen Geräusche, die sich in meinem Kopf sammelten und die ich für den Lärm der gespenstischen Wellen hielt, ja, denn die Wellen, die über uns herfielen wie wütende Ungeheuer, verbanden sich mit den gellenden Schreien der verängstigten Frauen und Kinder, den Stimmen der Männer, die um Hilfe riefen, bis ihre Rufe erstarben, als hätten die Menschen begriffen, dass sie sich diesem tragischen Schicksal ergeben mussten, als wären sie Ausgestoßene, besiegt und lautlos umgekommen in den Grauen eines Schlachtfelds, aber am merkwürdigsten ist, dass ich jetzt, wo ich mit mir spreche, nicht die geringste körperliche oder seelische Empfindung verspüre, alles ist ein einziges Chaos, oder bin ich in der Welt der Manen, verdammt noch mal, was genau ist passiert, ich spüre weder die Fluten, die mich ein für alle Mal begraben wollen, noch die Wellentürme, die sich an meinem Körper brechen und mir ins Gesicht schlagen, noch die schneidende Kälte,

dafür ist eines ganz sicher, denn zumindest kann ich in diesem leeren Labyrinth, trotz der Dunkelheit, der eigenartigen Stille und meiner Empfindungslosigkeit, auf einmal alles wieder sehen, aber nicht mit den Augen, nein, das nicht, nur wie dann, ich habe nicht die geringste Ahnung, ich spiele also, wie ich es in diesem Theater namens Welt gelernt habe, den Papagei, sehe Bilder, die in meinem Kopf umgehen, eins nach dem anderen, ungestüme Bilder, purzelnde Bilder, die sich vordrängeln, aufeinanderprallen, ich weiß gar nicht, welches ich auswählen soll aus diesem Schwarm aufdringlicher Gespenster, zuerst sehe ich meine Stadt, Mutsamudu, und in ihrem Herzen die Medina, die für mich auch eine schützende Höhle war, während ich hier verwundbarer bin als die Ferse dieses angeblichen Helden Achill, während ich an dieser Sterbestatt dahindämmere, weil ich gezwungen war, meine Höhle zu verlassen, nur ihre Seele hatte ich bewahrt, die Stille, und jetzt durchbreche ich auch sie mit einem Schlag, habt ihr schon mal einen Aal gesehen, der die Stille durchbricht, nun, ich tue es, weil ich jetzt nichts bin, denn wer seine Höhle verliert, verliert auch seine Stille, sein Schweigen, sein wahres Leben also, mit all seinen Geheimnissen, das ist doch klar, da muss ich euch nicht belehren, und wenn ich zu einer armseligen Heimatlosen geworden bin, dann weil ich ein schnödes, unbedeutendes Etwas war, lasst mich also freiheraus erzählen, bis in den Taumel der ewigen Ruhe,

schon habe ich ein erstes flüchtiges Bild eingefangen, so flüchtig wie ein wildes Tier, immerhin weiß ich jetzt, woher ich komme, aber mühsam ist das, meine Güte, und da wieder eins, ich sehe unsere Gegend, Mjihari, das älteste Viertel von Mutsamudu, wie schön es doch ist, sich inmitten der Katastrophe zu erinnern, fern aller saturnischen Visionen, denn ich bereue nichts, und wie angenehm, sich zu spüren, und sei es beim Hinübergang, fürs Erste begnüge ich mich mit diesen beiden Beutestücken, bei der Jagd darf man nämlich nie vergessen, dass man schon eine Beute in der Hand hat, wenn man eine weitere erlegen will, sonst verliert man alles und hat am Ende nur einen leeren Magen, tatsächlich habe ich meine liebe Not mit dem

Erinnern, die Erinnerung ist mein Hunger, sie frisst den Verstand, und in meiner Not habe ich zwei Säugetiere gejagt, ich weiß nicht, zu welcher Gattung sie gehören, fragt mich das bitte nicht, Hauptsache, ich habe sie, da, Mutsamudu und Mjihari, mit den Namen kommt mir so vieles wieder in den Sinn, die Freuden meiner jungen Jahre, die wunderbarsten Abenteuer, ein so aufregendes wie übersprudelndes Leben, und ausgehend von diesen beiden Namen kann ich alles wieder sehen, denn andere Namen gesellen sich hinzu, die brauche ich gar nicht zu rufen, Gott sei Dank, wenn man im Begriff ist, diese Welt zu verlassen, ist es wirklich besser, man erinnert sich, tastet sich voran, stochert in der Vergangenheit, als dass man sich hängenlässt, jammert und mit den Zähnen klappert wie irgendeine Knalltüte, die ihre Rolle vermasselt hat,

jetzt ist das Viertel ganz nah, ich sehe es, spüre es, es schaut mich an wie ein strahlendes Kindergesicht, so munter ist es, rege, voll pulsierendem Leben, ich sehe das Ufer, die Pirogen, aufgereiht nicht nur hintereinander, sondern auch parallel zueinander, von links nach rechts und umgekehrt, am Strand beim Felsvorsprung, genau wie die Autos, die immer auf den Bürgersteigen parkten, wenn es unterm Seemandelbaum ein Hochzeitsfest gab, und auch die Fischer sind noch da, ja, diese Helden des Meeres, geben an mit ihren Pirogen wie die Reichen mit ihren Autos, sind nur neidisch aufeinander, zanken sich, schnauzen sich an und raufen wie die Vorschulkinder auf dem Pausenhof, wenn sie sich um ein Spielzeug balgen, das war schon immer so, seit dem Anbeginn der Welt, aber was rede ich, als hätte es jemals keine Welt gegeben, ich fange schon an zu spinnen, dabei habe ich bisher kaum etwas erzählt, und was ich rede, was ist das überhaupt, ah, klar, wie mein Vater Connaît-Tout immer sagte, »wenn man nicht weiß, was für ein Exkrement man ausscheiden soll, sagt man einfach irgendwas«, aber zurück zu unseren Schäfchen, und da seht ihr, was aus meinem Clownsmaul herauskommt, um welche Schäfchen soll es schon gehen, he, ich bin doch kein Hirte, der Mussa Mudu war einer, und der war noch mal wer, fragt ihr, dieser Mussa Mudu, das sehen wir später, der spielt keine Rolle für das, was ich euch erzählen will, der ist eher was für Historiker, und ich bin für die Tiefen an Land, was der Aal für den Bauch des Meeres ist, also, wenn ihr mein Leben verstehen wollt, versteht erst mal das Leben eines Aals im Meer, denn selbst die Leute, die einen Aal eigentlich kennen sollten, kennen ihn nicht, das ist das Problem, und für die Fischer gilt das zuallererst, es gibt also einen großen Unterschied zwischen meinem Leben und der Geschichte dieses Hirten, ich wollte damit nur sagen, dass ich diese Redeweise hasse, das sind Floskeln, die irgendwelche Komödianten durchgesetzt haben, schaffen wir uns unsere eigenen und zeigen wir, dass wir gute Schauspieler sind, du musst nur die richtigen Worte finden, Anguille, kehren wir lieber zurück nach Mjihari, um zu verstehen, was mir passiert ist,

ich sprach von den Fischern, die Männer kamen aus verschiedenen Vierteln, aber in Mjihari kamen sie alle zusammen, dort, wo sich das Leben wirklich Leben nennt, und was für eins, schließlich gibt es Orte auf der Welt, wo das Leben praktisch nichts ist, so wie hier, und trotzdem ist es ein guter Ort für einen Aal, der bei einer Aalerei umkommt, das heißt, während er mit dem Körper Schläge austeilt, nichts anderes tue ich jetzt, auch wenn ich ganz allein bin, aber das ist ja immer so, wenn ein Aalleben an sein Ende kommt, die Fischer jedenfalls, wollte ich sagen, stritten sich dauernd, entweder weil sie nicht wussten, wie sie die Kunden unter sich aufteilen sollten, wenn sie mal Fische zuhauf hatten, oder weil niemand den Verkauf in die Hand nehmen wollte, wenn sie es mit einer Unmenge von Kunden zu tun hatten und der Fisch vorn und hinten nicht reichte, jeder stahl sich aus der Verantwortung, nicht dass ein böser Blick ihn traf, Augen gab es nämlich immer viele, sobald der Fisch knapp war, es bedurfte eines Nichts, und der Streit fiel vom Zaun,

so ruppig die Fischer miteinander umgingen, verstanden sie doch, dass sie zur selben Sippe gehörten, und betrachteten sich als Brüder vom selben Blut, und wenn ein Kunde sich mal mit einem von ihnen anlegte, hatte er es gleich mit allen zu tun, ausnahmslos allen, denn sobald eine äußere Macht ihre Familie bedrohte, waren sie immer bereit, einander mit Zähnen und Klauen zu verteidigen, bei einem Überfluss an Fisch litten sie natürlich unter dem Mangel an Kunden, und die nutzten es aus und diktierten den Preis, was noch mal gutging, wenn einer der Fischer unauffällig die vom Kunden angebotene Summe akzeptierte, auch wenn er damit seinen Kameraden in den Rücken fiel, aber meist ließen sie sich nicht verführen, und wenn ein Fischer gegenüber einem Kunden laut wurde, mischten sich gleich alle anderen ein und hielten zusammen wie Pech und Schwefel, dem armen Kunden blieb dann nichts anderes übrig, als zu dem Preis zu kaufen, den alle festgelegt hatten, sie blafften ihn gleich an und sagten, sie würden ihren Fisch lieber selber essen, zu Hause, auch wenn er verfaulte, schließlich besaß kaum einer von ihnen einen Kühlschrank, jawohl, den hatten nur die allerwenigsten, sie wollten einfach nicht den teuren Strom bezahlen, und wenn sie das sagten, dann um dem Kunden etwas vorzumachen, damit er anbiss, genau wie die Fische im Meer, eher würden sie etwas Verfaultes essen, sagten sie, als sich von einem geizigen Kunden narren zu lassen, aber welcher Fischer konnte einem Geldstück schon widerstehen oder irgendwelchen Gammelfisch essen, nein, das war alles Theater, und natürlich musste ich lachen, aber ich habe immer gerne von der Terrasse unseres Hauses aus dem Spektakel zugesehen, das waren bühnenreife Szenen, und sie erinnerten mich an manch komischen Text, den wir auf dem Gymnasium gelesen hatten, ja, ich musste an diese Texte denken, wenn ich am Strand die Fischer sah, wie sie sich ihre Fische oder eine Waage aus den Händen rissen oder auch ein Ruder und es nicht schafften, sich auch nur über irgendwas zu einigen,

für mich war dieses Schauspiel eine Augenweide, ich konnte mich kaum sattsehen, meist schaffte ich es zwar nicht, zu hören, was sie einander erwiderten, aber ich versuchte mir vorzustellen, was sie sagten, und wartete darauf, dass mein Vater Connaît-Tout nach Hause kam und es in allen Einzelheiten erzählte, ich musste ihn gar nicht darum bitten, er sprach von allein, jeden Tag, denn er sprach gerne mit sich selbst, wie ein Automat, einmal hatte ich gesehen, wie ein Fischer einen Kunden hart anging, ich verstand kaum, was er sagte, weil auch der Wind wehte und mir hinter die Ohrmuscheln pfiff, die Sonne schien ebenfalls zu hell, aber mit der Hand als Augenschirm konnte ich erkennen, wie Connaît-Tout lachte, während sein Kollege einen Kunden, und das war ein alter Mann, anraunzte, »wenn Sie sähen, was wir jeden Tag draußen auf dem Meer zu erdulden haben, dann wüssten Sie, dass Ihre mageren Kröten uns kaum begeistern, das ist ja schon ein Akt der Barmherzigkeit, was wir für Sie tun, bloß weil Sie nicht in der Lage sind, es uns zu bezahlen, aber wir haben sowieso nichts zu verlieren«, und da hatte ein anderer Fischer, der neben ihm stand, diesen Spruch losgelassen, der Connaît-Tout so gut gefiel, dass wir ihn jeden Tag zu hören bekamen, »ein Seemann hat nichts zu verlieren«, nur wenn er sich selber mal über einen Kunden aufregte, verrauchte seine Wut nicht so schnell, er kam derart aufgewühlt nach Hause, dass er gleich anfing mit seinen Reden, ich weiß gar nicht, wie ich die bezeichnen soll, denn offenbar wandte er sich an niemanden, er sprach mit sich selbst, und ich dachte, vielleicht machte ihm sein Geplapper ja das Leben leichter, vor allem wenn er sagte,

»ein Seemann hat nichts zu verlieren« oder auch »wer kommen will, der komme, ein jeder ist König in seinen Dingen«, außerdem sagte mein Vater Connaît-Tout, dass ein Kunde, der immer feilschen wolle, wie ein Jäger sei, der in den Wald gehe, um ihn aus dem Gleichgewicht zu bringen, wehe dem also, der den Fischern in die Quere kam, sie fanden immer einen Vorwand, um sich wie wütende Löwen zu verteidigen,

erst dachte ich, dass außer mir nur die paar vergnügten Zuschauer auf dem Mäuerchen Zeugen dieser Szenen waren, aber dann merkte ich, dass ebenso die Ochsen, ohne dabei auch nur zu blinzeln, ihren Spaß hatten an diesem grandiosen Schauspiel, die Leute hielten ihre Rinder nämlich am Strand, außerdem genossen die Tiere eine große Freiheit, ein größere jedenfalls als ich, die ich wie in einem Bunker lebte, damit ich ein guter Aal würde, aber warum sage ich das, pah, einem Aal zuliebe, versetzt euch mal in meine Lage, diese Tiere waren frei, sie durften hinaufgehen in die Stadt, wenn es abends spät wurde, und dort herumspazieren wie Verliebte, die ihre Hochzeitsnacht im Schlaraffenland verbringen, sie kannten die Medina gut, besser als ich, und ließen es sich nicht nehmen, auf sich aufmerksam zu machen und die Leute auf dem Weg zum Morgengebet zu überraschen, einmal haben sie sogar eine alte Frau getötet, ohne es überhaupt zu merken, sie hatten sie ja nicht mal berührt, kein Wunder, die alte Frau hatte die Tiere plötzlich gesehen, als sie an einer Biegung auf sie stieß, und war für immer stehen geblieben, Mund und Augen weit aufgerissen, erst am Morgen fand man diesen stehenden Leichnam, das heißt, niemand wusste, dass es ein Leichnam war, er ähnelte eher einer Marmorstatue, die einen Platz im Museum verdient hätte, und als jemand diesen Körper kurz antippte, um sich zu überzeugen, dass es sehr wohl ein Mensch war, kippte er um wie ein entwurzelter Baum, nur die Ochsen ließen sich durch nichts aus der Ruhe bringen, für sie war es ja bloß ihr Spazierweg, sie gingen einfach weiter, als wenn nichts wäre, trotteten hintereinanderher und schwenkten ihre Schwänze, als wollten sie sagen, dass es an ihnen sei, die Stadt zu regieren, aber das ist eine andere Geschichte, wir waren bei den Rindern am Ufer und den Fischern mit ihrem Spektakel, quatsch einfach nicht so viel, Anguille, verdammt, dir bleibt nicht viel Zeit, Schluss mit dem Drumherumgerede, du dummes Ding,

die Rinder sahen sich die Streitereien also ebenfalls an und mischten sich mit Vergnügen ein, denn wenn sich die Sache zuspitzte, muhten sie, um die Leute zu beruhigen, und kackten dabei, und wenn ein Rind mal auf einen der Fischer zuging, warfen die Männer Steine nach ihm, sie verstanden einfach nicht, dass dieser Ochse sich mit seinen Bemühungen, Frieden zu stiften, einen Namen machen wollte, er hätte glatt eine Auszeichnung verdient, den Nobelpreis, warum nicht, während die anderen Geschöpfe, die man Tiere genannt hat, sich lieber entfernten, damit das Blut sie nicht berührte, wie man bei uns sagt, sie muhten nur und zerstampften die Küchenabfälle, die die Leute an den Strand warfen, käuten wieder und blinzelten, um zu bedeuten, dass sie unzufrieden waren oder eine solche Situation entsetzlich fanden, einmal erzählte mein Vater Connaît-Tout, wie ein Ochse ihm auf den rechten Fuß gepinkelt hatte, er hatte ganz aufgeregt mit seinem besten Freund Garanti gesprochen und kein gutes Haar an dem Tier gelassen, am liebsten hätte er ihm die Kehle durchgeschnitten, aber Garanti hatte sich auf seinen Freund gestürzt, als der schon die Hand hob, diese Dummheit wäre ihn nämlich teuer zu stehen gekommen, der Eigentümer hätte ihn bestimmt nicht in Frieden gelassen, also hatte Garanti sich selber ein großes Messer geschnappt, mit dem er immer die Fische aufschlitzte, bevor er sie ausnahm und wog, und Connaît-Touts Hand abgeblockt und zu ihm gesagt,

»du willst doch nicht einen Ochsen abstechen, bloß weil er auf dich gepinkelt hat, das ist keine gute Idee, das wäre Wahnsinn, meinst du nicht, oder glaubst du, du könntest danach noch ruhig schlafen«, aber Connaît-Tout hatte bloß geantwortet, »ach was, das Gerichtsverfahren macht mir keine Angst, selbst wenn man mich in den Kerker wirft, ein Seemann hat nichts zu verlieren, dass du es weißt, für wen hält sich dieser blöde Ochse, schüttet einfach seine scheiß Pisse auf mich, der glaubt wohl, er wäre Wunder wer«, und dann war er um das Tier herumgegangen, hatte ihm von hinten einen Fußtritt verpasst und zum Schluss noch allen Rindern eine Warnung mitgegeben, selbst denen, die bloß Zuschauer der Szene waren, »glaubt nicht, ich wäre wie diese arme Frau, die ihr in der Medina getötet habt, wenn ihr Ochsen seid, müsst ihr euch schon welche suchen, die noch dümmere Ochsen sind als ihr«, worauf der Ochse weggegangen war, aber Connaît-Tout hatte sich einfach nicht mehr eingekriegt, man hätte meinen können, er wäre nicht ganz dicht, er grummelte die ganze Zeit nur und schaute auf seinen Fuß, »so ein Mistvieh, ich weiß nicht, wieso ich dir nicht die Kehle durchgeschnitten habe, du hast es nicht verdient, dass du überhaupt noch lebst«, und so hatte er nach seiner Rückkehr vom Strand immer noch geredet, als hätte er Klowasser getrunken, wie man bei uns sagt, er meinte, der Ochse hätte ihn beim Pinkeln wie ein Lausejunge angeguckt, was ein Beweis sei für den Hochmut des Ochsen, »wenn ich ihm nicht in den Hintern getreten hätte, hätte er sich weiter über mich lustig gemacht, eine Plage ist das«, ich hatte echt die Nase voll, ihn wie einen Irren reden zu hören, so viel Aufregung wegen ein bisschen Ochsenurin, mir reichte es, ich sagte ihm, ich hätte etwas Schönes für ihn gekocht, sein Lieblingsgericht, damit er aufhörte zu reden, und für einen Moment sah er mich an, als hätte er verstanden, worauf ich hinauswollte, aber in seinem Blick las ich, »du hältst besser die Klappe«, ich hatte Brotfrüchte mit Fisch zubereitet, Connaît-Tout mochte dieses Brotfruchtgericht sehr, Mtsongolo heißt das bei uns, man macht es mit gekochten Brotfrüchten und mischt es dann mit einer Fisch- oder Fleischsoße, aber Connaît-Tout mochte sein Mtsongolo lieber scharf gewürzt,

bevor er das Wort direkt an mich richtete, fragte er immer zuerst, ohne mich auch nur anzuschauen, als spräche er mit der Wand, »und Crotale ist noch nicht zurück, was macht sie denn um diese Zeit noch in der Schule«, und dann ging es los, er sprach von meiner Schwester und nahm mich zum Zeugen seiner mahnenden Worte, dabei sah er aus wie ein kleines Kind, das keine Lösung findet, andauernd machte er sich Gedanken über Crotales Benehmen und wurde nicht müde, sie herunterzuputzen, oder er sagte, wann immer sie nicht da war, »ich mag das nicht, deine liebe Schwester treibt ein böses Spiel mit mir, und dabei weiß sie nicht, dass sie mit dem Feuer spielt, das kannst du mir glauben, aber eines Tages wird sie es wissen, wollen doch mal sehen, wer hier den größeren Dickkopf hat und wer sich am Ende durchsetzt«, immer wieder brach seine Rede ab, aber ich irrte mich, wenn ich dachte, er hätte aufgehört zu sprechen, wahrscheinlich wartete er nur darauf, dass ich etwas sagte, mich vielleicht seiner Meinung anschloss, eine Bestrafung Crotales unterstützte, aber den Gefallen tat ich ihm nicht, ich schenkte ihm nicht das kleinste Wort, und dann fing er wieder an, »wie oft habe ich ihr gesagt, sie soll nicht länger als eine halbe Stunde mit diesen Strolchen herumziehen, wie streunende Hunde sind die, aber nun ja, früher oder später wird sie wissen, wer ich bin, man muss einem Kind nicht beibringen, dass Pfefferschoten scharf sind«, irgendwann schien er einen anderen Ton anschlagen zu wollen, wie um sich zu rechtfertigen für alles, was er von uns verlangte, er nahm sich Zeit und malte uns anschaulich aus, was er vom Leben dachte, und dann rief er laut, »ach, was seid ihr nur für eine Enttäuschung, wo ich alles dafür tue, dass ihr Erfolg habt im Leben, ich war doch nicht verrückt, als ich euch diese Namen gegeben habe«, und schon ging es los mit dem Erklären unserer Namen, ja, wann immer mein Vater Connaît-Tout sich uns gegenüber ereiferte, kamen unsere Namen aufs Tapet, vor allem der von Crotale, und dann hieß es, »ich habe dich Crotale genannt, um dir das Leben zu retten, wann verstehst du das endlich, Crotale bedeutet Klapperschlange, du darfst nur Krach machen, um die Halunken zu verscheuchen, die sich dir nähern wollen, aber nicht, um mir auf die Nerven zu gehen und eine Enttäuschung nach der anderen zu bereiten, wo ich solche Anstrengungen unternommen habe, du gehorchst mir einfach nicht, Crotale, wann wachst du endlich auf und lässt dich nicht länger von diesen Kerlen begleiten, wann hörst du auf mit diesem Vagabundenleben, das ihr auf den Straßen führt wie wilde Katzen, ich fürchte, du wirst noch mal eine Schlange, die man gefahrlos mit einem Schrei verjagen kann«, und dann machte er eine Pause, als dächte er über eine Lösung nach, bevor er weitersprach, und ich sah, wie aufgeregt er war, so aufgeregt, als würde die Situation ihn überfordern, aber gleich wies er sie weiter zurecht, »kannst du dich denn nicht benehmen wie deine Schwester Anguille, versuch einfach, ihrem Beispiel zu folgen, noch nie habe ich sie mit diesen Halunken zusammen gesehen, außerdem kommt sie pünktlich nach Hause, und ich bin sicher, sollte irgendein Strolch ihr zu nahe kommen, wird sie nicht zögern, ihm zu antworten, was ich euch immer gesagt habe, ›wenn du ein ganzer Mann bist, geh zu meinem Vater, bevor du mit mir sprichst‹«, das war natürlich Blödsinn, also ehrlich, nie hätte ich so was zu irgendwem gesagt, meine Natur reichte aus, damit die Leute mir misstrauten, klar war ich ganz anders als Crotale, stimmt schon, aber ich war auch nicht die Anguille, die Connaît-Tout vor sich sah, da bildete er sich was ein, wie er später auf schreckliche Weise erfahren sollte, er wusste gar nicht, was er da sagte, sonst hätte er Crotale nie geraten, meinen Schritten zu folgen, meine lautlosen Schritte waren nämlich gefährlich unsichtbar für das bloße Auge, nicht jedes Auge kann dort sehen, wo die Stille ein gellender Hilferuf ist, das ist nun mal so, nur die grauen Zellen können in einer solchen Situation ihr Glück versuchen, wenn nicht die Fäkalien, um das Schauspiel zu würzen,

Connaît-Tout ritt weiter auf unseren Namen herum, um uns die Geheimnisse des Lebens näherzubringen, das war seine Art, die Dinge zu betrachten, ein armseliger Philosoph, weitab vom Schuss auf einer Insel im Indischen Ozean, aber ich hasste es, und wie, dass er mich mit Crotale verglich, er kannte mich ja gar nicht, ein schwerer Fehler war das, wenn er andere beurteilte und sich selber zum Maßstab nahm, Scheiße, wann begreifen diese Eiferer endlich, dass die Welt ein riesiger Ozean ist, wo die Lebewesen sich unterscheiden, auch wenn sie derselben Klasse angehören,

wo waren wir stehengeblieben, ach ja, wir sprachen von Connaît-Tout, unserem Moralisten, und wieso er unsere Namen gewählt hatte, er zog also weiter gegen Crotale vom Leder, nach einer kurzen Pause nur, »wer ist diese Klapperschlange, die all diese Burschen um sich schart, ist so dumm und spielt den Clown oder wird zu einem Kätzchen, das man anfasst, hätschelt und streichelt«, bei Crotale ging seine Fantasie immer gleich mit ihm durch, zu mir hatte Connaît-Tout sehr viel mehr Vertrauen, mindestens an drei Tagen der Woche schimpfte er mit Crotale, aber sie machte einfach weiter, trennte sich nicht von ihren Freunden und änderte auch nicht ihr Verhalten, im Gegenteil, sie genoss das Zusammensein mit ihrer Bande und schwänzte den Unterricht, das wusste ich, weil ich sie manchmal mit anderen Mädchen auf dem Schulhof sah, unter einem Baum, eine jede mit ihrem Freund, dort lagen sie dann auf dem Rasen wie

Katzen, denen kalt war und die sich in der Sonne rekeln, aber ich ging weiter, als hätte ich nichts gesehen, und wenn mein Vater mich später fragte, gab ich immer dieselbe Antwort, »ihr Unterricht ist noch nicht zu Ende«, natürlich wusste Crotale, dass ich ihm nichts sagen würde, aber andere erzählten es Connaît-Tout, und diese Leute, das wussten wir auch, gehörten zu denen, die immer unter dem Seemandelbaum saßen, und unter diesem riesigen Baum, nicht weit von unserem Haus entfernt, passierten viele Dinge, aber he, trödeln wir nicht, du willst doch nicht in die ewige Ruhe eingehen, ohne dass wir erfahren, wie du in diesen Schlamassel geraten bist, verdammt noch mal, also weiter und quatsch nicht drum rum, Anguille, du hohle Träne, man darf sich nicht so dusselig anstellen, wenn man stirbt,

also wieder zurück, zurück zu Connaît-Tout und dem Tag, an dem der Ochse ihm auf den Fuß gepinkelt und diese Flut von Wörtern ausgelöst hatte, sein Quasselkopf war ganz rot geworden, als er von Crotale sprach, und die ganze Zeit fuchtelte er herum und grummelte irgendwas, ich konnte ja verstehen, dass der Ärger über den Ochsen und der Ärger über Crotales Abwesenheit durcheinandergerieten, mir wurde schon angst und bange, als ich ihn so sah, wutschnaubend wie ein Löwe, und abgesehen von einer Bemerkung zu dem Essen, das ich gekocht hatte, antwortete ich nichts, aber irgendwann hatte er seine Wut im Griff, und da hörten wir auf einmal die Haustür quietschen, das war so eine alte Blechtür, mit mehr als fünfzig Jahren auf dem Buckel, mein Vater hatte sie nämlich niemals ausgetauscht, seit er sie als junger Mann angefertigt hatte,

das war natürlich Crotale, die nach Hause kam, Connaît-Tout warf ihr einen strengen Blick zu, starrte sie lange an, und Crotale tat, als hätte sie nichts bemerkt, ließ nur wie üblich ein »Tag allerseits« fallen und ging weiter, schnurstracks in unser Zimmer, auch an diesem Tag, es dauerte immer eine Weile, bis sie wieder rauskam und mir beim Kochen half, wir hatten beide dasselbe Zimmer, ein ziemlich kleines, vor unserer Geburt hatten unsere Eltern es als Wohnzimmer benutzt, das Haus hatte also zwei Zimmer, dazu eine kleine Küche und ein winziges Bad, die Schularbeiten machten wir auch in diesem Zimmer, und wenn Crotale mich mit ihrem lauten Lesen nervte, ging ich hoch auf die Terrasse, ich lernte gerne dort oben, weil ich dort die friedliche Stille genießen konnte, meine Leidenschaft, meinen Felsen vor allem, merkt euch das gut,

wenn Crotale nach Hause kam und ihre unerträgliche Gleichgültigkeit vor sich hertrug, sagte Connaît-Tout nichts, so wie auch an diesem Tag, und ließ sie bis zum Abend in Ruhe, erst dann sprach er mit ihr, ein verzweifelter armer Teufel, und erklärte ihr noch mal den Sinn ihres Namens, und indem er ihr bis zum Abend Zeit gab, das war mir klar, hielt er sich an seine Sprüche, mit denen er uns immer in den Ohren lag, etwa »man isst das Fleisch nicht heiß, man muss es abkühlen lassen, so wie man auch keinem Haushuhn hinterherrennt, es kommt zu gegebener Zeit schon von allein in den Käfig«,

seit Crotale die elfte Klasse wiederholt hatte, versuchte mein Vater tatsächlich, weniger streng zu ihr zu sein, aber geändert hatte es nichts, Crotale benahm sich nicht anders als vorher, wie eine Hauskatze kam sie immer zur selben Zeit nach Hause, das heißt, immer zu spät, zwei Stunden nach dem Unterricht, obwohl das Gymnasium nicht weit war, selbst im Schneckentempo brauchte man höchstens fünfzehn Minuten, aber da Connaît-Tout wusste, dass Crotale noch mit ihrer Bande herumzog und erst spät kam, sagte er ständig, dass es ihm egal sei, wenn andere Eltern dem Treiben ihrer Kinder keine Bedeutung beimäßen oder ihr abweichendes Verhalten duldeten, er jedenfalls sei nicht bereit, es ihnen gleichzutun, deshalb ließ er sich am Schuljahresbeginn auch immer in der Schule blicken, er ging mit uns und informierte sich genauestens über unseren Stundenplan, beim Direktor und selbst bei den Lehrern, deren Namen er sich alle merkte und von denen viele später zu seinen Freunden wurden, klar, sie hofften, dass sie auf diese Weise beim Fischkauf ordentlich bedient würden, für ganz schön schlau hielten sich diese Lehrer, und sobald Connaît-Tout sie sah, versammelte er sie um sich wie ein weiser alter Mann, und in der Schule empfingen sie ihn überaus höflich und gaben ihm zu verstehen, dass er mit seiner Tätigkeit großen Respekt verdiene, weil er die Bürger ernähre, der alte Fischer fühlte sich also hoch geachtet, hätte gar nicht darüber lachen können, bei diesen Worten glaubte unser Moralist ja tatsächlich, er wäre ein bedeutender Mensch, er, der in einer Stadt wie Mutsamudu von Größe träumte und keinen Augenblick zögerte, sich mit Nelson Mandela zu vergleichen, sein Kampf, sagte er, sei es, für sich und die anderen Fische zu fangen, so wie er auch sagte, er habe sich dem Kampf gegen die Jugendkriminalität verschrieben, wozu er die Lehrer ebenfalls bewegen wollte, »wir alle, Sie und ich, sind gefordert«, sagte er, »übernehme ein jeder die Verantwortung«, und schon gab man ihm recht, und alles war heiteres Gelächter,

außer den Fächern prägte Connaît-Tout sich ein, was immer auf unserem Stundenplan stand, angefangen bei den Uhrzeiten, den Klassenräumen und den Namen der Lehrer, und obwohl die Fächer für ihn gar nicht wichtig waren, fragte ich mich schon, wie er es schaffte, in wenigen Minuten zu behalten, was wir in einem ganzen halben Jahr nicht in unsere Köpfe kriegten, das heißt die Uhrzeiten und die Klassenräume, einmal meinte ich zu Crotale, unser Vater Connaît-Tout würde sich die Fächer bestimmt nicht merken, weil es für ihn zu schwer sei, zu hoch für ihn, vielleicht verstand er gar nicht, was Philosophie war, Geografie oder auch

Mathematik, dabei wusste ich genau, dass das nicht stimmte, nicht umsonst wurde er Connaît-Tout genannt, wie er immer sagte, das bekamen die Leute ständig von ihm zu hören, er wisse genauso viele Dinge wie die, die eine höhere Bildung genossen und sogar studiert hätten, ja, niemals hätte er zugegeben, dass er irgendwas nicht wusste, deshalb war dieser Name, Connaît-Tout, den Einwohnern von Mutsamudu und vor allem Mjihari auch so vertraut,

Connaît-Tout hatte nicht das Glück gehabt, weiter auf die Schule zu gehen, seine Eltern waren sehr arm gewesen, und obwohl sein Vater ebenfalls Fischer war, schaffte der es nicht, für den Unterhalt der Familie zu sorgen, so dass der junge Connaît-Tout die Schule verließ, die Mittelschule in Hombo, im siebten Schuljahr, lesen und schreiben konnte er also, nur war seine Schrift kaum zu entziffern, das war fast Irokesisch, ja, irgend so ein krudes Zeug, aber er selber sagte, das Wichtigste sei, lesen zu können, nicht schreiben, und als ich das hörte, musste ich innerlich lachen, ich dachte daran, was er uns immer sagte, wenn er angesichts eines Verlierers von einer uneingestandenen Sehnsucht sprach, das klang dann so, »Satan wollte auch das Paradies, er hat es nicht bekommen, aber gesagt hatte er es, voll Bitterkeit, was soll's«, das Wichtigste war also, lesen zu können, sagte Connaît-Tout ohne jede Scham und machte eine selbstgefällige Miene, deshalb las er auch immer alles, was auf den Plakaten stand, an denen er vorbeikam, und nahm sich dabei Zeit, damit die Leute sahen, dass er lesen konnte und dass das ausreichte, als wäre er der Einzige, so ein Angeber, mit den Händen in den Taschen las er die Werbeplakate der großen Geschäfte an den Plätzen in der Medina, oder die Reklame der Apotheken, von diesem Franzosen zum Beispiel, der schon lange bei uns war, das ist die bekannteste Apotheke von Mutsamudu, glaube ich, die Pharmacie Patrick, dabei hätte Connaît-Tout es nie gewagt, einen Fuß über die Schwelle dieser Apotheke zu setzen, immer gab er vor, die Medikamente seien zu teuer, die Preise unangemessen, der Apotheker würde übertreiben, versuchen wir also erst mal zu verstehen, wer Connaît-Tout war, ein alter Geizhals nämlich, der seine Familie lieber mit Heilpflanzen behandelte, die seien wirksamer, wenn man jemanden kurieren wolle, sagte er, und zu Hause zog er dann über den Eigentümer der Apotheke her, »was bildet der sich ein, dieser Franzose, dass ich ihm mein Geld gebe, bloß weil seine Medikamente aus Paris kommen, sind das vielleicht Medikamente, die den Tod auf Erden abschaffen, Medikamente, die dafür sorgen, dass man nach dem Tod schnurstracks ins Paradies kommt oder was, das soll er uns mal erklären«, sagte er forsch, und wenn man ihn hörte, hätte man meinen können, er würde wirklich die Preise dieser Medikamente kennen, aber von wegen, das hatte er alles von Leuten, die noch geiziger waren als er, bestimmt Fischer, die sind alle vom selben Schlag,

Connaît-Tout verfolgte jeden Tag die Nachrichten aus aller Welt, er las die Zeitungsfetzen, die er irgendwo vom Boden aufsammelte, und wenn er auf ein Wort stieß, das er nicht kannte, unterbrach er nicht, sondern las einfach weiter, nahm das Stück Zeitung aber mit nach Hause und schlug im Petit Robert nach, den hatte er extra für uns gekauft, und in dieses Wörterbuch vertiefte er sich dann, bis seine Neugier stumpf geworden war, sein Leben lang legte er diese Angewohnheit nicht ab, daher kannte er auch den Sinn vieler Wörter, und genauso hatte er es mit unseren Namen gemacht,

Connaît-Tout war nämlich auf der Straße nach Mjihari über den herausgerissenen Teil einer Zeitschrift gestolpert, das war offenbar so eine Fachzeitschrift für Zoologie, und darin war er auf Erklärungen gestoßen, wie manche im Wasser und auf dem Land lebenden Tiere geboren werden und sich entwickeln, dazu gehörten die Schildkröten, die Frösche, die Aale, die Krebse, die Schlangen und die Skorpione, aber das alles interessierte ihn nicht umsonst, denn die charakteristischen Eigenschaften dieser Tiere sagten ihm viel, er war fasziniert von ihren Verteidigungsstrategien und ihrer Lebensweise, zum Beispiel erfuhr er so, dass der Aal, abgesehen davon, dass er verschiedene Lebensräume bewohnt, ruhig ist, geduldig, vorsichtig, außerdem hat er eine schleimige Haut, die ihm erlaubt, sich zu verteidigen, er kann also auf Bedrohungen reagieren, die ihn sonst teuer zu stehen kämen, selbst auf die allergrößte, das sind die Haie, und genau diese Taktiken, die die Tiere anwenden, um neue Kraft zu schöpfen und sich zu verteidigen, hatten es Connaît-Tout angetan, was auch der Grund dafür war, dass er seinen Kindern Namen gab, die bei uns nicht existierten, er wollte sich abheben, denn er war ein Mann, der sich gerne von den anderen unterschied, ja, der gerne die Köpfe durcheinanderbrachte, damit man ihn wahrnahm, »meine lieben Freunde«, so sprach er oft zu den Leuten, die unterm Seemandelbaum saßen, »ich lese Zeitung, darum solltet ihr zuhören, wenn ich euch eine Neuigkeit verkünde, ich bin der informierteste aller Fischer, also sperrt die Ohren auf, die Welt ist eine kuriose, das kann ich euch sagen, man muss nur alles auf den Kopf stellen, schon wird man respektiert, bekommt ein großartiges Begräbnis, und unsere Asche erhält ihren Platz in einem Pantheon wie in Paris, noch nie hat man Asche aus dem Pantheon von Paris in ein psychiatrisches Labor geschickt, um den Wurm zu bestimmen, der das Hirn des Verstorbenen bewohnte, die Unordnung sorgt in ihrem Furor also für eine Weiterexistenz, eine Weiterexistenz sogar der Parasiten, umso besser, ich werde es genauso machen«, und wenn er solche Reden hielt und sah, dass man ihm zuhörte, nahm es kein Ende, ermattet verließen die Leute einer nach dem anderen den Ort, bis nur noch die blieben, die auf den Bänken schliefen und grässlich schnarchten, Connaît-Tout machte dann verzweifelt Schluss und ging nach Hause, schnaufend wie ein Rind,

als unsere Mutter schwanger wurde, stand für Connaît-Tout mein Name bereits fest, der von Crotale nicht, weil er noch nicht wusste, dass meine Mutter mit Zwillingen schwanger war, er hatte nur den Namen Anguille im Sinn, »das ist ein weit verbreiteter Fisch, schlau, sehr begehrt und von allen anderen Fischen beneidet«, erklärte er uns, und er erzählte, an dem Tag, an dem er die Idee gehabt habe, sei er wie ein Wilder gerannt, um schnellstens nach Hause zu kommen, er hatte Mama verkündet, dass das Baby Anguille heißen sollte, »ob Junge oder Mädchen, das wird der Name sein«, sagte er noch, natürlich hatte sie nicht verstanden, was er meinte, aber dann erklärte Connaît-Tout es ihr, »ich würde mich gerne abheben, möchte aus meinem Kind ein Vorbild machen, für die ganze nächste Generation, ein Kind, das sich einen Platz in der Welt erkämpfen kann, das den Mund nur auftut, um die dunklen Seelen zu erleuchten«, und Mama hörte aufmerksam zu, während er dieses Kind schilderte, von dem er in seinem Wahn träumte, damals dachte er ja noch, er könnte die Welt verändern, und dann sagte er, »wenn es ein Mädchen wird, soll es wissen, wie es den Fallen der Jäger entgeht, denn davon gibt es viele, im Leben muss man immer wissen, wie man mit allen Arten von Fallen fertigwird, damit man heil wieder rauskommt, und wie unsere Vorfahren sagten, einmal geblinzelt, schon verloren, Pech für die verträumten Zikaden«, ja, Connaît-Tout war so vernarrt in seine Träume, dass er sich ständig mit den Eltern anlegte, die ihre Töchter schon mit fünfzehn über ihr Schicksal entscheiden ließen, die Eltern seien schließlich verantwortlich für diese jungen Dinger, sagte er, und die hielt er für Versager, für die säuerlichsten Gewächse auf der Welt, nicht besser als die Jungs, die auf den Straßen von

Mutsamudu herumhingen, »ich werde alles tun, damit mein Blut nicht vom Weg abkommt«, bekam meine Mutter ein ums andere Mal zu hören, was sie wortlos hinnahm, so wie immer, doch was den Namen Anguille betraf, traute sie ihren Ohren nicht, nur ließ Connaît-Tout ihr keine Zeit, was auch immer zu antworten, außerdem war er sowieso keiner, der seine Meinung ändert, will der Hahn krähen, muss der Mensch still sein und ihm zuhören, jawohl, ohne den kleinsten Laut, und als meine Mutter ihm dann zu erklären versuchte, dass das viel zu ausgefallen und auch anmaßend sei, einem Kind einen solchen Namen zu geben, holte er aus und legte noch einen drauf, »alles ist ausgefallen im Leben, warum nicht ein ausgefallener Name für das eigene Kind, dann macht es schon vor der Geburt Bekanntschaft mit dem, was es auf Erden erwartet, mit einer solchen Welt ist nicht zu spaßen, heute kann jeder Name die Bedeutung erhalten, die man ihm zuspricht, selbst Tieren gibt man Namen von Menschen, warum dann nicht Menschen auch Tiernamen, also, was soll das, da kann ich ja nur lachen, als hättest du nie den Namen der Nachbarskatze gehört, wie heißt sie noch mal, Bacari, das findest du wohl gar nicht ausgefallen, oder als die Sowjets am 3. November 1957 diese kleine Hündin in den Weltraum schickten, Laika, ein hübscher Name, wie ihn eine schöne Frau wie du verdient hätte, das findest du vernünftig oder was, nun sag schon«, und so argumentierte Connaît-Tout endlos weiter, an Vorwänden mangelte es ihm nie, wenn seine Redseligkeit mit ihm durchging, und wann immer er jemanden überzeugen wollte, war ihm keine Geschichte der Welt, ob wirklich oder erfunden, zu fern, »neulich habe ich dir von diesem Schriftsteller erzählt, der so viel Erfolg hatte mit einer Geschichte über ein Tier, das sich über die Menschen lustig macht, da weiß man doch gleich, in welcher Welt wir leben, oder, frag mich ruhig, woher ich das alles habe, das habe ich aus den Zeitungsseiten, die ich jeden Tag lese, sollen die Leute mich ruhig für verrückt halten, das ist mir egal, irgendwann wird ihnen schon aufgehen, dass der Hühnerarsch nur einer ist und trotzdem mehrere Dinge tut, kacken, pinkeln, bumsen und Eier legen«, ja, er konnte nichts sagen, ohne es durch lapidare oder zweideutige Sprüche zu unterlegen, manchmal fragte ich mich, ob sein Denken nicht wie ein mechanisches Gerät war, das allein von Batterien in Gang gehalten wurde, er hielt sich für den intelligentesten Menschen von allen, platzte vor Stolz, wenn er zu Mama sagte, »ich lese die Zeitungen, die ich aus den Abfällen am Strand klaube, während die anderen bloß träumen, ich schwöre dir, selbst die Leute, die sie wegwerfen, wissen nicht, was drinsteht, da bin ich mir sicher, sie kaufen sie nur, um uns weiszumachen, sie seien gebildet, die glauben, wer eine Zeitung für ein paar Sekunden in der Hand hält, die Brille auf der Nasenspitze, gilt schon als Intellektueller, also ehrlich, wenn ich an keiner Zeitung vorbeigehen kann, selbst wenn sie zerfetzt ist, dann weil ich ein gieriger Leser bin, beim Angeln lese ich alles, manchmal vergesse ich sogar, dass ich angle, ich werfe meine Leine aus, lese, und ein paar Schlaufische nutzen es aus und futtern mir den Köder weg, lassen nur einen leeren Angelhaken zurück, das passiert mir oft, aber egal, ich verfluche diese verdammten Fische, werde es aber nie leid, und wenn ich morgens in der Frühe aufs Meer fahre, suche ich vorher am Strand immer nach irgendwelchen Zeitungsresten und nehme sie mit, so habe ich auch von all den Dummheiten erfahren, die die Menschen begehen, weit schlimmer übrigens als das, was ich zu tun gedenke, ich will wenigstens meine Nachkommenschaft schützen, habe ein klares Ziel, verstehst du, und darauf kommt es an in der Welt, zum Überleben muss man sich das Gegenteil von dem einfallen lassen, was die anderen tun, Frieden werden wir nur haben, wenn wir unser Kind Anguille nennen, und weniger Ärger habe ich dann auch, denn die Leute werden sich vor ihm in Acht nehmen, außer dem Menschen, der sich ihm wahrhaft würdig erweist, schließlich hat ein Mensch, der ein Herz hat, keine Angst, auf ein Tier zuzugehen, und sei es noch so wild, da weicht das Tier zurück, es wäre ja auch keins, wenn es keine Fallen gäbe, die die Jäger überall auslegen«, und so blieb meiner Mutter nichts anderes übrig, als sich mit der Idee abzufinden, sie war einfach nur sprachlos, wie versteinert, bezwungen,

am Tag der Geburt war ein starker Regen auf die Stadt niedergegangen, meine Mutter wand sich unter Schmerzen, ihre Schwester Tranquille war bei ihr, mein Vater Connaît-Tout war auf den Markt gegangen, um Heilkräuter zu besorgen, nur hatte er wegen des Regens nicht gleich zurückkommen können, zwei Stunden hatte es wie aus Eimern geschüttet, erst danach kam er schließlich, klatschnass und vor Kälte zitternd, ganz unruhig, und verdutzt blieb er vor der Tür stehen, denn die meisten unserer Nachbarn waren im Haus, die Männer, die Frauen, die Jugendlichen, selbst die kleinen Kinder steckten neugierig ihre Nase durch die Tür, um zu sehen, was ihre Eltern und Großeltern bei uns machten, allein der Anblick all dieser Menschen war für Connaît-Tout ein Schock, denn sie trugen ihre Gewänder, Mützen, Kopftücher, in den Händen Rosenkränze, und machten ihm, kaum dass sie ihn kommen sahen, beflissen den Weg frei, die Augen niedergeschlagen, als schämten sie sich, wie kleine Jungs, die der Klassenlehrer beim Herumtoben erwischt hat und die aus Angst vor der Strafe einen braven Eindruck zu erwecken versuchen, und plötzlich wurde es still, die Stimmen verstummten, verdutzt trat Connaît-Tout durch die Tür, ging durch den Hof, umgeben von dieser schweren Stille, sah die gesenkten Köpfe, reglos wie Statuen, und plötzlich hörte er Säuglingsschreie, er eilte nach hinten durch in das Zimmer, wo die Schreie erschollen, und als er dann in diesem kleinen Raum stand, der später zu unserem Zimmer werden sollte, sah er

Tante Tranquille schweigend dasitzen, auch sie mit gesenktem Kopf, in den Armen zwei Babys, und Connaît-Tout verstand immer noch nicht, einerseits war er glücklich, dass er zwei Kinder bekommen hatte, andererseits wunderte er sich über all die Schaulustigen dort und wie sie sich verhielten, wunderte sich über Tranquille, warum war sie nicht glücklich, blickte nicht auf, um zu sehen, wer da gekommen war, und jetzt konnte Connaît-Tout nicht mehr, er brach in Tränen aus, auch wenn er noch nicht begriff, was geschehen war, ganz hin- und hergerissen, und dann trat er an das Zimmer, in dem er meine Mutter vor seinem Gang zum Markt zurückgelassen hatte, und als er Mama auf dem Bett liegen sah, entfuhr ihm ein Schrei, ein einziger Schrei, denn ihr Körper war bedeckt von einem weißen Tuch, und ihm stockte das Blut in den Adern, es warf ihn aus der Bahn, er sah schon, wie sein ganzes Leben zusammenbrach, sein Gesicht verlor sich hinter einer Tränenwand, während Tranquille keinen Mucks von sich gab, nicht mal ihre Hände, in denen sie die Babys hielt, regten sich, um sie wenigstens zu wiegen, nur die Schreie der beiden Säuglinge erfüllten das Haus, ja, nur diese unschuldigen Schreie zeigten an, dass es Leben im Haus gab, und so weinte Connaît-Tout bitterlich, drei Tage lang, und wunderte sich über seine Schwägerin, aber der Tod ist manchmal wie ein Schwert, das einen Fels durchschlägt, um einen anderen zu errichten, ja, so läuft es immer ab, dieses Spiel, das man Leben nennt, weitergegeben wird immer, so wird es immer sein, doch das alles werdet ihr erst verstehen, wenn ihr mir bis zum Ende dieser Geschichte folgt, wenn es denn eine gibt, denn der Tod kann auch ein großes Rätsel sein, so rätselhaft, dass er das Wort entzieht und wie eine seltsame Last auf dem Körper eines Lebenden liegt, selbst eines Lebenskünstlers, das ist das Geheimnis,

Mamas Tod hatte ihre Schwester dreißig Tage lang in die Stille gestürzt, ja, taubstumm war sie geworden, und alle fragten sich, ob sie jemals wieder den Mund auftun und etwas sagen würde, bei Sonnenuntergang wurde meine Mutter beigesetzt, alle Bewohner von Mjihari waren gekommen, die Beamten, die Politiker, die Händler, die Studenten, die Arbeiter und die Fischer, aber nicht nur die aus Mjihari, denn alle Fischer aus Mutsamudu wollten zeigen, wie verbunden sie ihrem Freund Connaît-Tout waren, ihm selber war auch erst mit dem Tod seiner Frau bewusst geworden, dass er ein einflussreicher Mann in der Stadt war, vor allem aber hatte er begriffen, dass das Leben ein trügerischer Weg war, stimmt ja auch, das Leben ist ein Weg, der sowohl lang wie auch kurz ist, und einen Sinn erhält er erst im kollektiven Traum, wir alle träumen, ohne es zu wissen, und wer aufzuwachen versucht, um ihm zu entkommen, scheitert tragisch, man darf sich nicht ausschließen aus diesem Traum, der zwangsläufig ein existenzieller ist,

Connaît-Tout war erleichtert, dass er nun Zwillinge hatte, er wollte sich nicht von uns trennen und sagte sich, dass er seine Frau verloren, dafür aber zwei Schätze bekommen hatte, auch wenn Tranquille ihm nach der Beerdigung meiner Mutter vorschlug, uns für immer zu sich zu nehmen und aufzuziehen, aber Connaît-Tout schlug ihr Angebot aus, er ließ uns nur fünf Jahre bei ihr in Hombo, so hatten sie es vereinbart, mehr als sechs Monate fütterte sie uns mit dem Fläschchen und dem Löffel, und jetzt erinnere ich mich auch, was Connaît-Tout uns immer sagte, wenn er von Tranquille sprach, offenbar hatte sie einige Schwierigkeiten, wenn sie uns das Fläschchen gab, weil wir uns so ähnelten, Crotale und ich, manchmal fragte sie sich, ob sie nicht dasselbe Baby zweimal fütterte, und schließlich markierte sie unsere Stirn, um uns nicht zu verwechseln, aber nach den fünf Jahren kümmerte sich Connaît-Tout um uns, er meldete uns in der Grundschule von Missiri an, für ihn nahm das Leben wieder seinen gewohnten Lauf, nur kam er jetzt früher nach Hause, um sich um uns zu kümmern, auch verlor sich die starke Ähnlichkeit zwischen uns beiden, je größer wir wurden, denn die Zeit höhlt aus und verändert, was immer ihr in den Weg kommt, auf seine Weise erschafft das Leben die Welt und erschafft sie ständig neu, nur stillschweigend, man schläft mit einem glatten Körper und neuer Kleidung ein, und wenn man aufwacht, hat man den zerknitterten Körper eines Kanaken in Lumpen, das gehört zu den Rätseln dieses Schauspiels,

ich mochte es, wenn Connaît-Tout uns vor dem Einschlafen Geschichten erzählte, am liebsten hörte ich die von den drei Freundinnen, die sich früher unheimlich gernhatten und die jetzt für immer zerstritten sind, es gibt sie nämlich noch heute, diese drei Freundinnen, die eine ist Main, die Hand, die andere Oreille, das Ohr, und die dritte Mouche, die Fliege, ach, es ist doch immer schön, wenn man sich selbst in der Katastrophe noch erinnert, sogar an diese Geschichte erinnere ich mich hier, ich, Anguille, der Aal, Tochter zweier Väter, ich habe nicht mal Mühe mit den Einzelheiten, ja, das fließt leicht dahin wie ein Bach, ein angenehmes Plätschern in meinem Kopf,

die drei Mädchen hätten nie im Leben gedacht, dass es eines Tages unter ihnen zu einem ungeheuerlichen Verrat kommen könnte, denn sie sind sich sehr ähnlich, die drei, vertrauen einander vollkommen, und auf einmal kippt das Ganze, nur, wer hat wen verraten, das werden wir gleich sehen, eines Tages hatten die drei Freundinnen nämlich die Idee, ein Picknick zu organisieren, an einem Ort namens Mpouzini, ein wunderschöner Fleck für junge Mädchen, die empfänglich sind für die Natur, dort gibt es Felder, einen Fluss, eine idyllische Stelle und einen herrlichen Strand flussabwärts, für dieses Picknick nun hatten Main, Oreille und Mouche Geld zusammengelegt, um eine Ziege zu kaufen, und nachdem sie sie gekauft hatten, vereinbarten die Freundinnen, dass Main, Oreilles Schwester, sich solange um das Tier kümmern sollte, sie ließen die Ziege also im Haus von Mademoiselle Main, doch seltsamerweise kam Main am Tag vor dem Picknick jämmerlich weinend zu Oreille, ihrer Schwester und Nachbarin, und sagte, jemand habe die Ziege gestohlen, sie wisse nicht mehr ein noch aus, worauf Oreille, die Feinfühligste der drei, die die Sorgen ihrer Schwester teilte, versprach, es Mouche zu erklären, der Eigensinnigsten dieses merkwürdigen Trios, Oreille ruft sie also zu sich, Mouche verliert keine Zeit und kommt noch am selben Abend zu ihrer Freundin, die legt ihr das Problem dar und bittet sie inständig, die Ziege zu vergessen, das Einzige, was zähle, sei ihre Freundschaft, sie könnten ja eine neue Ziege kaufen, Mouche war erst mal nur baff, dann sagte sie, die Geschichte komme ihr ein wenig merkwürdig vor, sie würde dieser Story keinen Glauben schenken, das sei doch bloß vorgeschoben, noch nie, soweit sie sich erinnere, habe es einen Diebstahl bei ihrer Freundin Main gegeben, wieso dann jetzt auf einmal, kaum dass sie gemeinsam eine Ziege kauften, sie würde die Wahrheit schon herausfinden, und dann ging sie und warf unauffällig einen Blick in den Hof ihrer Freundin Main, sie sah Blut und eine ausgebreitete Ziegenhaut, nahm auch den Geruch aus der Küche wahr, und gleich rannte sie zu Oreille, um es ihr zu sagen, aber Main hatte sie gesehen und war ruck, zuck ebenfalls dort und wollte sie verjagen, sie war nämlich die Stärkste der drei und verstand es, sich auf die anderen zu stürzen, um sie patsch, patsch mit ihrem ganzen Körper zu ohrfeigen, das war übrigens ihre Spezialität, und klar, Oreille wunderte sich sehr, als sie die beiden sah, und Mouche, die Angst vor Main hatte, nahm Reißaus, ihre Gegnerin war also als Erste bei Oreille und erzählte ihr sonst was, machte ihr weis,

Mouche hätte vorgehabt, ihnen etwas anzutun, weil sie glaubte, sie beide hätten die Ziege aufgegessen, und seit diesem Tag ruft Oreille, wenn sie hört, dass Mouche oder jemand anderes aus ihrer Familie zu ihr kommt, Main zu Hilfe, damit sie sie verteidigt und welches Insekt auch immer verscheucht oder zerquetscht, Oreille war nämlich recht schwach und viel zu bequem, sie ging überhaupt nicht mehr vor die Tür, lag den ganzen Tag auf der faulen Haut, wie ein dickes Stück Kacke, das an der Erde klebt, klar, ihre ehemaligen Freundinnen hatten sie ja ausgeschieden, und Mouche glaubte am Ende wirklich, Main und ihre Schwester Oreille hätten die Ziege zu zweit essen wollen und sich gegen sie verbündet, deshalb schworen sich Mouche und ihre Familie, der ganzen Familie von Main und Oreille das Blut auszusaugen oder sie mit Krankheiten zu schlagen, sobald sich die Gelegenheit zur Rache bot, es sei denn, sie erstattete ihnen ihren Anteil zurück, aber da dies nicht geschah, waren die drei ehemaligen Freundinnen und ihre Familien nun zum ewigen Streit verurteilt, und so kam es, dass die drei Freundinnen bis heute getrennte Wege gehen, sicherlich würde es Main teuer zu stehen kommen, sollte Oreille herausfinden, dass ihre Schwester die beiden anderen hintergangen hat, deshalb zögert unsere Hand auch keine Sekunde, wann immer ein Insekt sich uns nähert, sie schreit es aus Leibeskräften an, obwohl sie selbst doch der Grund für alles ist, und wenn Connaît-Tout dann zum Schluss der Geschichte kam, sagte er immer, man müsse sich nur der Weisheit unserer Vorfahren besinnen, »man schneidet sich nicht die schlechtere der beiden Hände ab und wirft sie fort«, jeder habe schließlich eine schlechte Hand und müsse im Leben geschickt mit ihr umgehen, sonst finde man sich in einem Meer von Verfehlungen wieder, und dann sei die Stirn beschmutzt, das stimmt wohl, aber vergessen wir nicht, dass jeder auch für seinen eigenen Körper verantwortlich ist, man kann mit ihm machen, was man will, und ich hatte mich entschieden, den meinen in einen wild brausenden Vulkan zu werfen, das ist eine Entscheidung wie andere auch, nicht wahr,

wenn Connaît-Tout die Geschichte zu Ende erzählt hatte, fragte ich immer ganz naiv, »und Mouche, wann sagt sie es denn Oreille, damit das Missverständnis ausgeräumt ist und sie nicht mehr so wütend sein muss«, und Connaît-Tout lachte, bevor er antwortete, »hör zu, kleiner Schlaukopf, die Hand lässt niemals zu, dass ein Insekt, egal welches, sich ihrer Familie nähert, oder würdest du eine Mücke an dich heranlassen, damit sie dich verspeist, nur wegen einer Ziegengeschichte, na, was meinst du«, aber mir war diese Geschichte noch immer nicht klar, ich war sturer als eine Fliege, das war doch von vorn bis hinten geflunkert, irgendwann stellte ich ihm dann die Frage, die mir auf den Nägeln brannte, »und wenn ich eine Mücke an mein Ohr lasse, damit sie mir das Geheimnis verrät, dann wäre alles vorbei, nicht wahr«, worauf Connaît-Tout kurzerhand erwiderte, »erlaube niemals, dass eine Mücke sich auf dein Ohr setzt, sonst hast du nur Ärger, verstanden, mein kleiner Pfiffikus«, und mit dem Kopf sagte ich Ja, mit dem Herzen Nein, denn ich mochte die Unehrlichen und Ungerechten nicht, ich verlangte weitere Erklärungen, fand das gar nicht überzeugend, im Alter von fünf Jahren war ich schon ein ziemlicher Dickschädel, und Connaît-Tout sagte mir, es wäre besser, wenn das Ohr nichts von dieser Sache erführe, bis zum Ende der Welt, als gäbe es überhaupt ein Ende, die Leute können nur schwer begreifen, dass sie selber ein Ende haben, nicht die Welt, wir alle sterben, ohne Ausnahme, und geben die Bühne frei, weil sich die Schauspieler am Ende der Vorführung nun mal in die Kulissen schleichen müssen, ein jeder mit etwas Bitterem oder Süßem in der Kehle, je nachdem, wie er seine Rolle gespielt hat,

Connaît-Tout wollte mir mit dieser Geschichte von den drei Freundinnen zu verstehen geben, dass es im Leben immer ein Opfer geben muss, damit die anderen heil davonkommen, und das zu hören machte mich gar nicht froh, auch wenn es stimmte, was er sagte, der Tod eines Dummkopfs ist das Überleben eines Geiers, mag sein, aber schlimm ist es trotzdem, Connaît-Tout jedenfalls ließ uns schlafen, nachdem er die Geschichte erzählt hatte, »schnell eingeschlafen jetzt, bevor der Butzemann kommt«, flüsterte er uns ins Ohr, stand auf und ging in sein Zimmer, und wir durften seine Flunkereien schlucken, genau wie die Geschichte von diesem Butzemann, die er sich ausgedacht hatte, erst später, als ich schon größer war, ist mir klargeworden, dass nichts davon stimmte, dafür musste ich ständig an die drei Freundinnen denken, von denen eine ein Raubvogel war, die Hand, und ich betrachtete lange meine Hand, als wäre sie etwas Fremdes an meinem Körper, ehe ich wie ein Stein in den Schlaf sank,

eines Tages, ich lag im Bett, sagte ich mir, jetzt lasse ich einfach mal zu, dass sich mir eine Mücke aufs Ohr setzt, es gab nämlich viele bei uns, und so habe ich es gemacht, aber fragt mich nicht, was danach passiert ist, dieses Biest hat mir nämlich ein Lied gesungen, das ich überhaupt nicht verstanden habe, dabei habe ich bis zum Schwindligwerden zugehört, und auf einmal war es still, ich hörte nichts mehr, spürte nur einen Stich, wie eine Nadel, die mir jemand ins Ohr stach, es tat höllisch weh, aber ich hielt aus und hörte angestrengt weiter hin, verstand aber so gut wie nichts, ich spürte nur diesen brennenden Schmerz, der immer heftiger wurde, also sagte ich mir, wenn das ihr Geheimnis war, wollte ich es lieber nicht verstehen, zum Teufel mit ihr, und ich schlug mir mit der Hand aufs Ohr, um ihr so richtig eine zu knallen und sie zu zerquetschen, mehrere Ohrfeigen habe ich mir gegeben, aber umsonst, nicht mal berührt habe ich sie, tja, zu spät, meine kleine Anguille, ein echter Vampir war die Mücke, und wie das kribbelte, als summte in diesem Schmerz ein ewiges Irgendwas, ich musste mich die ganze Zeit kratzen, so sehr, dass ich bald einen heißen Schmerz an meiner linken Schläfe spürte, im Grunde war es ein doppelter Schmerz, der Schmerz, den das Biest mir zugefügt hatte, und der meiner Ohrfeigen, das werde ich nie vergessen, auch wenn ich gar nicht weiß, was jetzt aus mir wird, wo ich bald meine letzte Ruhe finde, was werde ich wohl danach sein, ein Geist, ein Staubkorn, ein Fisch vielleicht, da ich im Meer bin und man mir den Namen eines Fisches gegeben hat, oder auch ein Rind wie die am Strand von Mjihari, ach, würde ich zu einem Rind, sähe ich viele Dinge dort am Ufer, ich wäre das glücklichste Geschöpf der Welt, der Haken ist nur, dass man mir später die Kehle durchschneiden würde, und alle diese armen Fischer wären froh, sie mögen es einfach nicht, dass diese Rindviecher ihrem Schauspiel zusehen, sagen wir also, ich werde gar nichts sein, besser so,

Anguille, du verplemperst deine Zeit, dabei bleiben dir nur ein paar Minuten, ein paar Sekunden vielleicht, wer weiß, Himmel, immer muss ich so ein Gewese machen, was ist nur los mit mir, wo waren wir stehengeblieben, einem Aal zuliebe, könnt ihr mir das sagen, ah, da haben wir's, ich sprach von dem kleinen Plagegeist, der mich gestochen hatte, so war's, nicht wahr, jetzt also, weiter im Text,

durch den Stich war ich krank geworden, gleich am nächsten Tag hatte die Malaria mich aufs Bett gestreckt, mein Kopf drehte sich, wenn ich nur versuchte, mich für eine Weile aufrecht zu halten, mein Körper zitterte unaufhörlich, und ich konnte nichts mehr essen, beim kleinsten Bissen erbrach ich mich, Connaît-Tout gab mir dann Chinarinde zu trinken, Muskatnuss, Aloe und viele andere Pflanzen, deren Namen ich nicht kannte, er strich mir Aloesaft auf den Kopf, in die Haare, und als ich diese Heilpflanze auch noch trinken sollte, bin ich richtig fuchtig geworden, das weiß ich noch genau, aber er hielt meinen Kopf nach hinten und schüttete mir den Saft in den Hals wie in einen Mülleimer, ja, das machte er ganz lässig, und ich wehrte mich wie verrückt, warum musste es ausgerechnet Aloe sein, diese gallebittere Pflanze, nichts hasste ich mehr, allein der Anblick auf dem Löffel, diese undefinierbare Substanz, grün und schleimig, noch dazu von einem unerträglichen Geruch, mein Körper zitterte und zitterte, und Connaît-Tout musste meine Hände festhalten und meinen Kopf einklemmen, als wäre ich eine kleine Ziege, der er die Kehle durchschneiden wollte, und die ganze Zeit weinte ich wie diese Kätzchen, die ihre Mutter verloren haben und nachts auf den Dächern miauen, immer wieder spuckte ich aus und schlug mit Händen und Füßen um mich, trampelte auf den harten Boden, und um mich zu besänftigen, kam Connaît-Tout mit Holzpuppen, die hatte er selber gemacht, aber klar, das war natürlich ein Trick, das verstand ich sofort, ein Entgegenkommen, zu dem Eltern gerne bereit sind, um sich durchzusetzen, da sind Eltern wie die Politiker, sie wollen die Kinder verschaukeln, und wenn das nicht funktioniert, versprechen sie ihnen, so wie die Politiker dem Volk, gar das Blaue vom Himmel, also wirklich, manchmal hasste ich Connaît-Touts Puppen, und sobald er mir eine hinhielt, um mich zu ködern, warf ich sie in die Ecke, dann stieß er einen verzweifelten Seufzer aus und ließ mich in Ruhe weinen, bis ich irgendwann von allein still war, vor lauter Erschöpfung, nicht er sollte mich beruhigen, und danach sank ich in den Schlaf, das hatte ich schließlich verdient, etwa nicht, weinen heißt, die Wunden zu heilen, den Schmerz zu lindern, sich frei zu machen von dem Kummer, den das Herz nur in die Stille tragen will, und vor allem heißt es, eine Last abzuladen, die Bitterkeit über manche Szenen, die man am liebsten nicht erlebt hätte, ich musste mich also ausruhen, damit meine Tränen trockneten, denn ich lebte unbewaffnet, und wer ich wirklich war, habe ich erst entdeckt, als ich begann, den Lärm zu hassen,

seit wir bei unserem Vater Connaît-Tout wohnten, kam Tante Tranquille nur noch selten zu uns, und wenn, dann nur für eine halbe Stunde, um uns etwas zu essen zu bringen, den Maniok zum Beispiel und die Bananen, die sie in Hombo anbaute, und gleich flitzte sie wieder nach Hause, sie hätte viel zu tun, sagte sie, und keine Zeit zu verlieren, als gäbe es jemanden, der nicht für irgendwas Zeit verliert, wer sollte dieser Mensch sein, bitte schön, der nicht jeden Tag Zeit verliert, das ist doch alles chinesischer Salat, was in diesem Theater gesprochen wird, man muss schon eine Höllenmaschine sein, um keine Zeit zu verlieren, das heißt jede Sekunde einen fahrenlassen, jede Minute und jede Stunde, wie ein Esel, oder glaubt ihr, ihr hättet euren Arsch nicht in einer Stunde zerrissen, meine Güte, die Welt ist voller unernster Dinge, aber spielen wir trotzdem, es lohnt sich,

Tranquille erstaunte mich wirklich, und ich fragte mich, ob sie nicht vielleicht irgendeine Maschine war in einer Welt, in der die echten Maschinen, wie es aussah, weniger automatisch funktionierten als die Menschen, die sie herstellten, noch dazu kam sie immer genau dann, wenn Connaît-Tout auf dem Meer war, sie trug uns endlose Grüße für ihn auf und war gleich wieder weg, und wenn Crotale versuchte, sie zurückzuhalten, damit sie wenigstens etwas aß, kam sie mit irgendwelchen Phrasen, die die Welt immer spektakulärer machten, Sprüchen wie »kaut ihr, ich schlucke später«, aber seit wann isst man zu zweit per Telepathie, Tranquille ging also und kam erst einen Monat später wieder, verhielt sich genauso und stellte, schon merkwürdig, ganz simple Fragen wie »langweilt ihr euch auch nicht« oder »braucht ihr irgendwas, sagt ruhig, wenn ihr etwas haben wollt, egal was«, und dann war sie einen Moment still, ehe sie weitersprach, als hätte sie Mühe, ihre Worte unter all den vielen anderen zu wählen, »ihr wisst, dass ich wie eure Mutter bin, im Grunde war ich immer eure Mutter, ich habe euch aufgezogen wie meine eigenen Töchter, außerdem wäre ich gerne immer in eurer Nähe gewesen, aber gut, ich habe eine große Verantwortung für euch, das ist das Wichtigste, ja, eine große Verantwortung«, und ich versuchte Tranquille zu beruhigen, dabei verstand ich gar nicht, worauf sie hinauswollte, was mir nicht mal klar war, es war ja auch nicht leicht, sie zu verstehen, jedenfalls irrten sich alle gehörig, die glaubten, Tranquille sei wegen des Todes ihrer Schwester so still und wortkarg geworden, ich damals genauso, das sind diese Missverständnisse, die die Welt immer uneindeutiger und spektakulärer machen, mal ist die Welt doof, mal fantastisch, alles hängt davon ab, wie man spielt, und genauso hängt es ab von der Art des Missverständnisses, trotzdem sind das keine Kinkerlitzchen, denn damit es ein Schauspiel gibt auf dieser Bühne mit den zahlreichen Zimmern, die sich Welt nennt, braucht es auch eine Reihe von Missverständnissen, wir lebten also alle in diesem Irrtum, und ganz naiv sagte ich zu Tranquille, »keine Sorge, Tante Tranquille, wir haben dich sehr gern, wenn wir Probleme hätten, hätten wir es dir gesagt«, worauf sie für ein paar Sekunden stumm dasaß, wie verstört, und ehe sie aufstand und die Tür hinter sich zuschlug, quittierte sie unsere Einladung zum Essen mit den Worten »kaut ihr, ich schlucke später«, so wie immer,

tatsächlich war Tranquille eine Frau, die rastlos schuftete, anders als diese Nichtstuerinnen, die ihre dicken Hintern nicht hochbekamen, ja, richtige Bleiärsche waren das, konnten nicht mal kochen, weil sie sich für Königinnen hielten und nur wussten, wie man sich an den Tisch setzt, aufs Klo geht, ins Bett legt, stimmt doch, essen, scheißen, lieben, mehr kannten sie nicht, ganz anders Tranquille, die machte sich nie einen schönen Lenz, ihre Hinterbacken bewegte sie auf eine Art, dass sie mechanisch geworden waren, wenn ihr schon mal einen mechanischen Hintern gesehen habt, eine echte Ameise, diese Frau, vor allem weil ihr Mann Felder besaß mit Nelkenbäumen, Vanillepflanzen, Bananenstauden, Kokospalmen und Maniokstäuchern, Felder, die immer fruchtbar waren, und so machte dieses zupackende Ehepaar mit der Scholle ein gutes Geschäft, oft war die Ernte sehr üppig, und Tante Tranquilles Mann verhandelte mit den Verkäufern, die Tag für Tag ihre Bestellungen bei ihm aufgaben, und mit ihren Ernten konnten sich die beiden Kühe und Ziegen kaufen, die sie mit Milch versorgten, sich auch ein neues Haus bauen, ein richtiges Prunkstück inmitten dieses weiten Grüns, wo das Zwitschern der Vögel, das Strudeln eines nahen Flusses, das Muhen der Kühe und Meckern der Ziegen auf melodische Weise eine ländliche Stimmung erzeugten, das Einzige übrigens, was mich am Landleben faszinierte, zu spüren, wie die Laute der Natur meinen Körper kitzelten und meine Seele bis in die mystische Ekstase streichelten, ja, denn die Natur flüstert uns ihre Geheimnisse in die Seele, nicht in die Ohren, man muss die Augen und die Ohren schließen, will man spüren, was sie in einem Moment der betäubenden Stille im tiefsten Inneren der Seele zeichnet, auch wenn es Dummköpfe gibt, die glauben, die Augen und die Ohren zu schließen heiße, sie zuzustopfen, sollen sie ruhig, ich fahre fort, mir bleibt sowieso nicht mehr viel Zeit, besser rasch Schluss machen mit diesen Bildern, die mir durch den Kopf gehen und mein Herz aufrühren, nur so lässt sich begreifen, wie ich in diese Gefahr geraten bin, wenn es mir denn gelingt,

ich war wirklich hingerissen von dieser betörenden Musik, die alle Übel der Welt vergessen ließ, ja, die Natur bringt die lieblichste und atemberaubendste Musik der Erde hervor, und mit ihren Tönen, durchdringender noch als jede Waffe, drang sie in meine Seele ein und ließ meinen Körper erbeben, ein Rieseln wie das des Blutes in meinen Adern, aber was ich sagen wollte, Tranquille und ihr Mann hatten sich also in Hombo niedergelassen, finanziell ging es ihnen blendend, ganz einfach weil sie ein Händchen für die Landwirtschaft hatten, nur hatten sie keine Kinder, dabei hatte Tranquille sich so sehr welche gewünscht, wenigstens eins, aber vergeblich, sie machten sich schon die größten Sorgen, weshalb ihr Mann sie zu den besten Heilern der ganzen Insel Anjouan brachte, und die ganze Zeit stritten sie sich wegen dieser Unfruchtbarkeit, da jeder dachte, der andere sei unfruchtbar, weder Tranquille noch ihr Mann schafften es, mit dieser unerfreulichen Situation umzugehen, darum hatten sie irgendwann auch beschlossen, Heiler aufzusuchen, wofür sie viel Geld ausgaben, sie waren nämlich großzügig und konnten der Versuchung nicht widerstehen, diejenigen glücklich zu machen, die ihnen halfen, leider hieß es für sie jedes Mal, zurück auf Los, denn vergeblich hatten sie alle möglichen Pflanzen aus den drei Ecken der Insel zu sich genommen, und wenn ich drei Ecken sage, dann weil die Insel die Form eines Dreiecks hat, wie uns mal im Erdkundeunterricht ein Lehrer sagte, in der Grundschule, das war auch so ein Lügner, woher wollte er das schon wissen,

nichts hatten ihre Bemühungen gebracht, dieser Wettlauf gegen die Zeit, mit dem sie die Unfruchtbarkeit besiegen wollten, außer Vorwürfen und endlosen Streitereien, die Ärmsten wussten nicht mehr ein noch aus, und schließlich nahmen sie voll Bitterkeit ihr Schicksal an, aber klar, ein Baum, der keine Früchte trägt, spielt eine andere Rolle, nur ist er genauso notwendig fürs Leben, als Schutz gegen die bleierne Sonne zum Beispiel, für die Armen, sie durften also nicht zulassen, dass diese unerfreuliche, dramatische Unfruchtbarkeit ihr einstmals behagliches Leben bestimmte und es zu einem gleichermaßen sterilen, nutzlosen verkam, sie mussten sich ein anderes Leben suchen, ehe alles im Dreck endete, und so hatten sie begriffen, dass sie alles tun mussten, um kein Lotterleben zu führen, diese Welt verlangt Courage und Dankbarkeit, damit ein Lichtstrahl hervorbricht, woher auch immer, kurzum, man muss die Sache beim Namen nennen, dieses sogenannte Glück, das man nur mit der Seele sieht, dem Körper, dem Herzen, dem Hintern, alles kommt auf die Person an, dabei weiß ich selber nicht, was das genau sein soll, das ist doch Chinesisch, alles Quark, Glück, von wegen, viele Menschen lassen sich beirren von diesem armseligen Wort, »Glück ist, was du selber für dich annimmst, niemand ist imstande, dir Glück zu geben, es wären sonst nur Seifenblasen«, sagte Connaît-Tout, wenn er hörte, wie Crotale und ich über philosophische Fragen diskutierten, deshalb meinte er auch, Tante Tranquille hätte sich wirklich verändert, eigentlich sei sie nicht so, sie sei viel netter und würde ihr eigenes Glück leben,

als Mama noch lebte, sagte Connaît-Tout, seien Tranquille und ihr Mann oft zu Besuch gekommen und so lange geblieben, bis er vom Meer zurückkam, sie hätten zusammen gegessen, alle vier, und Geschichten erzählt, immer lustige, wie die von dem Dieb, den Tranquilles Mann auf einer Kokospalme erwischt hatte, frühmorgens auf ihrem Feld, er hockte dort oben und schnitt eine Kokosnuss nach der anderen ab, als wäre er bei sich zu Hause, der Dieb war eine große Palme voller Früchte hinaufgeklettert, Tranquille und ihr Mann waren gerade aufgewacht und wollten sich an die Arbeit machen, da hörten sie, wie ein Stück weiter weg die Kokosnüsse zu Boden fielen, ihr Mann ahnte schon, was das war, sie wurden nicht zum ersten Mal bestohlen, morgens fand er immer Spuren der Diebe auf dem Feld, also schlich er so schnell wie möglich zum Tatort und sah, wie dieser komische Kauz in einem fort Kokosnüsse herunterfallen ließ, und nachdem er ihn gefragt hatte, wer er sei, gab ihm der Dieb die Frage zurück, »und du, wer bist du«, bei uns ist das nichts Ungewöhnliches, solche Fragen, stellt man irgendwem eine, bekommt man selber eine zurück, ja, man kriegt nie eine direkte Antwort, sondern immer eine andere Frage, also, wenn ihr Leute sehen wollt, die verrückt aufs Fragen sind, dann bei uns, offenbar ist mal ein Weißer gekommen, um die Tradition zu überprüfen, dieses Beantworten von Fragen mit Gegenfragen, jemand hatte ihm in Europa davon erzählt, aber er hatte es nicht geglaubt, nicht zu fassen, immer wollen sie alles genau wissen, die Weißen, wann hören sie endlich auf mit ihrer Neugier, aber der Teufel soll mich holen, wenn ich lüge, dieser Herr hatte sich aufgemacht ins Land der Fragen, hatte die Insel Anjouan zum Ziel gewählt und am Flughafen Ouani ein Taxi nach Mutsamudu genommen, und auf dem Weg in die Hauptstadt fragte der Europäer dann den Fahrer, »Monsieur, bitte, ich habe gehört, dass man hier, wenn man eine Frage stellt, nur eine Frage zurückbekommt, ist das wahr«, und dieses Miststück von Taxifahrer, was glaubt ihr, was der gesagt hat, Himmel, wenn ich nur daran denke, so eine Scheiße, ehrlich, so eine Riesenscheiße, denn statt ihm direkt zu antworten, meinte er, er müsste Löcher in die Luft philosophieren, und fragte zurück, »wer hat dir das denn gesagt, Monsieur«, worauf der Weiße, der sah, dass seine Mission erfüllt war, ihn umkehren ließ, ja, er sollte ihn zurück zum Flughafen bringen, natürlich war der Taxifahrer ganz bedröppelt und verstand nichts, tja, du Ärmster, hast unbewusst als Beweis gedient für eine große Tradition, und der Weiße meinte bloß noch, »ich habe bekommen, weshalb ich hier bin, warum sollte ich weiterfahren, wo Sie selber schon auf meine Frage mit einer Gegenfrage antworten«, so dass er am selben Tag nach Europa zurückflog, aber ich plappere zu viel, schon wahr, dabei will ich euch nur zeigen, dass die Leute bei uns sehr viel mehr sind als Philosophen, du siehst genau, dass das ein Schiff ist, und trotzdem wagst du es, die Leute neben dir zu fragen, »ist das ein Schiff«, was soll dieses Spiel, da bekomme ich fast Lust zu pupsen, statt darüber zu lachen,

habt ihr gesehen, am Anfang habe ich von etwas ganz anderem erzählt, und da bin ich nun gelandet, kehren wir also zurück nach Mjihari, das heißt, nein, ich war ja noch bei dem Dieb auf der Kokospalme, genau, und dieser Dieb hatte es gewagt, Tranquilles Mann die Frage zurückzugeben, noch dazu in herrischem Ton, weil er zunächst nicht glaubte, dass er wirklich der Eigentümer des Felds war, er dachte, das wäre auch nur ein Dieb, das kam nämlich häufiger vor, dass ein Dieb einem anderen Dieb etwas vorgaukelte und ihn in die Flucht schlug, dann hatte er das Feld für sich und konnte ganz allein alles klauen, so dass der Dieb, der an diesem Tag auf der Kokospalme hockte, sich nun ebenfalls als Eigentümer ausgab, worauf Tranquilles Mann ihn anraunzte, »so eine Frechheit«, und lauter noch, »wir werden schon noch sehen, wer hier der Eigentümer ist, klau du nur, du Galgenvogel, aber sieh zu, dass du auf deinen Schwingen entkommst, denn wenn du glaubst, deine Hände und deine Füße wären noch zu irgendwas zu gebrauchen, wenn du hier runtergestiegen bist, hast du dich getäuscht, dann liegt nur noch dein Oberkörper auf der Erde, wie eine klägliche Skulptur, ich mache dich zu einem Krüppel, nicht mal bis auf den Lehmboden schaffst du es, das verspreche ich dir, vorher schlage ich dich in tausend Stücke, mit dieser Axt hier«, und kaum hatte er seine Rede beendet, hörte er diesen Herrn herunterplumpsen wie einen Sack Reis, als hätte ihn jemand aus dem Wipfel der Palme fallen lassen, noch lustiger aber war, wie er gleich aufsprang und flüchtete, humpelnd und gegen die Stämme knallend wie eine Schnapsdrossel, selbst ein kleines Kind hätte ihn einfangen können, aber Tranquilles Mann ließ ihn laufen, er wusste ja, dass dieser komische Vogel später leiden würde, wer weiß, vielleicht gar sterben, und nur aus

Spaß, wie um der Dramatik willen, rief er ihm noch hinterher, »da ist er, fangen wir ihn, den feigen Räuber, machen wir ihn fertig«, und so versuchte der Dieb, in seinem erbärmlichen Lauf noch schneller voranzukommen, was alles nur noch schlimmer machte, dauernd fiel er hin, rappelte sich mit Mühe wieder auf, meine Eltern lachten natürlich schallend, als sie die Geschichte aus dem Mund von Tranquille hörten, »damals war Tranquille anders«, sagte Connaît-Tout uns ständig, und nach dem Tod ihrer Schwester kam sie nur noch allein zu uns, ohne ihren Mann, und blieb nicht lange, als wollte sie Connaît-Tout, nachdem er uns wieder zu sich geholt hatte, aus dem Weg gehen, das war vor zwölf Jahren, denn jetzt sind wir siebzehn, ja, ich muss immer noch siebzehn sein, wenn ich mich nicht irre,

ich war schon in der Abschlussklasse des Gymnasiums, als ich anfing, den Unterricht zu vernachlässigen, um still und leise als echter Aal zu leben, Crotale hatte die elfte Klasse wiederholt, und von Tranquille und ihrem Mann wusste man, dass sie nicht länger ihr Geld zum Fenster rauswarfen, so sehnlich sie sich auch ein Kind wünschten, vor allem weil Tranquille, nachdem sie uns fünf Jahre lang wie ihre eigenen Kinder großgezogen hatte, es leid war,

Connaît-Tout konnte mich nicht für alle Zeiten herumkommandieren, für wen hielt er sich, dieser Fischersmann, wo er selber nur die sechste Klasse geschafft hatte, ein so schwacher Schüler war er gewesen, und dann nervt er uns mit Sachen, die er in unserem Alter gar nicht hingekriegt hätte, trotzdem sind wir weiter gekommen als er, jeder entscheidet sich, wie er leben will unter seinem Felsen, dazu braucht es nicht die Ansichten eines armseligen Moralisten, der nicht mal weiß, was er ist, klar wusste er vieles aus den Zeitungsfetzen, aber das reicht nicht, manches lernt man auf der Schule oder aus der Zeitung, vor allem aber lernt man auf der Straße, Überraschendes, Erschreckendes, ja, die Straße lehrt einen mehr als die Schule und die Zeitungen, denn das tägliche Treiben der Menschen, die Wirklichkeit ist etwas ganz anderes, die Schule ist bloß ein Ort, wo man seinen Spaß hat oder sich langweilt, sie gehört in den Bereich der Erfindung, der Fiktion also, fern der Realität, und dann studieren die Leute Jura und Politikwissenschaft, aber regieren tun sie weiter wie die Ochsen, während die anderen ihnen folgen wie die Schafe, und wir, als Aale, dürfen Zeuge sein,

Zeitungen, das sind doch Fortsetzungsheftchen, um die zu unterhalten, die sich keinen dieser sogenannten Bestseller leisten können, die Moral bleibt bei alldem auf der Strecke,

Connaît-Tout, der schon als Junge fischen gegangen war, um seine Eltern zu unterstützen, und der so viele Dinge aus den Zeitungen gelernt hatte, von denen kein Fischer in Mutsamudu etwas wusste, war mit seinen zahlreichen guten Beziehungen zum bekanntesten Fischer der Stadt geworden, wirklich alle kannten Connaît-Tout, die Händler, die Politiker, die Beamten, die Bauern, die Fischer, die Schauerleute, die Arbeiter, Menschen aus allen gesellschaftlichen Schichten, aber alle wunderten sich, dass er nicht wieder heiratete, und das seit siebzehn Jahren, und überall, auf den Plätzen der Stadt oder unterm Seemandelbaum in Mjihari, fragte man sich, wie ein Mann so lange ohne eine Frau an seiner Seite leben konnte, denn das Leben, wohl wahr, ist eine Frau, man heiratet sie, um mit ihr zusammen zu sein, in guten wie in schlechten Zeiten, der Mann dagegen ist eine leere Muschel, die sich nur bewegt, wenn eine Frau hereinkommt, ob ihr das akzeptiert oder nicht, auf sie richtet sich alles menschliche Streben, daran könnt ihr nichts ändern, aus Angst, wir könnten einer Rabenmutter in die Hände fallen, und damit wir nicht Ähnliches mitmachen mussten wie diese Märchenheldin namens Aschenputtel, hatte Connaît-Tout beschlossen, Witwer zu bleiben, seine ganze Sorge, bedeutete er uns, galt uns beiden, Crotale und mir, deshalb kämpfte er auch wie ein Löwe, um uns ein unbeschwertes Leben zu ermöglichen, und wenn jemand ihn beim Seemandelbaum ansprach und sagte, er solle doch heiraten, schäumte er und antwortete schroff, »ihr denkt nur an die Frauen, dabei schafft ihr es nicht mal, sie glücklich zu machen, eine Idiotie ist das, nur Unsinn habt ihr im Kopf mit euren verdammten Schwänzen, kümmert euch lieber um eure Testikel, wenn ihr mit eurem Hintern mal fertig seid«,

unterm Seemandelbaum passierten die unmöglichsten Dinge, so wie auf allen öffentlichen Plätzen der Stadt, es wurde gespottet, sich lustig gemacht, gedroht und vieles mehr, aber dazu kommen wir später,

Connaît-Tout warnte uns vor dem Dämon, der, wenn sie nicht aufpassten, die Herzen der meisten jungen Mädchen unserer Generation an sich riss, wir dürften in dieser Welt nicht alles rosarot sehen, sagte er, denn »das Leben ist nicht immer eine Frucht in Rosenwasser, sondern vor allem eine bittersüße Frucht, essigsauer, salzig, bitter und süß zugleich, zu leben heißt, und da gibt es kein Vertun, diesen Mischmasch zu kosten«, na ja, zu der Sache mit dem Dämon sage ich lieber nichts, das ist doch Käse, jeder ist verantwortlich für seinen Felsen, was soll dieser Bluff, doch an der Vorstellung vom Leben, wie Connaît-Tout sie vertrat, war vielleicht etwas dran, in dem Punkt sehe ich es ein bisschen wie er, zu leben heißt, diese erstaunliche Frucht mit den vielfältigen und unscheidbaren Geschmäckern zu kosten, probiert habe ich ja schon, auch den außerirdischen Lichtstrahl gesehen, den man Glück nennt, habe ihn still und leise genossen, aber nach Art eines Aals unterm Felsen, das ist etwas anderes, nur werde ich jetzt langsam müde, verliere die Kraft, meine Hände können sich kaum noch an den Bootstank klammern, dabei werde ich sowieso hier enden, doch bevor ich ganz verschwinde, will ich fertig werden mit meinen Bildern, es bleiben noch so viele, will sehen, wie die Erinnerungen weitergehen, nur frage ich mich, ob das tatsächlich Erinnerungen sind oder eher trügerische Visionen, es ist einfach zu schön, das Gelebte wie im Traum noch einmal vorbeiziehen zu sehen, vor allem wenn man ein einzigartiges Geschöpf war, ein landlebender Fisch, das heißt einer, der auf zwei Beinen geht, eine junge Frau, die sich mit ihrem glatten Körper über den Boden schlängelt, zwischen den Mauern hindurch, von allen unbemerkt dank der täglichen Stille, die nur sie kennt, ihrem Felsen, eine eigenständige Spezies, nehme ich an, jedenfalls steht uns noch einiges bevor, denn wie ich anfangs schon sagte, drängen die Bilder herbei, rempeln sich um, prallen aufeinander, wie blinde Ungeheuer, die in meinem Kopf umherschwirren, aber wie auch immer, endlich kann ich weitermachen, denn meine ersten Beutestücke, Mutsamudu und Mjihari, sind eine große Hilfe bei diesem Abenteuer, das so lang ist, so aufreibend, so berauschend,

Mutsamudu verdankt seine Entstehung dem Hirten, von dem ich zu Beginn bereits sprach, Mussa Mudu, das bedeutet wörtlich *Schwarzer Mussa*, ja, ein Hirte war er, und er stand in Diensten des Königspalastes, wie Connaît-Tout sagte, auch wenn Historiker meinen, er hätte nach einer Ziege gesucht, die in der Herde fehlte, und wieder andere von der Suche nach einer Weide sprechen, was natürlich alles Quatsch ist, aber fahren wir trotzdem fort, er hatte also das Land durchstreift, bis er diesen Teil der Insel entdeckte, der später seinen Namen tragen sollte, offenbar war er durch die Wälder gelaufen und an einer Stelle herausgekommen, wo man das Meer sehen konnte, an ebenjener

Stelle, wo sich heute das Viertel befindet, das man Mjihari genannt hat, der Name Mutsamudu leitet sich also bloß vom Namen dieses Hirten her, Mussa Mudu, bleibt die Frage, warum man das Viertel Mjihari nennt, aber zu dieser Mär kommen wir später, das kostet mich zu viel Zeit, allen Geschichten glaube ich sowieso nicht, außerdem bin ich nicht da, um eine Geschichtsstunde zu geben, zu diesen Lügnern möchte ich gar nicht gehören, was mich interessiert, sind die aalartigen Geschichten, die ausgefallenen Geschichten, die etwas von einem Aal haben wie die meine, solche Geschichten kennen die Leser von Zeitungen und aktuellen Bestsellern überhaupt nicht, die wirklich wahren und auf eigenartige Weise eigenartigen Geschichten, ja, denn all diejenigen, die Geschichten schreiben oder lesen, die nichts von einem Aal haben, und jetzt hört gut zu, die sind weit entfernt von der Realität dieser Welt,

Connaît-Tout zog immer bei Tagesanbruch los, um aufs Meer zu fahren, und zurück kam er erst bei Sonnenuntergang, manchmal auch erst bei Anbruch der Nacht, vor allem wenn schönes Wetter war, dann konnte ich ausleben, was ich war und wie ich mein Leben verstand, es war ein erfüllteres und aufregenderes Leben als das, was unser lieber Connaît-Tout mir zugedacht hatte, der mich formte, wohl wahr, indem er mich einbunkerte, aber ich hatte Geschmacksrichtungen entdeckt, von denen er nicht wollte, dass wir sie kennenlernten, mit allen Mitteln versuchte er zu verhindern, dass wir jemals in den Genuss eines solch anderen Geschmacks kamen, aber etwas Entscheidendes wusste er nicht, und das sollten alle im Leben wissen, nämlich dass man einen Körper in die Starre einer Leiche zwingen und über ihn triumphieren kann, niemals aber zwingt man eine Seele, sich die Flügel zu brechen, auf dass sie als Geisel am Boden liegen bleibt, tatsächlich dachte Connaît-Tout, er würde mich kennen, aber wer kennt schon alles von einer Person, egal wie alt er geworden ist, egal auf welchem Planeten er geboren ist und welches Wissen er erworben hat, denn das Leben eines jeden Individuums ist ein großes, höhlenartiges Schloss, in dem sich Vorzimmer finden, Säle und Gelasse, einfacher gesagt, das Leben ist ein Gebilde aus Räumen voller Licht und Räumen voller Dunkelheit, die geheim gehalten werden, ein jeder von uns fast wie ein Ozean, und so sind wir in der Welt wie in einer unendlichen Weite aus all diesen Ozeanen, in deren Tiefen sich die Existenz einer unendlichen Vielfalt von Kreaturen offenbart, das lernt man natürlich nicht alles von heute auf morgen aus irgendwelchen Zeitungsfetzen, wie unser Moralist glaubte, auch nicht in den gewaltigen Bibliotheken, kein Presseerzeugnis, kein Bibliothekar, kein Wissenschaftler hat je die Geheimnisse des Meeres erschöpfend fassen können, Geheimnisse, unter denen auch mein Leben war, meine Gestalt, wie ein kleiner, unscheinbarer, wasserreicher Tropfen, der ebendiesen, nicht mehr und nicht weniger, in die Unermesslichkeit gibt, an deren Tiefe und Dunkelheit jedes Licht zerschellt,

zu Hause folgte ich still jeder Bewegung von Connaît-Tout, während Crotale unseren Vater in allem ignorierte, ich nehme an, das war einer der Gründe, warum er sie nicht so liebte, wie er sollte, aber er hätte es nun mal gerne gesehen, dass wir ihn in seiner Verrücktheit begleiteten, stellte sich vor, er würde bei allem, was um ihn herum geschah, die Hauptrolle spielen, in seiner Leichtgläubigkeit dachte er ja, er wäre der Herr im Haus, dabei war er in Wirklichkeit bloß der einfältigste Tropf, den ich je gekannt habe, ich beobachtete ihn in aller Ruhe, meist heimlich, um hinter seinem Rücken diesem anderen Weg zu folgen, der sich auf eine Weise dahinschlängelt, dass einem schwindlig wird, und ich bin sicher, wenn er davon gewusst hätte, hätte er mir ein solideres Hindernis in den Weg gestellt, nur wäre ihm das nicht gelungen, bestimmt nicht, denn mir entging nichts, ich tat alles, um den Feind meiner Wünsche auszumachen und zu verhindern, dass er mich auf meinem Weg aufhielt, einem Weg, den er für einen teuflischen halten musste,

nachts sah ich, wie Connaît-Tout zum Himmel aufschaute und lange die Sterne betrachtete, und wenn er die Augen wieder senkte, rief er, »ah, Gott sei Dank, morgen wird ein schöner Tag, da kann ich aufs offene Meer fahren, und sehr wahrscheinlich fahre ich weit hinaus, das wird mal eine ruhige See«, und dann sagte ich mir, dass ich mich, solange er auf dem Meer war, ebenfalls einer wichtigen Angelegenheit widmen konnte, wie üblich würde sich jeder seiner Leidenschaft hingeben, er dem Meer, ich der Liebe, aber wenn Connaît-Tout nach den Sternen spähte und etwas anderes rief, zum Beispiel »Herrschaftszeiten, morgen droht stürmische See«, dann wusste ich, dass die Katze früh ins heimische Loch zurückfinden würde, sieh dich bloß vor, Maus, nicht dass man dich beim Tanz auf dem Tisch erwischt, Connaît-Touts Worte hießen nämlich, dass er vorhatte, so rasch wie möglich heimzukehren, und dann endete er, »tja, ich fürchte, das Meer wird äußerst unruhig, da werde ich gezwungen sein, nah an der Küste zu bleiben, um mich im rechten Moment zu verdrücken, tja, man weiß nie«, und ich selber tat wie die Unschuld in Person, ich kannte seine Achillesferse ja, aber er hatte mich sowieso nie im Verdacht, er beachtete mich gar nicht, machte sich keine Gedanken, wenn er mich auf dem Rückweg vom Meer manchmal auf der Terrasse sah und zu mir hochrief, wie ein Toter in seinem Grab schrie er, aber von der Terrasse aus sah ich den Mann meiner Träume, dort oben, wo am Anfang alles passiert ist mit dem Mann, für den mein Körper jede Sekunde zitterte, sobald ich seinen Schatten auftauchen sah, dem Mann, für den mein Herz, kaum dass er mich berührte, schmelzen sollte wie Butter in einem heißen Topf, er war ein Freund meines Vaters, der schönste Fischer im Viertel, Vorace, ja, so hieß er, dieser Nimmersatt, Vorace,

jeden Tag ging ich hinauf auf die Terrasse und stand dort wie angewurzelt, betrachtete das Meer, sah das Spektakel der Fischer, wie sie stritten und sich balgten, sah die Hinausfahrenden und die Zurückkehrenden, und unter den Zurückkehrenden die Gewinner und die Verlierer, denn die einen kamen mit vollen Pirogen, die anderen mit leeren, die einen waren fröhlich, die anderen unglücklich, manche waren auch so erschöpft, dass sie kein Wort sagten, sie stiegen gleich aus, räumten ihre Sachen zusammen und gingen nach Hause wie Schiffbrüchige, die von einem fremden Schiff gerettet wurden, man verstand sofort, dass sie ihre Zeit für nichts verschwendet hatten und dass es für sie noch beschämender war, als einen Scheißefleck auf der Stirn zu tragen, und wenn ich alles sehen konnte, was am Strand unseres Viertels passierte, dann weil unser Haus strategisch günstig gleich gegenüber stand, ein im wahrsten Sinne des Wortes privilegierter Ort für jemanden, der mehr mit dem Tanz als mit dem Gesang des Meeres in Dialog treten wollte, und das Meer, ihr kennt es wenigstens, ihr, die ihr mir in meiner Verrücktheit folgt, als hättet ihr nichts Besseres zu tun, das Meer ist ein außergewöhnlicher Künstler, das könnt ihr mir glauben,

die Lage unseres Hauses erlaubte mir auch einen Blick auf das einzigartige Gepräge der Medina von Mutsamudu, dieser Teil der Stadt war nämlich auch ein Meer, eins der eigenen Art, dabei wandte ich der Zitadelle von Mutsamudu, wenn ich mich zum Strand hin stellte, erst einmal den Rücken zu, einer berühmten Festung, die über der gesamten Medina schwebt und so, wie mir immer schien, Mutsamudu einen besonderen künstlerischen Glanz verleiht, denn die harmonische Pracht dieses gewaltigen

Bauwerks zieht die Blicke auf sich und nährt die empfindsamsten Seelen, ist doch wahr, Touristen aus aller Welt verschlingen sie mit den Augen, geben Salven von Blitzlichtern ab und lassen ihre Kameras nicht von ihr, als genügte das, damit sie ihnen ihre Geheimnisse entgegenruft, Geheimnisse, die nur ihre Falten und ihr weißes Haar erahnen lassen, laut Connaît-Tout wurde die Zitadelle von Mutsamudu zwischen 1783 und 1790 erbaut von Sultan Abdallah I. Almaceli, um die Stadt gegen Bedrohungen von außen zu schützen, die Hauptstadt der Insel hatte man da natürlich schon von Domoni nach Mutsamudu verlegt, aber wie auch immer, die ganze Majestät dieser ehemaligen Festung offenbart sich, wenn man von dort oben auf die Stadt und aufs Meer blickt, ein wahrlich erhabener Standort, und so ist sie auch, ausdauernd und beständig, Zeuge von allem, was passiert in diesem Loch, das man Medina nennt, die alten Kanonen zum Meer hin ausgerichtet, zu den verschiedenen Küsten und zum Hafen von Mutsamudu, während im Inneren des Bauwerks Pflanzen und Blumen wachsen, so dass die Mauern in einem anderen Licht erscheinen, und wenn man dieses Bild sieht, kann man darin den Bart eines alten weisen Mannes erkennen, die Pflanzen und das Moos auf den Mauern einer Festung sagen nämlich sehr viel mehr als der Bart und die Falten eines Patriarchen, aus der Ferne sieht man dort auch Vögel umherfliegen, andere segeln darüber hinweg, wie ein krönender Schmuck dieses historischen Zeugen,

auf der Terrasse unseres Hauses stellte ich mich gerne so hin, dass ich die lange Treppe sehen konnte, die in die Zitadelle hineinführt, und versuchte zu erkennen, wer die Treppe hochstieg, he, Anguille, was quasselst du, wozu all die nutzlosen Details, ist dir nicht klar, dass du hier umkommst, schon gut, ich hör ja schon auf, muss schnell weitermachen, richtig, aber jedem Tierchen sein Pläsierchen, ist doch so, also, die meiste Zeit stand ich zur anderen Seite hin, wo das Meer war, und achtete nicht auf die Zitadelle hinter mir, schaute ewig auf diese riesige Wasserwüste, die sich nach Schlangenart bewegte, die wanderte und näher an mir dran war als die Zitadelle in der Ferne, manchmal taten mir schon die Augen weh, so gierig betrachtete ich sie, aber erst mal beobachtete ich in aller Ruhe das Wogen der Wellen, die sich dahinschiebenden Buckel und Mulden an der Oberfläche dieser bewegten Wüste, sie brachte mich zum Träumen, und ich ließ meine Fantasie schweifen, immer im Rhythmus des Meeres, reiste unbewusst auf diesen kleinen Erhebungen mit, ihr leises Rauschen benebelte meinen Verstand, und kaum folgte ich einer Welle, um zu verstehen, nach welchem Mechanismus sie sich formte, geriet das Bild durch eine nächste schon ins Wanken, immer verlor ich mich, denn die Wellen stießen aneinander, aber ich verspürte etwas Besonderes, ein ganz eigenes Gefühl, und ich wünschte mir nichts lieber, als wie sie davonzuziehen, mal hierhin, mal dahin, um vor dem Verschwinden alle Freuden der Erde auszukosten, denn der Mensch ist eine Welle, die sich aus anderen Wellen bildet, wie die Wellen wickeln auch die Menschen einander ein, gehen ineinander über, sie lieben und bewundern sich, umarmen sich und kommen in Schwung, aber sie hassen sich auch, fetzen sich, um am Ende zu verschwinden und Platz zu machen für die Neugeborenen, ja, einer nach dem anderen, genau wie im Theater, da könnt ihr mal sehen,

ich wandte mich zum Strand, blickte dorthin, wo die Pirogen säuberlich aufgereiht lagen, wo die Rinder jeden Tag muhten und wiederkäuten und ich die tollsten Szenen der Fischer erlebte, wenn sie vom Meer kamen oder hinausfuhren, diese großen Räuber des Meeres, die sich wegen der kleinsten Kleinigkeit stritten und neidisch aufeinander waren wie die Frauen, denn wer ein Schnellboot besaß, mit einem Motor, ließ diejenigen, die keines hatten, seinen Stolz und seine Verachtung spüren, und wer ein Netz besaß, fühlte sich denen überlegen, die mit einer Leine und einem Haken fischten, sie lachten ihnen ins Gesicht, schnitten Grimassen, immer musste es jemanden geben, der einem unterlegen war, sonst war man nicht zufrieden, selbst wenn der andere auf die Überlegenheit nichts gab, aber die Konkurrenz war da, jeden Tag, auch für Connaît-Tout, der zu denen gehörte, die sowohl ein Netz wie auch eine Leine und einen Haken besaßen, er kaufte sie immer bei den Indern, die waren die großen Händler in Mutsamudu, echte Geschäftsleute, und sie hatten das Monopol für den Handel mit der Welt,

unter den Fischern, die ein Motorboot besaßen, war auch der junge Mann namens Vorace, ein richtiger Adonis, groß gewachsen und kräftig gebaut, ich konnte sehen, wie sich seine Muskeln durchs Nylonhemd abzeichneten, nur wusste ich damals noch nicht, dass ich einmal anbeißen und an seinem Haken hängen würde, am Anfang hatte ich ihn mir einfach nur angeschaut, aber dann wurden meine Augen gieriger als mein Mund, es war, als hinge mein Leben davon ab, keinen Tag konnte ich verbringen, ohne nach ihm Ausschau zu halten und zu träumen, mein Herz wäre sonst nicht zufrieden gewesen, einfach unwiderstehlich, mir war gar nicht bewusst, dass meine Augen an einem verhängnisvollen Köder hingen, sie haben sich nicht in Acht genommen vor diesem jungen Fischer, und ein echter Fischer war er, das muss ich zugeben, denn er hat mich als Landaal drangekriegt, dabei hat er nie viel gesprochen, auch keine Zeit damit verloren, vom Regen zu sprechen oder vom schönen Wetter wie die anderen Fischer, und gegenüber den Kollegen gab er sich immer bescheiden, auch wenn die auf der Hut waren, denn er war bärenstark, wenn die Fischer aufs Meer fuhren, benahmen sie sich, als wären sie auf einer großen Regatta, und machten sich die Abschnitte streitig, die sie gerne allein befahren hätten, um mehr Fische zu fangen, als könnte man sich das Meer teilen oder auf den Grund sehen und erkennen, wo die Fische sich zum Festmahl versammeln, und wenn dann ein Abschnitt besetzt war und noch jemand kam, wurde er schief angesehen, alle beäugten einander mit diesem Indianerblick, nur Vorace, der fuhr viel weiter hinaus, und wenn er zurückkam, hatte er die dicksten Fische dabei, nicht so wie die anderen, diese Faulenzer, Connaît-Tout kam immer mit minikleinen, nie hatte er mal einen Hai oder einen Thunfisch gefangen, bei Vorace war das nicht der Fall, der brachte mindestens fünf große Haie, dreißig Thunfische und Dorsche, das sah ich genau, weil ich mich auf der Terrasse so schön vorbeugen konnte, wie eine Spionin, und ich schaute mir die Fische lange an und zählte sie, wenn er sie mit seinen Freunden aus dem Boot holte, von denen kannte ich vor allem Voilà, das war sein allerbester Freund, dieser Säufer erster Güte, aber von dem erzähle ich später sicher noch mehr, seine Freunde jedenfalls verkauften Vorace' Fische, er selbst erledigte seine Arbeit spielend und machte sich auch nichts aus all den Idioten, die glaubten, sie wären den motorlosen Fischern überlegen, bloß weil sie weiter hinausfahren konnten, dorthin, wo man Fische in rauen Mengen fand,

ich mochte es sehr, wenn Vorace sich die Hände wusch, manchmal zog er auch sein Hemd aus und stand eine Weile mit nacktem Oberkörper da, um sich abzukühlen, für mich die köstlichste aller Szenen, die ich jeden Tag am Strand zu sehen bekam, seine Haut glänzte wie die einer Wasserschlange, und ich stellte mir vor, wie sanft dieser so wunderbar leuchtende Spiegel war, sanft und feucht und glatt, und dann spürte ich einen Schauer, als hätte man mir eine dieser Spritzen gegeben, die zu einem unbändigen Appetit anregen, seine gewölbten Muskeln wie große Mangos, sorgfältig in eine Plastiktüte gehüllt, dabei hatte ich die ganze Zeit gedacht, Vorace würde mich nicht bemerken, ich stand ja auch ein Stück weiter weg, und normalerweise waren viele Leute am Strand, die seine Aufmerksamkeit bestimmt mehr in Anspruch nahmen, genauso, wie immer ein Haufen schnatternder Menschen auf der Straße war oder unterm Seemandelbaum, aber ich musste Vorace nur sehen, und ich verlor alle Kontrolle über mich, bis zu dem Tag, an dem er Connaît-Tout half, seine Ausrüstung und die Fische zu tragen, an diesem Tag gab es nämlich viel zu tragen, vor allem weil Connaît-Tout nicht alle seine Fische hatte verkaufen können, und das waren eine Menge, auch war sein Freund Garanti noch nicht da, ließ auf sich warten, dieser tapfere Alte, der für ihn die Fische in der Stadt verkaufte, und Connaît-Tout war müde, wollte nach Hause, die anderen Fischer hatten ihre Ware bereits verkauft, als Connaît-Tout noch nicht mal aus seinem Boot gestiegen war, was darauf hinauslief, dass es kaum noch Kunden gab, die pflanzten sich nämlich mit verschränkten Armen im Sand auf wie die Bäume, manchmal ganz dunkel, wenn es schon Nacht wurde, und spähten nach den auf den Strand zufahrenden Pirogen, nur wer als Erster an eine herankam, wurde auch als Erster bedient, deshalb stürzten die Kunden, kaum dass eine Piroge am Strand landete, in wildem Durcheinander auf den Fischer zu und taten, als wollten sie ihm beim Zusammenräumen seiner Gerätschaft helfen, was sie natürlich auch getan hätten, wenn die Piroge leer gewesen wäre, tja, so ist das Leben, aber das wisst ihr selber, man muss seine Rolle spielen, den anderen etwas vormachen und sich etwas vormachen lassen, sonst fehlt dem Schauspiel die Würze, darum geht's, bei stürmischer See wussten die Fischer, die das Risiko nicht scheuten und aufs Meer hinausfuhren, also um den Wert ihres Tagewerks und was sie bei der Rückkehr am Strand erwartete, und so schnellte der Preis für den Fisch in die Höhe, die Fischer wurden zu Helden der Stunde, ja, zu den Hauptdarstellern, die Frauen rissen sich um sie wie um Schmuckstücke, die Händler und selbst die Beamten beneideten sie und erklärten sie zu ihren besten Freunden, aber kaum beruhigte sich das Wetter, kaum fuhren wieder viele aufs Meer, waren sie es, die Fischer, die die Kunden beknieten, ihnen etwas abzukaufen, und schon ging der Streit los, sie machten sich gegenseitig die Kunden abspenstig, Fische blieben in der Sonne liegen, Fliegen fielen über sie her wie über stinkende Kadaver, und dort lagen sie dann und fingen an zu verwesen, klar, wer von den Fischern einen Kühlschrank besaß, kehrte am nächsten Tag mit seinen Fischen zurück, aber wer keinen hatte, war gezwungen, sie zu einem kümmerlichen Preis zu verkaufen, um nicht alles zu verlieren, oder wie Connaît-Tout sagte, »besser ein halber Verlust als ein Totalverlust«, er selber verkaufte so viel wie möglich über Garanti, ließ ihn manchmal auch fast alles verkaufen und kam gleich mit zwei Kilo Fisch nach Hause, aber an dem Tag, an dem Vorace ihm half, seine Sachen zu tragen, war Garanti noch nicht da, genau, an dem Punkt waren wir,

dabei sollte ich, statt meine Zeit zu vergeuden, von Vorace sprechen, nicht wahr, was reitet mich bloß, he, Anguille, wohl eine Schraube locker oder was, im Ernst, was soll das Geplapper, du solltest besser so schnell wie möglich fertig werden mit allem, was du siehst oder woran du dich erinnerst, nun mach schon, halt dich nicht mit Nebensächlichkeiten auf, ist ja gut, schon verstanden, dann zurück nach Mjihari, an diesem Tag also hatte Vorace Connaît-Tout gebeten, ihm helfen zu dürfen, bei uns gehörte es sich, dass die Jungen den Alten gegenüber Respekt zeigten und ihnen bei Bedarf zur Hand gingen, das war so Brauch, auch wenn es immer welche gab, die sich als unerträglich herausstellten, die es wagten, vor ihren Eltern zu rauchen oder, schlimmer noch, ihnen den Rauch der Zigarette ins Gesicht zu blasen, wie um sie dafür zu bestrafen, dass sie sie in die Welt gesetzt hatten, wichtig ist hier nur, dass Connaît-Tout Vorace' Hilfe angenommen hatte, er wusste, dass der Junge höflich zu allen am Strand war, auch wenn er Alkohol trank, aber das kümmerte ihn nicht, deshalb schlug er seine Hilfe auch nicht aus, und Vorace begleitete ihn nach Hause, von der Terrasse aus sah ich sie kommen, das Herz trommelte in meiner Brust, seine Schläge hallten in meinem Hirn wider, wie in einem stillen Raum, wo nur die Echos der einsamen Schreie antworten, und meine Füße begannen zu zittern, während die beiden auf unser Haus zukamen, Vorace hinter Connaît-Tout her, er trug zwei Ruder und einen Nylonsack mit Fischen, bestimmt zehn Kilo, das waren Sardinen, Heringe und Makrelen, Connaît-Tout hatte auf der rechten Schulter einen Sack mit seinem Netz, seiner Leine und der Dose mit den Haken, in seiner linken Hand hielt er ebenfalls einen Sack mit Fischen, genauso schwer, und kaum sah ich sie auf die Tür zutreten, sprang ich die Treppe hinunter in den Hof, um erst gar keinen Verdacht aufkommen zu lassen, wer weiß, was das für Folgen gehabt hätte, mit der Katze war nicht zu spaßen, kleine Maus, er mochte es nicht, dass wir auf der Terrasse blieben und das Geschehen draußen beobachteten, nein, nur die Katze nicht herausfordern, und kaum war ich am unteren Ende der Treppe, hörte ich das lange Quietschen der Tür und dann, wie sie zuschlug, man konnte die Tür unmöglich bewegen, ohne dass alle im Haus den Krach hörten, die war nämlich steinalt, diese Blechtür, so alt, dass sie schon Geheimnisse eingefangen hatte, als wir das Licht der Welt noch nicht erblickt hatten, und immer noch fing sie welche ein, trotz ihrer alarmierenden Schreie, das war ein langgezogener, spröder Laut, manchmal machte er mich nervös, denn er konnte mich verpfeifen, mir irgendwann alle meine Geheimnisse entreißen, aber ich hatte noch mal Glück, wieso, das sehen wir später, denn wenn ein Aal stirbt, schlängelt er sich weiter, selbst wenn er auf dem ganzen Weg kackt, bis er dort ist, wo er hinwill, und das tue ich jetzt auch, also, jetzt nicht die Backen zusammenkneifen, hört zu, wie es weitergeht,

Connaît-Tout und Vorace kamen ins Haus, Connaît-Tout als Erster, und dabei brüllte er, als spräche er zu einem Tauben, an einem Thema fehlte es ihm ja nie, wenn er seine Reden schwingen wollte oder sich in einem Selbstgespräch verlor, Vorace konnte ihm kaum folgen, Connaît-Tout kam vom Hölzchen aufs Stöckchen, zuerst sprach er vom Wetter, dann brach er plötzlich ab und sprach von sich selbst, von seiner Erfahrung auf dem Meer, das kannte er wie seine Westentasche, brüstete er sich, und ein Händchen fürs Fischen habe er auch, und als dieser Angeber dann sagte, »hör zu, mein Junge, ich bin ein alter Hase, der nichts zu verlieren hat«, konnte Vorace ein Schmunzeln nicht verbergen, das behaupteten schließlich alle Fischer, dass sie nichts zu verlieren hätten, und dabei standen sie beide im Hof, noch an der Tür, und Vorace schien sich zu konzentrieren, sah aufmerksam zu Connaît-Tout, als der weitersprach, »ja, manche Leute denken, aufs offene Meer hinauszufahren sei ein Leichtes, warum versuchen sie es nicht mal selbst, wenn sie wirklich Träger von Testikeln sind, hab ich nicht recht, sag, mein Junge, fünfundsechzig Jahre Erfahrung, kannst du mir folgen, mein Junge, fünfundsechzig Jahre, wenn ich heute losfahre, weiß ich, wohin ich fahre und was ich will«, und plötzlich verstummte er und stellte seine Sachen auf dem Boden ab, sie waren wohl zu schwer und hinderten ihn am Quasseln, nehme ich an, und dann stemmte er die Hände in die Hüften wie ein Lehrer, der zu einer ermüdenden Unterrichtsstunde ansetzt, und sprach weiter, dabei nannte er ihn immer wieder mein Junge, »du siehst, mein Junge, wenn ich ins Boot steige, denke ich nie daran, Reichtümer zu erwerben, sondern nur, mir zu nehmen, was ich kann, um zufrieden wieder zurückzufahren«, und dann nahm er die Hände von den Hüften und schien kurz nachzudenken, ehe er voller Lust weitersprach, er freute sich immer, wenn er vom Meer sprechen konnte, jedes Mal geriet er ins Schwärmen, und um sein Gegenüber zu beeindrucken, würzte er seine Worte nach Kräften und endete immer so wie an diesem Tag, »ich bin ein Seemann, und ein Seemann hat nichts zu verlieren«, ich stand die ganze Zeit reglos da und sah, wie Vorace verstohlen zu mir rüberschaute, am liebsten hätte ich gelacht oder zumindest gelächelt, aber ich schaffte es nicht, weil mich diese zärtlichen Blicke, die ich auf mir spürte, in eine solche Verwirrung stürzten, dass mir schwindlig wurde, ich tat also, als hätte ich nichts bemerkt, setzte mich auf die unterste Treppenstufe und spielte mit den Fingern, so als hörte ich Connaît-Touts Worte gar nicht, aber Vorace hatte mich verzaubert, in seinen Bann geschlagen, bis ins tiefste Innere betört, ich wusste nicht, was tun, und auf einmal fiel mir ein, dass ich Connaît-Tout helfen sollte, seine Ausrüstung wegzuräumen, so wie immer, nicht dass er mein Desinteresse bemerkte und mich darauf ansprach, ich stand also rasch auf und ging zu ihm hin, er unterbrach auch gleich, deutete auf die Ruder, die Vorace in den Händen hielt, und sagte, »am besten nimmst du erst mal die Ruder an dich, damit unser Freund Vorace verschnaufen kann, nicht wahr, mein Junge«, und dabei schaute Vorace mich an, als käme ich von einem anderen Planeten, ich wusste gar nicht, wie ich auf ihn zugehen sollte, sein Blick war viel zu durchdringend, da hat man lieber ein gezücktes Schwert vor sich als einen solch unbändig lockenden Blick, auch blinzelten seine Augen kein einziges Mal, als ich an ihn herantrat, verwunderlich, nicht wahr, ich hatte zumindest mit einem Lidschlag gerechnet, aber nichts, gar nichts, er stand da wie eine kunstvolle Statue, na ja, oder wie eine Mumie, aber so etwas hatte ich noch nie gesehen, und ich fühlte mich so schwach, dass ich den Kopf senken musste vor diesem strahlenden Blick, trotzdem wollte ich ihm die Stirn bieten, ein dummes Ding war ich, nicht wahr, wollte ihm zeigen, dass ich keine Angst hatte, Scham ist nämlich nicht dasselbe wie Angst, Vorsicht, Angst hatte ich nicht, und ganz so feige benahm ich mich auch nicht, denn schließlich traute ich mich, aufzuschauen und ihn anzublicken, und da sahen wir uns fest in die Augen, wie in einem Liebesroman, die Last fiel ab von meinem Herzen, und ich fühlte mich erlöst, mir war, als würde ich direkt mit ihm in Verbindung treten, ja, ein lautloses Zwiegespräch führten wir in diesen wenigen, aber köstlichen, paradiesischen Sekunden, und ich versuchte zu entziffern, was seine Augen mir in ihrer Ameisensprache mitteilten, aber ob ich darin auch etwas lesen konnte,

an diesem Tag begriff ich, dass die Augen ihre eigene Art haben, das Herz zu entkleiden, sie sagen direkt und präzise, was ein diesiger Himmel verbirgt und hortet, aber warum sage ich das, ich war bezwungen und wusste es selber nicht, denn ihre Gier hatte mich mitgerissen, und als Vorace mir ein Lächeln schenkte, in dem so viel mitschwang, war ich außer mir, ich machte ungewollt eine dumme Handbewegung, und statt die Ruder zu nehmen, die er mir hinhielt, umfasste ich seine Handgelenke und schaute ihn an wie eine Verrückte, ja, richtig krank, und ich ließ nicht nach, um seine frische Haut zu spüren, strich darüber, aber seine Frische spürte ich in den Augen und seine Wärme im Herzen, ich war wie gelähmt von diesem zauberhaften, verführerischen Lächeln, ganz ehrlich, selbst seine Zähne habe ich gesehen, sie waren fein und leuchteten mit einem Perlenglanz, aber auf einmal wurde er unruhig, schüttelte kurz seine Hände, wie um mich zu wecken, stimmt ja, in dem Moment schlief ich, und mit einem Ruck riss ich mich aus meinem Traum, nahm rasch die beiden Ruder, und ehe ich mich zu Connaît-Tout umdrehte, der mit seinen Fischen beschäftigt war, erwiderte ich sein Lächeln und brachte die Ruder in die Küche, schaute mich immer wieder um, wollte sehen, ob Vorace noch da war, klar, natürlich war er das, er folgte mir mit den Augen, während Connaît-Tout seine Säcke mit den Fischen beiseitestellte und auf seinen Freund Garanti wartete, damit er sie abholte und in den anderen Vierteln verkaufte, dank seiner Arbeit als Fischverkäufer war Garanti nämlich von Chitsangani bis Habomo überall bekannt, und wenn er dann alle Fische verkauft hatte, brachte er Connaît-Tout genau die vereinbarte Summe, nicht mehr und nicht weniger, keine Ahnung, wie viel Connaît-Tout ihm dafür zahlte, sie besprachen ihre Geschäfte tuschelnd auf der Terrasse, manchmal blieben sie auch allein im Hof, sie verstanden sich also bestens, nehme ich an, so wie alte Füchse, beide vom selben Schlag, und wie es aussah, waren beide sehr zufrieden mit ihrer Arbeit und stolz darauf, Connaît-Tout zollte seinem Getreuen Respekt, und der genoss sein volles Vertrauen,

als Connaît-Tout alles weggeräumt hatte, wandte er sich zu Vorace, tätschelte ihm die Schulter und rief, »damit hätten wir's, alles ist an seinem Platz, mein Junge, hab tausend Dank, ich wünsche dir einen schönen Abend, lieber Vorace«, und Vorace empfahl sich, doch bevor er ihm den Rücken zukehrte, warf er noch, von Connaît-Tout unbemerkt, einen letzten Blick zu mir, einen Blick, der ebenfalls »tschüss« sagte,

an diesem Abend fühlte ich mich ganz anders als sonst, so als wäre etwas Unerhörtes mit mir geschehen, für mich war es ein Triumph, dass ich Vorace hatte berühren können, ja, er war es gewesen, der Vorace aus Fleisch und Blut, dessen Gestalt ich immer am Strand gesehen hatte und der jetzt, wann immer ich die Augen schloss, vor mir erschien, ich hatte ja meine Haut an der seinen gerieben, einfach unvorstellbar bis zu diesem Tag, ich warf mich also aufs Bett, um weiter von ihm zu träumen, die Lust war einfach zu groß, aber dann sprang ich wieder auf, weil mir einfiel, dass ich mich um die Küche kümmern musste, weil Crotale noch nicht da war, die brauchte immer lange, bis sie von der Schule nach Hause kam, manchmal machten wir uns Sorgen, mein Vater Connaît-Tout und ich, denn die Mahnungen, die er ihr mit auf den Weg gab, blieben ungehört, erst trieb sie sich mit ihren Freunden beim Stadion von Missiri herum, dann gingen sie in irgendwelche Grünanlagen und hauten sich auf den Rasen, genau wie diese Menschen auf der Place Mroni, nie machte sie sich wegen irgendwas einen Kopf, nicht mal, wenn Connaît-Tout sie mit geballten Fäusten zurechtwies, die Drohungen dieses Werwolfs ließen sie unbeeindruckt, sie schaute ihn an, wie sie alle anschaute, als sagte ihr sein Name Connaît-Tout nichts, und selbst wenn er drohte, ihr das Taschengeld zu streichen, änderte das nichts, kein Bock und fertig,

Crotale hatte viele Freunde und war auf dem Gymnasium von Mutsamudu sehr beliebt, alle kamen auf sie zu und begrüßten sie, kaum dass sie im Eingang der Schule erschien, man hätte meinen können, eine Filmdiva oder eine Sängerin, deren Musik um die Welt ging, manchmal musste ich an unsere Nawal denken, an Rokia Traoré oder an Céline Dion, von denen Connaît-Tout sprach, wenn er irgendwelche Seiten aus Illustrierten gelesen hatte, Crotale jedenfalls war in der Schule wie eine Céline Dion, anders als ich, tja, ich hatte keine Freunde, ob Junge oder Mädchen, ich war allein, stand abseits, außerdem traute sich niemand, mich anzusprechen, weil alle dachten, ich wäre irgendwie seltsam, streng, ja, das ist das Wort, streng, und ich hätte kein Interesse, mit anderen zusammen zu sein, pah, so ein Quatsch, das ließ mich einfach kalt, ich musste mich ja auch nur um meinen Felsen kümmern, um meinen Vorace vor allem, mehr nicht, das Ganze war also, dachte ich, nur albernes Zeug,

eigentlich kannten mich in der Klasse alle, nur ich kannte keinen, aber das war nicht meine Schuld, denn wenn sie mich kannten, hatten sie es vielleicht nötig, anders als ich, ich musste niemanden kennen, egal wen, so sah es aus, das war nicht mein Problem, sondern ihres, mich störte das Alleinsein nicht, selbst wenn dort eine ganze Gruppe war, überhaupt erinnere ich mich nur an ein einziges Gesicht, das Mädchen saß direkt neben mir, traute sich aber nicht, mich anzusprechen, weil mich ihre Gegenwart nicht im Geringsten interessierte, für mich war sie eine Clownspuppe, diese, wie hieß sie noch mal, irgend so eine Dési, Désa, nein, nicht, ihr Name liegt mir auf der Zunge, Désir, ja, langsam kommt's, Dé-si-rée, so hieß sie, Désirée, nur weiß ich nicht mehr, woher ich ihren Namen kannte, ach ja, doch, ich hatte gehört, wie die Jungs durch die Zähne nach ihr pfiffen, und ich fragte mich, was sie auf dem Gymnasium zu suchen hatte, diese Désirée, immer mit einem Dutzend Jungs im Schlepp, wenn sie in den Klassenraum kam, wie eine Königin oder was weiß ich, eine Milliardärin, eine Verrückte, ein abgeführter Flüchtling, warum nicht, das ist auch denkbar, findet ihr nicht, außerdem parfümierte sie sich viel zu stark und schminkte sich die Lippen und die Wangen mit einem echt gewagten Rouge, um all den *Kranken* noch mehr *Wunden* zuzufügen, die sie niemals heilen würde, oder vielleicht kurierte sie sie auch im Stillen, sie musste genauso ihren Felsen haben, immer hatte sie nur ein kleines Heft dabei, zusammengefaltet wie einen Lappen, das konnte ich sehen, wenn sie es aus ihrer Chanel-Tasche herausholte, die sie immer schwenkte, damit alle sie bemerkten, ich wusste gar nicht, was das war, Chanel, wollte es nicht wissen und will es immer noch nicht, irgendwas Kultiges, diese Tasche, voller Kosmetika von Marken, die ich nicht kannte, deren Schriftzüge ich aber jedes Mal sah, denn mir entging nichts, still für mich las ich sie, wenn wir auf den Lehrer warteten und sie ihre Fetische auf dem Pult ausbreitete, Dior, L'Oréal, Yves Rocher, Roc, Yves Saint Laurent und all die anderen Marken, die sie sammelte, um aufzufallen, zu ihren Freunden sagte sie, sie würde gerne etwas von irgendwem tragen, von Christian Dior, ja, tausendmal sprach sie diesen Namen aus, als ginge es um einen Adonis oder Apoll, ihre Familie musste also wohlhabend sein, sagte ich mir, so ein teurer Kokolores, das war was für Reiche, wenn nicht für Kriminelle, meine Sache war das nicht, ich saß, wie gesagt, als Taubstumme in der Klasse und beobachtete die anderen als Zuschauerin, das war meine Leidenschaft, und so sah ich auch, wie Désirée kokett ihre Augen mit einer Wimperntusche schminkte, wo Yves Saint Laurent draufstand, sah, wie andere ihre Hefte aufschlugen, um uns zu zeigen, dass sie zum Lernen gekommen waren, als wären wir nur als Schmuck für den Klassenraum da, diese Schleimer, die gingen mir auch auf den Keks, wieder andere schliefen über ihren Pulten, die hatten zumindest Mitleid verdient, mehr Mitleid als Respekt, denn entweder sie hatten zu Hause keine Matratze, wo sie in Ruhe schlafen konnten, was ihnen diese Peinlichkeit erspart hätte, oder sie waren bloß Hasenfüße, die sich gegenüber ihren Eltern nicht trauten, so lange zu schlafen, wie sie wollten, die man aus dem Bett rüttelte, damit sie zur Schule gingen, diese Faulpelze, genau, diesmal bin ich mir sicher, und dann gab es noch welche, die Händchen hielten und einander lange und tief in die Augen schauten, als wären sie die Einzigen auf der Welt, die in heißen Flammen stünden und keinen passenden Ort hätten, um dieses besondere Gefühl auszuleben, dieses Gefühl, das Flügel verleiht und einen nicht in Frieden lässt, ach je, die Ärmsten, gab es denn keinen Park, wo sie sich in Ruhe hätten hinsetzen können, statt sich auf dem Gymnasium zu langweilen, aber egal, nur fragte ich mich, so wie ich sie alle beobachtete, ob ich nicht zu den schlimmsten Personen in dieser Geschichte gehörte, und innerlich musste ich lachen,

ich komme zurück zum Unterschied zwischen mir und Crotale, Freunde hatte ich, wie gesagt, keine, dafür träumte ich im Stillen von einem kräftigen Mann, nicht so einem Klops, Schmerbäuche sind nicht mein Typ, gar nicht, ein stattlicher Kerl sollte es sein, so wie Vorace, auch kein Junge mit einem irgendwie weiblichen Körper, die gab es nämlich, diese Jungs, die etwas sehr Weibliches an sich hatten, so wie alle Jungs auf dem Gymnasium, für mich waren das alles Schlaffis, die nur darauf warteten, dass das Essen auf dem Tisch stand, statt dass sie sich dafür interessierten, woher es kam, mit denen wollte ich nichts zu tun haben, Vorace dagegen war ein echtes Mannsbild, und hübsch, zum Anbeißen, ja, ich hatte ihn ganz nah bei mir gesehen, hatte ihn berührt, zum ersten Mal in meinem Leben, ein großer Tag war das für mich gewesen, ich war auf die Welt gekommen an diesem Tag, hatte gut geschlafen an diesem Tag, und gleich war es um mich geschehen, wie auch anders, ich war richtig ein bisschen verrückt, aber die Art, wie er mich bezirzte, war eine verflixte Zauberei, ich musste ihn nur sehen, schon hatte ich mein Herz verloren, ja, mein Herz verloren, so sagt man, ich weiß nicht, warum man sein Herz »verlieren« muss, was ist das bloß für eine Sprache, warum nicht »krönen« oder »erheben«, irgend so was, aber »verlieren«, ein Wort, an dem das Pech klebt, ein selbstmörderisches Wort, denn wenn man akzeptiert, etwas einfach so zu verlieren, ist das wirklich schlimm, da verschluckt der Papagei am Ende noch versehentlich seine eigene Zunge, sprachlicher Selbstmord, aber mich betrifft das nicht, das betrifft eher die sogenannten Unsterblichen der Académie, aber wer ist schon unsterblich auf dieser Welt, meine Güte, diese angeblich Unsterblichen in ihrer grünen Tracht, die sich in Paris jeden Donnerstag wie die Narren an einem gewissen Quai Conti treffen, um über den Sinn der Wörter zu debattieren, als wären die Wörter Autos, für die man Verkehrsregeln festlegen muss, damit der Verkehr fließt, aber Wörter sind das eine, Autos etwas anderes, meine lieben Freunde, die Fahrer der Wörter können keine Unfälle bauen, wenn sie auf derselben Spur fahren und in dieselbe Richtung, das ist etwas anderes als bei den Fahrern von Autos, die jeden Moment zusammenstoßen können, eben weil sie auf derselben Spur fahren und in dieselbe Richtung, jeder wird sein Wort also gebrauchen, wie er seinen Körper gebraucht in diesem Kuddelmuddel, das man die Welt nennt, das ist alles, nichts anderes tue ich gerade jetzt, ach ja, wo war ich noch mal, he, Anguille, das ist doch alles nur die Schuld dieses dämlichen Französischlehrers, der uns die Köpfe vollgestopft hat mit seinen Geschichten von der Einführung von Regeln und dem Gebrauch der französischen Sprache, der war auch so ein Lügner, trotzdem bin ich meinen beiden Bildern gefolgt, und dann habe ich noch andere gesehen, was ein Zeichen dafür ist, dass ich zu viel Kraft verliere, und damit verliere ich den Faden meiner Erinnerungen, aber ich habe immer noch meine beiden Beutestücke zur Hand und sehe, dass es da eine Entwicklung gibt, selbst wenn ich manchmal Nichtigkeiten druntermische, ein ziemlicher Wust, das Ganze, aber das kümmert mich nicht, wichtig ist allein, wie ich in dieses Chaos hineingeraten bin, also weiter im Text, Mjihari und Mutsamudu, ihr seid immer noch da, nicht wahr, und ich hatte mein Herz verloren, wie man so sagt, war wie verrückt verliebt in Vorace und wusste es gleich an diesem Tag, als ich die Frische seiner Haut spürte, ich machte in der Küche schnell das Essen fertig und legte mich ins Bett, um von seinen Händen zu träumen, so wie dieser Dichter, der doch tatsächlich geschrieben hatte, dass er für seine Muse den Verstand verlor, er besang die Hände dieser Frau in einem Ton, nicht zu fassen, zum Erbarmen, denn dauernd sagte er, »gib mir deine Hände«, wie hieß sie noch gleich, diese Frau, Elsa offenbar, ich hasse Gedichte, das ist was für Kranke, Dichter sind immer Leute, die mit irgendwas unzufrieden sind, unglückliche Geschöpfe wie Hiob, der Haken ist eben, dass sie Erleichterung außerhalb der Bühne suchen, als könnten sie sich von dem Schauspiel fernhalten, aber an diesem Abend, das gebe ich zu, habe ich geträumt wie eine Dichterin, habe immer wieder Vorace' Hände mit ihren schönen Zügen gesehen, die ich nie vergessen werde, habe diese Pracht berührt, die nur für mich allein zu existieren schien, ja, wie meinen Augapfel hütete ich seine Hände,

ich wachte gleich in der Frühe auf, weil ich den Fischern zuschauen wollte, wie sie ausliefen, auch hoffte ich, Vorace zu sehen, und sei es für ein paar Sekunden, Connaît-Tout war schon auf dem Sprung, und ich fragte ihn, ob ich ihm einen Tee machen sollte, aber er meinte, er hätte noch Kaffee in seiner Trinkflasche, und dann zog er los, und ich war frei, auf die Terrasse hinaufzugehen,

was den Tagesanbruch noch strahlender machte, noch klangvoller, war das Kikeriki der Hähne und das Gegacker der Hennen, ein Riesenkrakeel ringsum, unser Haus war wohl das einzige, das kein Federvieh besaß, aus allen Himmelsrichtungen wehte es herüber, wie in einem Konzert, wo die Musiker alle durcheinanderspielen, aber Connaît-Tout wollte nicht, dass wir Hühner hielten, seiner Meinung nach waren das unerträgliche Nervensägen, die überall hinkackten, als hätten sie fürchterlichen Durchfall, ja, er sagte, sie hätten eine unheilbare Krankheit, was für ein Argument, wir waren einfach nur enttäuscht, auf der Terrasse hörte ich an diesem Morgen auch, genau wie sonst, das Miauen und Schnurren der Katzen, es kam mir vor, als würden sie sich streiten oder Liebe machen, und ich fragte mich, warum sie selbst beim Liebemachen schreien mussten, wollte wissen, ob die Menschen dabei auch so schrien, das habe ich später natürlich erfahren, klar, als ich es selber machte, tja, das wüsstet ihr gerne, aber wir wollen nichts überstürzen, davon hören wir noch, die Katzen jedenfalls machten ihren Zirkus auf allen Terrassen im Viertel, schämten sich nicht mal, was kümmerte es sie, wenn wir uns versteckten, um miteinander zu schlafen, einmal war ich hochgegangen, um die Wäsche abzunehmen, die ich auf der Terrasse zum Trocknen aufgehängt hatte, und da hatte ich einen Kater ertappt, wie er auf dem Rücken einer Katze hockte, er biss ihr in den Nacken und steckte ihr, wie es aussah, irgendwas rein, die Katze schrie so laut, als würde sie gezwungen, das über sich ergehen zu lassen, obwohl sie es im Grunde mochte, aber egal, als sie mich sahen, sausten sie ratzfatz davon, ich hatte nur zwischen den Beinen des Katers dieses Stück Fleisch gesehen, ganz klein, wie ein Stift, mit dem er weglief, und ich fragte mich, wo er ihn versteckte, wenn er nicht erregt war, natürlich bedauerte ich, dass ich sie bei ihrem Spiel gestört hatte, das war das schönste Spiel überhaupt, sie hatten genauso ein Recht dazu, etwa nicht, und wenn es bei uns ein Tier gibt, das man einfach so und in allen Ecken findet, selbst unter dem Bett, dann eine Katze, die laden sich nämlich selber ein und warten nicht auf die Meinung von wem auch immer, deshalb sagte Connaît-Tout auch oft zu den Katzen, die miauend zu ihm kamen, wenn er gerade aß, »ich schwöre euch, wärt ihr Essfleisch auf vier Beinen, ihr hättet es nicht bis zu mir geschafft, ihr tragt die Nase nur so hoch und stört die Leute, weil ihr wisst, dass man euch nicht an die Gurgel geht und zu Suppe verarbeitet«, und so kamen die Katzen des Viertels in alle Häuser rein, es war ihnen schnuppe, wenn jemand sie nicht mochte, und wenn Connaît-Tout zu ihnen sprach, miauten sie einfach weiter und forderten ihren Teil ein, dabei war der alte Fischer jemand, der gerne ohne Gesellschaft aß, er wollte beim Essen einfach nicht gestört werden, und am Ende sagte er, »noch dazu seid ihr zu nichts nutze, meine Freunde, aber bitte, da habt ihr's«, und warf ihnen ein paar säuberlich abgenagte Knochen hin, jawohl, ohne einen Fitzel Fleisch,

kommen wir zurück auf die Terrasse, an diesem ersten Morgen, als ich sehen wollte, wie Vorace aufs Meer fuhr, ich hörte nicht nur das Kikeriki, das Gackern und das Miauen, sondern auch das Muhen der Ochsen am Strand und das Blöken der kleinen Ziegen, die jede Nacht bis zum Morgen durch die Medina streunten, schließlich das Zwitschern der Vögel, sie brachten erst recht Leben in den anbrechenden Tag, besonders gerne lauschte ich dem Tschilpen der Spatzen, die in Scharen vom Friedhof herüberkamen, auch von den Zawijas, die stehen nämlich in der Umgebung der Friedhöfe, andere Spatzen kamen vom Seemandelbaum, von diesem Riesenkerl, der zu den historischen Zeugen des Viertels gehört, sein Wipfel ragt hoch über Mjihari hinaus, und man kann ihn von drei weiteren Vierteln aus sehen, Missiri, Hamoumbou und Hampanga, ich musste mich nur nach Osten wenden, und ich sah die Spatzen in der Krone, auch Fledermäuse, die flogen manchmal in die Stromkabel, die die öffentlichen Plätze ins Licht tauchten, und bekamen einen tödlichen Schlag, die Ärmsten, tage- und nächtelang klebten sie dann an diesen Kabeln und verwesten, irgendwann sah man nur noch ihr jämmerliches Gefieder, lieber erzähle ich euch von dem Namen des Viertels, Mjihari, er bezeichnet wortwörtlich den Ort, wo sich das Viertel befindet, im Herzen der Stadt, damit hätten wir's, seine Entstehung verdankt das Viertel diesem Hirten, den man Mussa Mudu nannte, das war noch bevor andere Viertel entstanden und die Stadt schufen, die mich hervorgebracht hat,

unter dem Seemandelbaum wurden Hochzeiten gefeiert oder auch Feste zu Ehren der Geburt des Propheten, ein echtes Wahrzeichen war der Ort aber noch aus einem anderen Grund, denn dort versammelte man sich, um zu diskutieren, über die Fischerei, den Handel, die Politik, und dabei vergnügte man sich mit Kartenspielen, Dame, Domino oder auch Backgammon, die alten Männer waren meist in der Mehrheit, darunter auch welche, die nur kamen, um den lieben langen Tag auf den Bänken zu hocken, Connaît-Tout mokierte sich über sie und behauptete, sie seien die schlimmsten Faulenzer, wenn sie wirklich ihren Lebensunterhalt verdienen wollten, dann bitte sehr, das Meer sei nicht kostenpflichtig, »sie müssen bloß ihren Hintern in eine Piroge setzen und ihn auf diesem weiten Schatz spazieren fahren«, und dabei deutete er aufs Meer, nur, was meinte der alte Herr damit, dachte er wirklich, alle Welt wollte Fischer werden so wie er, aber die Fischerei ist nur für bestimmte Leute das Richtige, nicht für alle Welt, Papa, oh, ich habe Papa gesagt, tatsächlich, aber er war ja auch mein Vater, und ich erkenne ihn als meinen Vater an, auch wenn er mich rausgeworfen hat, aber das kommt noch, ich will nicht vorgreifen,

Connaît-Tout sagte allen möglichen Unsinn, wenn er den Leuten seine Ansichten zum Fischen verkaufen wollte, er hatte seine eigene Art, vom Meer zu sprechen, so sagte er zum Beispiel, »das Meer ist ein Ungeheuer, das in seinem Bauch einen Schatz hütet für die, die rechtmäßige Träger von Testikeln sind, nicht für Drückeberger, die sich für Prinzen halten«, na ja, so etwas zu sagen hätte ich mir nie erlaubt, auch wenn die Person, die ich vergötterte, ein Fischer war, das ist doch Kokolores, seit wann entscheidet das Meer über den Status eines Menschen in der Gesellschaft, der Mann war einfach schlecht gealtert, ich weiß nur, dass das Meer wie das Land ein Schatz für alle ist, das hätte er sagen sollen, das Land und das Meer sind echte Reservoirs voller Schätze, die bei weitem nicht auszuschöpfen sind, wer mag, sehe sich um, ich jedenfalls hatte mich in Vorace verliebt, weil sein Äußeres mich bezauberte, nicht, weil er ein Fischer war, er war einfach ein Bild von einem Mann und fertig, er hätte ein Bauer sein können und selbst ein Hafenarbeiter, kein Gymnasiast, das sind Weicheier, die tun mir leid,

unterm Seemandelbaum hatte Connaît-Tout entdeckt, dass er eine Schwäche fürs Kartenspielen hatte, nur verabscheute er die Raucher, die mit ihren Zigaretten in der Hand kamen, um mitzuspielen, und wenn er den Rauch nicht mehr aushielt, warf er mit Beleidigungen um sich, die die Raucher nicht hinnahmen, einmal hatte Connaît-Tout einen Raucher beim Seemandelbaum folgendermaßen angeherrscht, »he, was soll das, uns grundlos zu vergiften, haben wir nicht alle das Recht zu leben?«, worauf der Mann mit der Zigarette ihn warnte, er solle das nicht noch mal sagen, wenn er seine Zähne nicht vom Boden aufsammeln wolle, das war auch ein älterer Mann, ein Krämer, noch ein bisschen stämmiger als Connaît-Tout, aber unser Moralist hatte ihn zum Schweigen gebracht, kein Mucks mehr kam aus seinem Mund, und wenn einer jünger war als fünfzehn, schnauzte er ihn gleich an, davon gab es nämlich viele, die meisten dieser jungen Raucher versteckten sich nachts an Orten, wo keiner sie sah und kaum einer hinkam, in den dunklen Gassen der Medina zum Beispiel, andere machten sich nichts aus den Drohungen der älteren Geschwister oder auch der Erwachsenen und blafften zurück, vor allem aber gab es welche, die vor den Augen ihrer Eltern rauchten, um ihnen klarzumachen, wie die Wirklichkeit aussah, da konnten die Eltern nichts mehr für sie tun, Connaît-Tout versuchte manchmal, die Jugendlichen zu überzeugen, die er nachts unterm Seemandelbaum rauchen sah, und sprach von den Folgen des Rauchens, »Rauchen ist Selbstmord, Jungs, der Tabak ist ein süßes Gift, ein unheilvolles Tier, ein Geschwür, das still und leise die Tiefen des Bauches zerfrisst«, aber wenn das stimmt, wozu dann die Raucher stören, wenn sie sowieso danach sterben, sie haben es sich ausgesucht, haben ihren Vertrag mit dem Autor dieses Theaters so unterschrieben, man muss ihnen zumindest die Chance geben, ihr Gift zu sich zu nehmen, wie es ihnen gefällt, und darf keinen Streit suchen, alles im Leben ist Gift, das Leben selbst ist Gift, man sollte sie lieben, die Raucher, aber Connaît-Tout glaubte immer, er hätte ein Wörtchen mitzureden, manche dieser jungen Raucher hielten ihm nur schroff entgegen, »geh lieber fischen, Monsieur Connaît-Tout, du bist fürs Meer geboren, nicht um uns zu belehren, oder bewirb dich an einer Schule, bei all den Anwärtern kannst du dich in die Reihe stellen, zu diesem Haufen eifriger Tugendwächter, das sind nämlich ausgerechnet die, die qualmen wie ein kaputter Lkw-Auspuff, hier bringt das gar nichts«, und dann setzten andere, die in der Nähe waren, noch einen drauf, um Connaît-Tout den Wind aus den Segeln zu nehmen, »wir brauchen was zu essen, keine Belehrungen, das ist nicht dein Job, Monsieur Connaît-Tout, alles bloß Ideen für den Müll, lass die Pfoten davon, die Fische warten auf dich, du siehst doch, wie traurig schön und wüst das Meer ist, findest du nicht«, also machte Connaît-Tout kehrt, kam knurrend nach Hause und sprach von diesen jungen Leuten, die rauchten und ihm ins Gesicht lachten, er hörte nicht auf zu schwadronieren, regte sich auf, grummelte, »kein Zweifel, die Welt steht vor der Zeit in Brand, selbst die Regenwürmer wissen, wie man Rauchwolken durch die Nasenlöcher pustet, und die haben nicht mal welche«, ich hörte immer zu, wenn er so sprach, meist heimlich, und ich sagte nichts, denn wenn man Connaît-Tout zum Freund haben wollte, durfte man ihn nicht unterbrechen, nur zuhören, als hätte er die Wahrheit gepachtet, dabei predigte er in der Wüste, für mich dagegen waren alle diese Leute, die rauchten, Genießer, und sie gehörten zu dieser Welt, wie auch die Welt ihnen voll und ganz gehörte, von mir aus hätten sie den Rauch durch den Hintern ausblasen können, ist ja schließlich ihr Leben, das geht nur sie etwas an, ich selber hatte eine unbändige Lust auf Tabak und Alkohol, ja, jetzt erinnere ich mich wieder, ich habe stark geraucht, nur wusste Connaît-Tout das nicht, ganz einfach weil er nicht alles wusste, auch wenn sein Name es andeutete, aber eben der täuschte ihn fürchterlich, das war ja auch kein Zauberspruch, dieser Name, einen hochgestochenen Namen zu tragen heißt noch lange nicht, dass man einen Ajourschleier durchdringt, sonst würden alle Leute ihre Kinder Connaît-Tout nennen, und überhaupt, dieser Name, was ist das schon, ein taubstummer Wind, der vergeblich versucht, sich die Seele aus dem Leib zu quasseln, um etwas in der Leere zu bewegen, aber in Bewegung bringt man alles nur durch die graue Substanz, wenn nicht durch die Fäkalsubstanz, ja, man muss arrangieren oder derangieren, aber nicht durch den Namen, mit anderen Worten, wenn der Klang eines Namens widerhallen soll, muss man sich erst seines Kopfs bedienen oder seines Hinterns, je nach den Regungen des Herzens, denn es ist das Herz, das befiehlt, der Kopf und der Hintern führen nur aus, und der Wunsch des Herzens ist, dass man ihm zuhört, wenn es seinen tiefen Schmerz hinausschreit, und nicht, dass man das Herz für etwas Verkommenes hält, bloß weil es sich keine Moralpredigten anhören mag, die haben nämlich nichts zu tun mit dem, was an ihm nagt, aber bitte, einem Aal zuliebe, entweder ihr kapiert, was ich hier von mir gebe, oder ihr folgt mir wie ein Esel, stoppen könnt ihr mich sowieso nicht, ich mache weiter mit meinem verbalen Abenteuer, was soll's, Unterbrechungen dürfen bei einem solchen Abenteuer nur sein, wenn sie es mitgestalten, es gibt ja auch gar keine Bremse, und wo es keine Bremse gibt, wird es auch keinen Halt geben, ich weiß also nicht, ob es der Mund ist, der das Wort führt, oder andersherum, ihr könnt es mir vielleicht sagen,

Vorace, mon amour

Vorace wohnte nicht weit von uns entfernt, seine Eltern schienen an ihrem Lebensabend angelangt zu sein und konnten sich zu nichts mehr aufraffen, sie waren beide schon ein wenig gebrechlich, hatten viele Jahre Handel getrieben, fast alle Kinder waren in ihre Fußstapfen getreten, und nur Vorace fühlte sich in dieser Familie zum Fischen hingezogen, einer zerstrittenen Familie, wie er sagte, weil den Eltern nichts als Armut und Krankheit geblieben war, und außer ihm stand niemand mehr diesen Leutchen in den Sechzigern nahe, er besuchte sie jeden Abend und kaufte für sie ein, denn sich um seine Eltern zu kümmern, sagte er, sei ein guter Anfang, und wer das tue, gebe all denen ein gutes Beispiel, die rücksichtsvoll gegenüber anderen sein wollten und die Bereitschaft zeigten, Verantwortung zu übernehmen, nur Menschen, die sich um ihre Eltern kümmerten, könnten sich überhaupt dafür schämen, anderen Böses anzutun, na ja, ob das wirklich stimmt, das alles kam ja aus seinem Mund, und klar, attraktiv aussehen können die Männer, nett sein, höflich, wenn sie vor einem Mädchen stehen, das sie mit schönen Worten einwickeln wollen, sie denken sich Geschichten aus, in denen sie allein der Held sind, können auf einmal sogar Schiffe bauen, aber vielleicht wollte Vorace sich mit seiner Wertschätzung der anderen auch nur brüsten, damit ich ihm mein Vertrauen schenkte und er als respektvoller Mann durchging, ja, er sagte, er habe Respekt vor allen, womit allein ja schon bewiesen war, dass er toll für seine Eltern sorgte, woher sollte ich auch wissen, ob er nicht log, ob er es nicht genauso machte wie diese Männer, die einem Mädchen, dem sie gerade schöntun, auch noch sagen, sie seien die Besitzer aller Autos auf dem Parkplatz dort, obwohl sie selber genau sehen, dass es eine gewisse Diskrepanz gibt zwischen ihrer abgerissenen Kleidung und einer Limousine, aber das kümmert sie nicht, wichtig ist ihnen nur, dass sie euch rumkriegen und ihr ihnen dorthin folgt, wo sie euch hinziehen wie einen Thunfisch, den tollen Schlitten seht ihr dann, wenn man ihn euch mit Mayonnaise serviert hat, ja, das alles wusste ich, aber was mir passiert ist, war trotzdem ganz anders, glaube ich, ich bin mir nicht sicher, also Vorsicht, bringt mich nicht dazu, zu sagen, was ich nicht gesagt habe, legt nicht jedes Wort auf die Goldwaage, ich schwimme in meinen Gedanken und ertrinke, während ich zu euch spreche,

Vorace hatte mehrere Brüder und Schwestern, er selbst war der Jüngste der Familie, unter seinen Brüdern gab es Geschäftsleute und Lebensmittelhändler, aber alle seine Geschwister seien gierig, sagte er mir, sie scherten sich um nichts und dächten nur an den Profit, die Eltern vertrauten sehr viel mehr auf ihn, sie liebten ihn und ermutigten ihn in seinem Tun, auch wenn sie es nicht geschätzt hätten, als er ihnen sagte, dass er die Schule fürs Fischen verlassen wollte, »die Schule, das sage ich euch, ist das moralische Kleid des menschlichen Körpers«, bläute Connaît-Tout uns ein, wie um uns zu warnen vor der Versuchung, die Schule abzubrechen, aber bei mir ging das zum einen Ohr rein und zum anderen wieder raus, ich machte, was ich wollte, man wird geboren, um sein Leben in all seiner Fülle zu leben, nicht wahr, so viele Menschen gehen zur Schule und tragen nicht dieses sogenannte moralische Kleid, für wen hielt er sich, dieser Alte mit dem schlohweißen Haar, ausgerechnet er, wo er selber die Schule abgebrochen hatte, er dachte wohl, wir würden dasselbe tun, er bedauerte es einfach und wollte es nur nicht zugeben, wehrte sich mit Händen und Füßen dagegen und schob die Not seiner Eltern vor, er sei gezwungen gewesen, fischen zu gehen, um für den Lebensunterhalt seiner Eltern aufzukommen, sagte er, und ich musste laut lachen, als er meinte, er könne ja noch mal anfangen mit der Schule, auch wenn er schon alt sei, au Mann, was vorbei ist, ist vorbei, sonst wärst du in der Lage, dein Altern aufzuhalten, oder wolltest du damit andeuten, dass du die Welt zurückdrehen kannst, wer könnte in deinem Alter schon noch mal in die Schule gehen, also ehrlich, Connaît-Tout behauptete tatsächlich, die Schule sei nicht für diese oder jene Generation bestimmt, da war Vorace ganz anders, er war ein Unerschrockener, ein Fischer und stolz darauf, bedauerte nichts, kein bisschen, dabei war er gleich nach der Grundschule abgegangen, schon ein verwegener Bursche,

aber kommen wir dorthin zurück, wo wir abgeschweift waren, ich war, wie gesagt, gleich in der Frühe aufgewacht, am Tag nach unserer ersten tastenden und vor allem äugenden Begegnung, und weil ich sehen wollte, wie er aufs Meer hinausfuhr, hatte ich mich auf der Terrasse so hingestellt, dass ich die Pirogen alle erkennen konnte, die Fischer machten sich bereit, ihre Boote in diese unendliche Weite gleiten zu lassen, nur Vorace sah ich nicht, was mich wunderte, und ich dachte, er sei schon fort, ja, vielleicht war er ganz früh losgefahren, um zeitig wieder zurück zu sein, er kam ja tatsächlich immer recht früh zurück, manchmal sogar vor Sonnenuntergang, im Grunde nichts Besonderes, schließlich besaß er einen Motor, aber wie auch immer, ich hatte noch nie gesehen, wie er am Morgen losfuhr, weil mich so früh nichts auf die Terrasse zog, normalerweise spülte ich das Geschirr, wusch mich und ging in die Schule, das war der übliche Ablauf, aber jetzt, an diesem Morgen, kam es mir vor, als hinge mein Leben davon ab, wie durch ein Wunder hatte eine einzigartige Umwälzung in mir stattgefunden, ich war eine andere seit unserer Berührung am Abend zuvor, sah Vorace mir überallhin folgen, fühlte mich verloren, wollte ihn um jeden Preis sehen an diesem Morgen, ich war schon so weit, den Unterricht für ihn zu opfern, ich musste ihn einfach sehen, und sei es für ein paar Sekunden, in der Hoffnung, er würde mir wieder ein Lächeln schenken, nur ein Lächeln, damit die Erde unter einem diamantenen Himmel erstrahlte, alles würde gut danach, ich wandte also den Kopf in alle Richtungen, immer wieder, zum Strand hin, zum Seemandelbaum, dann zum Hafen, und dann lauschte ich auf alles, was sich ringsum regte, vielleicht war er ja gar nicht am Strand, befand sich womöglich gar hinter mir, schon verrückt, nicht wahr, aber ich liebte ihn auch zum Verrücktwerden, diesen Herkules, das gebe ich zu, nur, wo war er, meine Güte, wie schwer das ist, sich zu verlieben, ein Wahnsinn, vor allem wenn man gleich den Verstand verliert, ich scharrte schon ungeduldig mit den Füßen, die Fischer waren alle losgefahren, der Strand war fast menschenleer, ich sah nur noch die Ochsen und ein paar Pirogen, deren Besitzer vielleicht an diesem Tag nicht fischen gingen, denn die Boote waren noch auf dem Felsvorsprung, dort, wo sie immer wie Autos aufgereiht lagen, um die begehrlichen Blicke derjenigen auf sich zu ziehen, die keins hatten, ich blieb also auf der Terrasse stehen, voller Unruhe, mein Körper immer unempfänglicher für die sanft herüberwehende Brise, und jetzt stieg auch die Sonne auf, langsam, träge, als wäre sie ebenfalls unglücklich, ja, als bezweifelte sie, dass sie noch pünktlich erscheinen und finden könnte, was ihr am teuersten war, ich war völlig erschöpft, so sehr hatten die Gefühle mich überschwemmt, auch musste ich in den nächsten Sekunden entscheiden, ob ich hinuntergehen sollte, um mich fertigzumachen für den Schulweg, aber dann sah ich plötzlich auf der Straße, ein Stück weiter weg, eine Gestalt auftauchen, eine riesenhafte Gestalt, sie folgte lautlos der Mauer, die den Strand von der Straße trennt, kam auf unser Haus zu, oh Gott, das war Vorace, genau auf unser Haus zu, ja, er war es, und ich konnte es nicht glauben, er schaute die ganze Zeit zu mir, oder täuschte ich mich, nein, das stimmte, er schaute nur zu mir, und dann schaute er, während er immer näher kam, vor und zurück, nach links, nach rechts, was sollte das, ich dachte schon, wie ein Dieb, der sich vergewissern will, dass die Luft rein ist, aber dann blieb er auf einmal stehen, schaute verstohlen zu mir hoch, und ich begann zu zittern, als mir klarwurde, dass es tatsächlich Vorace war, der mich da anschaute, um eines Aals willen, was wollte er von mir, ich musste etwas tun, klar, nur was, du kleiner Hasenfuß, meine Lippen bebten, als wollten sie sich irgendwie nützlich erweisen, und in der Hoffnung, den Stress abzuschütteln, drehte ich mich stracks zur Zitadelle hin, kehrte Vorace den Rücken zu, sprach mit mir selbst, hörte eine innere Stimme, drängend, die mir sagte, »überleg schnell und entscheide, du hast nur ein paar Sekunden, sonst verlierst du ihn für immer«, und ich bekam einen Schreck, war gleich wieder in meiner Ursprungsposition, wollte nicht, dass er geht, aber er stand immer noch da, versuchte mir etwas zu sagen, winkte mir zu, ich zitterte wie ein kleines Mädchen, das einer Strafe entgegensieht, und auf einmal spürte ich einen heftigen Druck auf der Blase, hatte Angst, ich könnte auf der Stelle Pipi machen, in die Unterhose, aber wenn man begrüßt wird, muss man antworten, nicht wahr, und das tat ich dann auch, ich weiß nur nicht mehr genau, wie, rasch und ungeschickt jedenfalls, aber er verstand, das war die Hauptsache, ich hätte genauso gut rumkaspern können, völlig egal, aber die Panik nagte an mir, ich wusste einfach nicht, woran ich war, also verhielt ich mich erst mal, als wäre er nicht da, ja, ich wollte so tun, als würde ich seine Anwesenheit ignorieren, so gehörte sich das schließlich, aber nein, nichts zu machen, selbst mit geschlossenen Augen sah ich ihn weiter dort stehen, also machte ich sie nicht zu, hielt sie weit offen, und noch einmal winkte er mir zu, nachdem er mir ein umwerfendes Lächeln geschenkt hatte, etwas Unbeschreibliches lag darin, drang tief in mich ein, und wenn ich die Handbewegung recht verstanden hatte, fragte er, ob er zu mir auf die Terrasse kommen könne, vielleicht nur ein Scherz, sagte ich mir und zögerte erst gar nicht, nickte gleich, aber er nahm es ernst, oje, mein Herz trommelte wie verrückt, er kam auf die Haustür zu, und wie immer quietschte das alte Ding, ich hatte einen Riesenbammel, der Krach könnte Crotale wecken, man hätte sie, dachte ich, zum ersten Mal im Leben zwingen sollen, bis in die Puppen zu schlafen, ich an ihrer Stelle wäre prompt aufgewacht und hätte nachgesehen, wer da kam, aber Crotale ist ein faules Stück, sie wäre nicht mal aufgestanden, wenn sie das Quietschen gehört hätte, außerdem hatte sie einen bleiernen Schlaf, deshalb war sie auch immer so spät dran, wenn sie zur Schule ging,

dann hörte ich, wie Vorace in den Hof kam, und stürzte zur Treppe, ich war völlig verdattert, als ich ihn dort unten sah, mein Herz donnerte immer noch, und ein weiteres Mal fanden wir uns in einer Zeichensprache, aus Hilflosigkeit, wer weiß, weil keiner von uns es schaffte, den anderen anzusprechen, ich winkte ihn die Treppe herauf, und er kam ganz leise hoch, statt seiner Schritte hörte ich mein Herz, das mir die Brust schier sprengen wollte, ich schämte mich, im Leben reicht es nicht, eine große Klappe zu haben, man muss auch den Mut haben und handeln, aber weil ich nicht wusste, was ich sagen sollte, stand ich wie versteinert da, auf der Terrasse, vor der Treppe, und sah Vorace zu mir heraufkommen, eine einzige Frage kam mir in den Sinn, was, wenn Crotale aufwacht, dann muss ich auf der Hut sein, dachte ich, muss verhindern, dass sie mich mit Vorace erwischt, sie wird sonst denken, dass das jeden Morgen so geht, ganz sicher, vielleicht freute es sie aber auch, wenn sie an diesem Tag herausfand, dass ich nicht die Anguille war, die sie in ihrer Schwester immer gesehen hatte, sie war einfach zu naiv, oder sie spionierte mir ab jetzt nach, auch wenn sie unserem Vater nichts sagte, gab vielleicht aber auch nichts drauf, da ich sie immer respektierte und so tat, als wüsste ich nicht, was sie in der Schule trieb, nein, ihre Reaktion konnte ich nicht vorhersehen, und natürlich konnte sie mir auch Schlimmeres antun, wer weiß, womöglich wagte sie es, das alles unserem Vater zu erzählen, unser lärmendes Fräulein Klapperschlange, denn wenn Connaît-Tout zu Hause seine Reden schwang, kam er ständig mit einem Spruch, der mir jetzt, wo ich zu euch spreche, wieder einfällt, »der Dank für einen Gefallen, den man einem Esel tut, sind die Fürze«, aber an meiner Meinung änderte das nichts, nie hätte ich Vorace gesagt, er solle gehen, von wegen, so blöd war ich nicht, auf mein wahres Leben zu verzichten, was wäre das für ein Aal, der seine Bedürfnisse ignoriert und gleich einen Rückzieher macht, habt ihr so einen schon mal gesehen, ihr Fischer vor allem,

am liebsten würde ich ja lachen, und wie, wenn ich mich nicht beeilen müsste mit diesen Erinnerungen, um zu begreifen, was mir passiert ist, lachen, ja, denn wenn ich daran denke, wie viele Leute es gibt, die nichts anderes können, als mit einem Paar Pobacken zu denken und einem Paar Lippen zu kacken, bekomme ich Lust, Tränen zu lachen, aber dazu habe ich im Moment keine Zeit, voilà, ah, sieh an, woher auf einmal dieses Wort, nicht dass ich jetzt spreche wie dieser Säufer, der Voilà hieß und dem wir noch begegnen werden, also bitte, Anguille, bleib ernst,

ich nahm die Sache also in die Hand, hieß Vorace freudig und tief in meinem Innersten willkommen, aber an meinem Verhalten änderte sich nichts, ich war völlig durcheinander, mit einem so überraschenden Treffen hatte ich nicht gerechnet, alle beide dämpften wir unsere Schritte, um keinen Krach zu machen, ha, als donnerte mein Herz nicht längst, Donnerschläge, die in meiner Brust dröhnten, aber sie konnten uns auch erlösen, sagte ich mir, warum nicht, und als Vorace sich dann auf den Betonboden setzte, wurde mir klar, dass er nicht von den Nachbarn bemerkt werden wollte, von den Leuten, die vielleicht am Strand waren oder auf der Straße, er war ja auch größer als ich, und ich schaute ihn an, als käme er vom Mars, fragte mich, was ich ihm sagen sollte, ob er dieselbe Sprache sprach wie ich und ob wir uns ohne Zeichensprache verständigen konnten, ich rührte mich nicht vom Fleck, stand ein Stück von ihm entfernt, wie entgeistert, in meiner Lieblingsecke, von wo aus ich immer alles am Strand beobachtete, und auf einmal gingen meine Sinne auf Reisen, Vorace bemerkte mein seltsames Verhalten und rief mich zu sich, na komm schon, und ich schüttelte mich, als hätte man mich aus einem tiefen Traum gerissen, antwortete still auf seine Bitte und setzte mich zu ihm, hielt aber immer noch Abstand, er schaute verstohlen zu mir herüber, wie um meine Gedanken zu lesen, und dann sah er mich zärtlich an, von oben bis unten, Himmel, ein stürmischer Blick war das, mir reichte es, ich senkte den Kopf, und dann hörte ich einen Ton aus seiner Kehle, ja, er räusperte sich, und ich fragte mich, ob er mich nicht für eine Versammlung hielt, vor der er aus dem Stegreif eine Rede halten sollte, und als er schließlich sprach, schien er nach den richtigen Worten zu suchen, er fragte mich, ob es mir gutgehe, ich nickte, und immer wieder stockte er, als er dann sagte, »das erstaunt dich vielleicht, dass ich mich am hellen Morgen für dich interessiere und zu dir hochkomme«, und wieder ein Zögern, der Kopf ein paar Sekunden gesenkt, bevor er ihn schüttelte und weitersprach, »aber ich habe mir gesagt, dass dein Vater um diese Zeit bestimmt nicht da ist«, und im Stillen sagte ich mir, »aha, du hast also auch Angst vor Connaît-Tout«, ich hatte gar nicht gewusst, dass Connaît-Tout anderen Angst machte, noch dazu solch kräftig Gebauten, aber am Ende dachte ich, dass es schlicht ein Zeichen von Respekt war, Vorace wollte Connaît-Tout nicht aufbringen, er hätte ja am Abend zuvor mit mir sprechen können, als er ihn nach Hause begleitete, ja, er konnte genauso gut vor seinen Augen mit mir sprechen, wenn er es denn hätte machen wollen wie diese lümmeligen Typen, die es wagten, die Mädchen vor ihren Eltern anzusprechen, die machten das natürlich nur, weil sie wussten, dass manche Eltern es längst aufgegeben hatten und alles duldeten, sei es aus Verzweiflung, weil niemand auf sie hörte, sei es aus Verzagtheit, weil sie ohnehin nichts ausrichten konnten, aber hört gut zu, Eltern können ihren Kindern gar nichts sagen, wenn die Straße sie das Gegenteil von dem lehrt, was man ihnen in der Schule beibringt, und vor allem können sie die Mädchen nicht bis zum Ende dieses Schauspiels im Auge behalten, aus lauter Ermattung, aus Angst, das Gegenteil zu bewirken, das nicht Wiedergutzumachende, und wo wir von Dingen sprechen, die nicht wiedergutzumachen sind, frage ich mich wirklich, ob ich nicht am Ende selber in die Falle gehe, wenn ich das alles durcheinanderbringe mit der Gattung der Aalartigen, die sich um nichts scheren, ob dieses nicht Wiedergutzumachende vielleicht zwangsläufig etwas Aalartiges ist, egal, ich fahre fort, sehen wir, was folgt, andere Eltern hatten schon Angst, sich überhaupt in die Angelegenheiten ihrer Töchter einzumischen, sie fürchteten den Zorn dieser Mädchen, denn die hatten die Nase voll davon, ständig unter Aufsicht zu stehen, hielten sich für die Klügsten, intelligenter als ihre Mütter, und dann gab es noch Eltern, die waren so begeistert vom westlichen Lebensstil, dass sie froh waren, wenn ihre Töchter die ganze Zeit in den Armen ihres angeblichen Verlobten lagen, so sei das mit der Zivilisation, meinten sie, die ganze Zeit an der Seite des Verlobten, von wegen, was ist das schon, ein Verlobter, wenn nicht ein Oberlump, der Schlimmste von allen, Verlobungen sind nur ein Rückzugsweg für die Eulen, und was eine Eule ist, das wissen wir, weitere Einzelheiten dazu wären Zeitverschwendung, Vorace jedenfalls hatte ich auf meine Weise ausgewählt, wir waren weder verlobt noch verheiratet, und wir waren glücklicher als die Verlobten und die Verheirateten auf der ganzen Welt, aber was rede ich, das beweist noch lange nicht, dass es danach kein Bedauern gegeben hätte, dass das Ende meiner Liebe nicht unglücklich gewesen wäre, aber dazu kommen wir noch, im Übrigen ist mir egal, was noch folgt, ich habe nicht die geringste Ahnung, jetzt, wo ich vor mich hin erzähle,

also wieder zurück, Vorace wusste genau, wenn er gewagt hätte, mich vor Connaît-Tout anzusprechen, wäre ihre Freundschaft auf der Stelle vorbei gewesen, Connaît-Tout hätte ihn wie einen Hund aus dem Haus gejagt und ihn jeden Tag mit den giftigsten Blicken traktiert, mir war also klar, was Vorace sagen wollte, vor allem als er dann Folgendes kundtat, noch mit demselben Zögern in der Stimme, »ich kann mir denken, dass du wegen mir vielleicht Probleme bekommst, wenn das so ist, sag es einfach, ich kenne deinen Vater ja ein bisschen«, klar, er war sich des Risikos bewusst, aber das soll nicht heißen, dass er auch der ehrliche Kerl war, für den ihr ihn jetzt haltet, hätte er wirklich befürchtet, mich in Schwierigkeiten zu bringen, warum wagte er es dann, zu mir zu kommen, war das nicht alles nur Show, damit ich ihn bat, doch zu bleiben, ich nehme mal an, das machen die Männer so, wenn sie ein Mädchen rumkriegen wollen, sie tun, als machten sie sich Sorgen um sie, das ist alles, und das arme Ding merkt nicht mal, dass man ihr das Blaue vom Himmel erzählt, ich jedenfalls antwortete nichts, blieb stumm, und Vorace hielt auf einmal inne, wie um über das Gesagte nachzudenken, und als wollte er wissen, ob er gepunktet hatte in diesem Spiel der Worte gegen die Stille, um nicht zu sagen, diesem Maskenspiel gegen den Fels, blickte er auf, schaute sich um und sagte, »das ist ein schönes Fleckchen hier oben«, aha, nächstes Thema, sagte ich mir, aber recht hatte er natürlich, die aufgehende Sonne warf schon ihre ersten Strahlen, die Terrasse veränderte immer mehr ihre Gestalt, das Betondach wurde zu einer Resedamatratze, die Mauern zu Jasminkissen, die Sonnenstrahlen ähnelten schon dem blendenden Blick des Mannes neben mir, und dann wehte die morgendliche Brise den Duft des Kaffees herbei, den die alten Frauen nach dem Gebet zubereiteten für die Leute, die aus der Moschee kamen, ja, das war so Brauch, ich roch auch den Duft der Madeleines, die man in den Ofen schob, so wie jeden Morgen in Mutsamudu, hörte die Besen, die über den Boden schabten, das Plitschen des Wassers, das aus den Hähnen in die Schüsseln tropfte, das Klirren des Bestecks, das man mit den Tellern auf die Tische stellte, die fröhlichen Schreie der Kinder, die sich auf den Schulweg machten, das alles war typisch für Mutsamudu am Morgen, und wenn es in der Stadt Leute gab, die wirklich früh auf den Beinen waren, dann die alten Männer, die alten Frauen und die kleinen Kinder, aber jetzt war diese Atmosphäre für mich in gewisser Weise unhörbar, eben weil Vorace da war, es brachte mich um den Verstand, ihn sprechen zu hören und seine durchdringenden Blicke zu spüren, und auf einmal fragte er mich, so sehr hatte er nach einem Thema gesucht, »sag mal, musst du gar nicht zur Schule«, und ich hob gleich den Kopf, den hatte ich immer gesenkt gehalten, und sagte, »doch«, darauf stammelte er, »also, dann bis ein andermal«, er wollte noch etwas hinzufügen, aber gleich fiel ich ihm ins Wort, wie aus heiterem Himmel, und sagte, es sei noch Zeit, das war natürlich gelogen, es war schon spät, ich hätte runtergehen und mich fertigmachen sollen, aber ich wollte weiter dort bleiben, auch wenn ich nicht aussprechen konnte, was mein Herz schrie, ja, das Herz sprudelte, und der Mund blieb stumm, und um dieses lange Schweigen zu brechen, das so schwer auf meinem Herzen lag, fragte ich ihn ebenfalls, ob er nicht aufs Meer fahren müsse, und er sagte, er fahre später, das könne warten, für ihn sei es die Gelegenheit, noch einen Augenblick mit mir zusammen zu sein, das sei das

Allerwichtigste, »das Meer kommt später, an Land müssen wir dorthin gehen, wohin das Herz uns führt, das Herz, denn wäre ich auf dem Meer, würde ich der Piroge folgen, ganz sicher«, und ich fragte mich, was er damit sagen wollte, was genau er von mir erwartete und wie er dazu kam, diesen Augenblick für bedeutender zu erachten als das, was ihn sonst beschäftigte, das war doch verrückt, und plötzlich wechselte er wieder das Thema, vielleicht hatte er verstanden, dass ich über seine Worte nachdachte, und suchte genauso nach Antworten auf die Fragen, die sein Herz ihm stellte, und dann sagte er, »ich habe dich immer hier oben gesehen, wenn ich vom Meer zurückkam, aber ich habe es mir nicht anmerken lassen, ich wollte nicht, dass es dir unangenehm ist«, mein Herz schlug gleich doppelt so schnell, haute mich ein weiteres Mal um, ich war perplex, wie konnte das sein, wo ich gedacht hatte, am Strand hätten alle ordentlich zu tun, wären so beschäftigt, dass niemand mich bemerkte, ja, wo ich diese Leute für bloße Schauspieler gehalten hatte, die nur spielen mussten und sich außerhalb ihrer Bühne jeder Bemerkung enthielten, ich war also in gewisser Weise selber Schauspielerin, da ich ebenfalls, ohne davon zu wissen, einen treuen Zuschauer hatte, nie hätte ich gedacht, dass Vorace mich vom Strand aus bemerken könnte, aber dann sagte er mir, seit dem Abend zuvor, als ich seine Hände berührt hätte, finde er keine Ruhe mehr, er habe überlegt, noch in der Nacht zurückzukommen, also ehrlich, so ein Schmus, ich musste innerlich lachen, so was nenne ich einen gestandenen Maulhelden, wie konnte er in ein Haus kommen, wo ständig ein Löwe aufpasste, na, wie wohl, oder hatte er Connaît-Tout vergessen, ich konnte mir gar nicht vorstellen, dass der überhaupt jemals schlief, er lag mit offenen Augen da und hörte alles, was sich bewegte, weiß der Himmel, mit was für einem Menschen ich da zusammenlebte, aber dann sagte Vorace, seit dem Abend spüre er etwas Einzigartiges, Starkes, so stark, dass er sich vorgenommen habe, nicht aufs Meer zu fahren, ohne mit mir darüber zu sprechen, um jeden Preis habe er mich vorher sehen wollen, er sei sogar bereit, überhaupt nicht rauszufahren, um mit mir ausführlich über alles sprechen zu können, pah, ein Schmarrn, wer opfert schon einen Arbeitstag für eine Jugendliche, als könnte die ihm geben, wofür er jeden Tag hinausfährt, oder als würde er nicht eines Tages die Maske herunternehmen, um ihr Angst einzujagen, meine Güte, die Männer finden immer eine Substanz zum Ausscheiden, wenn sie die Mädchen in ihr Spinnennetz locken wollen, aber ich liebte ihn ja, diesen Mann, und um seine Absichten kennenzulernen, bedeutete ich ihm, dass er schon die ganze Zeit mit mir gesprochen habe, dass ich es verstanden hätte und keine weiteren Einzelheiten brauchte, »das nennst du mit dir sprechen, habe ich denn auf irgendwas eine Antwort bekommen«, fragte er und warf mir einen matten Blick zu, ehe er fortfuhr, »man sagt, dass man mit jemandem gesprochen hat, wenn man auf das Gesagte ein Wort als Antwort erhalten hat«, natürlich fragte ich mich, was er von mir hören wollte, wo ich nichts zu sagen wusste und nur zutiefst verstört war, und plötzlich fragte er, »kommst du jeden Morgen hier hoch«, und ich sagte Nein, und er, »dann wolltest du heute Morgen also entspannen, frische Luft schnappen, meine ich«, und wieder verneinte ich, aber er wunderte sich über meine Antworten, als würde er mir nicht glauben, dachte einen Moment nach und schloss, »ah, verstehe, diesmal kannst du nicht Nein sagen, sonst halte ich ein für alle Mal den Mund, du bist auf die Terrasse gegangen, um zu sehen, wie ich aufs Meer fahre, nicht wahr«, hm, ich zögerte erst, aber dann konnte ich nicht mehr an mich halten, ich hatte unglaubliche Lust, loszuprusten, nur fürchtete ich, die Nachbarn könnten mich hören, ich musste vorsichtig sein, aber da ich mich nicht mehr beherrschen konnte, hielt ich mir den Bauch vor Lachen, ich weiß selber nicht, was mich gepackt hatte, ich fühlte mich wirklich unglaublich wohl, Vorace lachte auch, und immer wieder fragte er, »sag schon, ich habe recht, oder«, aber ich lachte nur, und dann sagte ich ihm, dass er recht hatte, ja, er hatte erraten, was ich an diesem Morgen vorgehabt hatte, und ich fragte ihn, wie er es herausgefunden habe, worauf er meinte, er sei sich gar nicht sicher, ob er da richtigliege, er hätte lieber sagen sollen, ich sei auf die Terrasse gegangen, um den Pirogen beim Losfahren zuzusehen, aber nein, indem er andeutete, ich hätte nur ihn sehen wollen, hatte er seine Gedanken in eine andere Richtung gelenkt, seine wahren Gedanken, er hatte es zum Spaß gesagt, für ihn war das nur ein Scherz gewesen, und für mich die Wahrheit, aber dann klang es auf einmal so, »umso besser, wenn ich den Nagel auf den Kopf getroffen habe, ich bin sehr gerührt, das zu hören, ich hatte nicht mehr damit gerechnet, dass du mich ebenfalls gerne gesehen hättest«, und plötzlich stockte er, schaute mich an, als wollte er alles lesen, was in meinem Kopf war, seine Augen rollten und rollten, und dann fragte er mich, »stimmt das auch wirklich, was du eben gesagt hast«, und ich antwortete mit Ja, gestand ihm, dass ich mich auch ein wenig verwirrt fühlte, dass ich nur auf die Terrasse gegangen war, um zu sehen, wie er an den Strand kam, dass ich an diesem Morgen nicht mal zur Schule müsste, und ja, es stimmte, was er bemerkt hatte, jeden Tag sah ich ihn dort am Ufer und schaute ihm zu, bewunderte ihn, aber nie hätte ich damit gerechnet, es eines Tages von ihm selbst zu hören, erst recht nicht jetzt, wo er da war, ganz nah bei mir, und mich mit seinem Blick durchbohrte, und ebenfalls gestand ich ihm, dass mir am Abend zuvor bei seinem Anblick der Boden unter den Füßen geschwunden war, dass ich schon fast durchdrehte, als er dann ging, und während ich noch sprach, streckte Vorace die Hände aus und berührte mich, erst waren es ganz sanfte, kleine Zärtlichkeiten, dann große Zärtlichkeiten, unheimlich lieb, und die ganze Zeit schaute er mich an, ich konnte gar nicht weitersprechen, also schloss ich die Augen, aber das änderte nichts, mein Herz schlug viel zu wild, ich zitterte nur, und noch einmal versuchte ich die Augen zu schließen, wollte allein mein Herz sprechen lassen, denn wie gesagt, wenn der Körper stumm bleibt, plappert das Herz, erst recht, wenn es ein sich regendes ist, und dabei strichen Vorace' Hände über die meinen, fuhren hoch bis zu den Schultern, aus den Zärtlichkeiten wurden Liebkosungen, aus den Händen Schmetterlinge, die über meinen Körper flatterten, ich war eine Rose, und Vorace kam immer näher an mich heran, stieg mir schon ins Gesicht, genauer gesagt, auf die Schläfen, ich hielt es kaum aus, hoffte, mich zu befreien, und als meine Seele schon von der Erde abhob zu einem anderen Planeten, hörte ich, wie im Hof eine Stimme nach mir rief, eine Stimme wie aus dem Grab, und ich zuckte zusammen, Vorace zog gleich seine Hand zurück, alle beide lauschten wir, sahen uns verblüfft an, die Regungen meines Herzens, so ungestüm, hatten mich erschöpft, und dann erkannte ich die Stimme, die meinen Namen rief, es war die Stimme von Crotale, die aufgewacht war und nach mir blökte, weil ich sie nicht geweckt hatte, so wie sonst jeden Tag, bevor ich zur Schule ging, bestimmt hatte sie sich gewundert, vor allem weil meine Sachen noch im Zimmer lagen, und sich gesagt, dass ich vielleicht auf der Terrasse war, sie kannte ja meine Vorlieben, und das Beobachten anderer Leute kam da klar an erster Stelle, ich schoss also gleich hoch und bedeutete Vorace, bloß nicht zu mucksen, wir mussten verhindern, dass Crotale ihn sah, dann nahm ich hastig die Wäsche ab, die ich am Abend zum Trocknen auf die Leine geklemmt hatte, und hielt sie im Arm, damit es so aussah, als wäre ich deshalb auf die Terrasse gegangen, und im Nu sprang ich die Treppe hinunter, Crotale war im Hof, sie sah aus, als wäre sie selber nicht ganz beieinander, eine Hand auf dem Kopf, wie plötzlich versunken in eine Meditation, nachdem sie aufgehört hatte zu blöken, und als sie mich runterkommen sah, war sie immer noch völlig baff, rief dann, »da warst du also«, und ich sagte, ich hätte noch aufs Meer geschaut, Vorace war ja schließlich auch ein Meer, ich wollte nicht, dass sie mir Fragen stellte, mochte es nicht, dass man mich ausfragte wie auf dem Polizeirevier, also tat ich, als hätte ich vergessen, wie spät es war, und ohne ein Wort ging Crotale zurück ins Zimmer, ich sauste gleich wieder die Treppe hoch, um Vorace hinauszuhelfen, winkte ihm zu, er solle mir entgegenkommen, und hinter mir schlich er hinunter, die Tür quietschte natürlich wie die Hölle, bevor sie zuschlug, au Mann, dieses dreiste Ding, wollte mich ans Messer liefern, Scheiße, trotzdem fand ich einen Ausweg, denn mir fiel ein, dass manchmal Reisigverkäufer mit ihren Bündeln vorbeikamen, das war gar nicht so selten, diese Straßenhändler klopften überall an die Türen und weckten die schlafenden Leute, die waren natürlich genervt, sprangen wütend aus dem Bett und schnauzten die armen Verkäufer an, aber egal, an diesem Tag, als die Tür so einen Krach gemacht hatte, täuschte ich Crotale, indem ich ihr weismachte, ein Reisigverkäufer hätte in den Hof kommen wollen, um uns zu fragen, ob wir welches brauchten, und genau daran dachte ich noch, als Vorace mir heimlich einen frischen Kuss in den Nacken gab und lachend ging, er hatte ja gehört, was ich gesagt hatte, gerufen vielmehr, »nein, wir brauchen keinen Reisig, mein Herr«, und Crotale, die im Zimmer war, ahnte nicht das kleinste bisschen, nur für die Schule musste ich mich jetzt wirklich beeilen, und ich packte rasch meine Sachen zusammen, um wenigstens noch zur zweiten Stunde zu kommen, die hatte bestimmt schon angefangen, fürs Waschen brauchte ich nie länger als eine Viertelstunde, Crotale durfte solange noch ausspannen, das machte sie immer so, bevor sie selber ins Bad ging, ich wunderte mich jedes Mal, wenn sie dann aufstand, wozu muss man sich eine Stunde lang auseinanderfalten und gähnen, als hätte man nichts zu tun, das ist schon keine Faulheit mehr, das ist eine Krankheit, im Unterricht träumte ich nur vor mich hin, schweifte hierhin und dorthin, bis meinen Sinnen schwindlig wurden, ich träumte und träumte, dachte nur an diesen Kuss, den Vorace sich herausgenommen hatte, lachte still in mich hinein, der Lehrer, die Mitschüler, die Lektion an der Tafel und die Pulte waren sämtlich fiktive, belanglose Gegenstände, bewegte Bilder für meine Augen und meinen Geist, und auf einmal wurde der Lehrer zu Vorace, die Schüler nahmen ebenfalls seine Gestalt an, alle Schüler, auch die Weicheier, es gab einen pummeligen Vorace, einen spindeldürren Vorace, einen dickbäuchigen Vorace, einen abgezehrten Vorace, einen langbeinigen Vorace, einen Kümmerling, einen Fips, die Liste war lang, und die Lektion an der Tafel verwandelte sich in Liebesworte, die sich über die Wände schlängelten wie Aale auf dem Trockenen, aus dem Klassenzimmer war ein herrlicher Strand geworden, und aus den Pulten wurden Klippen, an denen ich in den Genuss eines köstlichen Rendezvous kam,

als ich am Nachmittag zurückkehrte, war noch niemand zu Hause, so wie immer, weder Connaît-Tout noch Crotale, ich stürzte gleich hoch auf die Terrasse, ich war süchtig nach dieser Terrasse und wollte nur meinen Vorace sehen, irgendwann verwechselte ich die Fischer im Sand mit Vorace, der Kerl war einfach überall, immer wieder blickte ich zu den Motorbooten, die am Strand landeten, und auf einmal hörte ich in der Ferne ein Dröhnen, sah ihn schließlich auf den Wellen, es wurde schon dunkel, aber ich sah ihn, und er sah mich, das zeigte er mir deutlich, denn ein paarmal reckte er den Kopf, und ich machte ihm Zeichen, winkte ihn zu mir, ganz schön keck, jemand konnte mich sehen und es Connaît-Tout sagen, Mensch, Anguille, welcher Teufel reitet dich bloß, sagte ich mir, aber das kümmerte mich nicht, ich hatte die Nase voll davon, eine Marionette zu sein, während alle anderen ihre eigene Rolle in dieser Welt spielten, ja, man muss schon man selber sein, sonst lernt man nur, das Blabla der anderen zu wiederholen, man muss originell sein, nicht um mit Riesenschritten in die Geschichte einzugehen, sondern um denen den Weg zu versperren, die mit den Füßen dort hineinwollen, sie sollen kapieren, dass man da am besten mit dem Kopf oder mit dem Hintern reinkommt, außerdem bin ich kein Bühnenkasper und kein Android, ich lasse mich doch nicht manipulieren, um bei irgendeiner kollektiven Eselei mitzumachen, und schon fange ich wieder an rumzuspinnen, dabei habe ich noch gar nicht zu Ende erzählt, was ist nur los mit mir, verdammt, immer mache ich ein Riesenbohei, ich frage mich, ob das immer so ist, wenn ein Aal in den letzten Zügen liegt, aber da ist niemand, der mir antworten könnte, was soll's, ihr hättet eine Menge verstanden, wenn ihr da wärt und über die Frage nachgedacht hättet, ihr, die Fischer, und vor allem ihr, die ihr so stolz seid auf euren sprühenden Geist, aber wenn ich sowieso allein bin, antworte ich mir eben selber, außerdem ist die Antwort nicht wichtig für diese Strohköpfe, die sich für Lebenskünstler halten, wenn ein Aal stirbt, macht er den größten Lärm, so wie er ihn zu Lebzeiten nie hat machen können, nur, warum schaffe ich es dann nicht, einer geraden Linie zu folgen, statt dauernd nach links und nach rechts abzuschweifen, warum gehe ich diesen berauschenden Erinnerungen nicht geradewegs auf den Grund, das alles ist ein Zeichen, die Zeit drängt, beeil dich, damit du schnell zum Ende kommst, du Garnelenkopp, und vergiss den Quatsch,

ich hatte Vorace also gesehen und ihm gewinkt, und er hatte verstanden, dass er kommen sollte, und als er schließlich an Land war, überließ er die Fische so wie immer seinen Freunden, er verkaufte sie nämlich nicht selbst, er war gewissermaßen der Chef, und so ging ich hinunter und wartete an der Tür auf ihn, und als er dann kam, sprachen wir lange miteinander, diesmal direkt an der Tür, weil ich eine Szene wie am Morgen vermeiden wollte, ich sagte mir, dass er am besten nicht allzu lange blieb, ich kannte ja Crotales Stundenplan, andererseits würde sie, selbst wenn der Unterricht schon vorbei war, nicht pünktlich nach Hause kommen, sie verspätete sich immer gehörig, und als Vorace mich dann fragte, ob er am nächsten Tag, bevor ich zur Schule ging, zu mir auf die Terrasse kommen dürfe, sagte ich, ja, natürlich, ich konnte einfach nicht widerstehen, ich brauchte das genauso, und er schien unendlich froh zu sein und küsste mich auf den Mund, diesmal ließ er sich Zeit, küsste mich erst ganz zart, dann ganz wild, seine Zunge fuhr durch meinen Mund, als suchte sie nach etwas, vielleicht meine Zunge, und ich wusste wirklich nicht, was ich tun sollte, fragte mich, was das bedeuten sollte, Leuten auf den Mund zu küssen und dabei die eigene Zunge sprechen zu lassen, ich weiß heute nur, dass ich durch den Kuss eine Wahrheit entdeckt habe, es gibt keinen glücklicheren Aal in seinem Felsen als eine Zunge, die sich auf einer anderen tummelt, ich genoss diesen Kuss, roch das Meer, und dann lächelten wir uns noch ein paarmal zu, bevor er wieder ging,

am nächsten Morgen stand ich in aller Frühe auf, Connaît-Tout war gerade zur Tür hinaus, und in Windeseile wusch ich mich, nahm meine Sachen, als würde ich in die Schule gehen, und weckte Crotale, um ihr zu sagen, dass ich jetzt ginge, sie lag in ihrem Bett wie eine Süßkartoffel und schlug die Lider nur für ein paar Sekunden auf, sah aber genau, dass ich schon fertig war, also warf ich ihr ein »Tschüss« zu und sprang leise die Treppe hinauf, hin zu meiner kleinen Ecke, um zu sehen, ob Vorace da war, er wartete vor dem Haus auf mich, und ich rief ihn und machte ihm selber die Tür auf, hielt sie einen Moment fest, ehe ich sie quietschend zufallen ließ, es war dasselbe Geräusch, das sie jeden Tag um diese Uhrzeit von sich gab, nur hatte ich diesmal den Hof nicht verlassen, Crotale musste also denken, ich sei gegangen und sie allein im Haus, tatsächlich war um uns herum alles still, es war der Moment der Wahrheit zwischen mir und Vorace, oben auf der Terrasse, und wir verbrachten einen wunderbaren Morgen, auch wenn die Sonne, diese göttliche Gestalt, irgendwann unerträglich wurde, sie war nichts als ein aufdringlicher Zeuge unseres Idylls und knallte herab auf unsere Haut, aber die frischen Küsse dämpften ihre Hiebe, waren eine lindernde Salbe, Süßwasser, das den Durst stillt, es war ein außergewöhnlicher Morgen, unvergesslich vor allem, und so, von keinem Hindernis gehemmt, fiel es uns nicht schwer, uns unsere Gefühle zu gestehen, und als Crotale sich dann auf den Weg zur Schule gemacht hatte, gingen wir hinunter, Vorace und ich, und hatten das Zimmer für uns, ja, länger als eine Woche ging das so, kaum war Crotale aus dem Haus, bezogen wir das Zimmer, und was wir da gemacht haben, wollt ihr wissen, tja, alles Mögliche, Dummheiten, klar, was glaubt ihr, wenn ein Mann und ein Mädchen sich allein in einem Zimmer einschließen, für mehr als drei Stunden, na, was tun sie da wohl, sprechen natürlich, sich berühren, liebkosen, streicheln, küssen, und am Ende gehen sie auf eine lange Reise, von der sie nur verwundet zurückkehren, jawohl, das ist das richtige Wort, so ist es, verwundet, denn nach dieser Reise ist man mit einem Schlag außer Atem, erschöpft, wie ein Marathonläufer, der auf einmal hinter der Ziellinie ist und sich fragt, wie er dort hingekommen ist, das ist manchmal enttäuschend, eine solche Reise, wer sie nicht kennt, erwarte nicht zu viele Einzelheiten von mir, was soll ich schon sagen, Pech für die, die da nicht mitkommen, es ist nicht meine Aufgabe, ihnen beizubringen, wie man lebt, außerdem bleibt mir nicht mehr viel Zeit,

ich ging gar nicht mehr zur Schule, wir verschlangen uns mit den Augen, lächelten, küssten uns endlos, hemmungslos, ohne ein Wort, nur unsere Körper sprachen, als gäbe es jeden Tag einen neuen Geschmack zu entdecken, wir ließen uns treiben, einer auf dem anderen, und Vorace hatte keine Eile, wenn er mit seinen Fingern ganz sachte durch alle Ecken und Winkel meines Körpers spazierte, erst ging es die Arme entlang, dann über mein Gesicht, die Lider, die Schläfen, die Wölbungen der Pobacken, und wenn er an meinen Schultern knabberte, an meinem Nacken, verließ ihn seine zuckersüße Miene nicht, ich spürte das zarte Piksen seiner Bartstoppeln, als wäre ich ein Büschel Trauben, aus dem er sich welche herauspickte, und manchmal fragte ich mich, ob ich nicht ein Gemälde dieses Arcimboldo war, ob er in meinem Körper nicht so etwas sah wie ein Porträt, hinter dem sich ein Arrangement von Früchten verbarg, etwas seltsam kam mir nur vor, dass Vorace mich, wenn er mit mir schlief, überall leckte, so wie eine Katze, die ihre Milch aus einem Teller schleckt, und ich fragte mich, ob das nicht zu blöd war, diese Art, Liebe zu machen, wo hatte er das alles her, diese seltsamen Praktiken, wie irgendwelche Drogen, aha, so war das also mit der Liebe, aber die Liebe ist schlimmer als eine Droge, man berauscht sich bis zur Ekstase und macht Dinge, ohne es selber zu merken, Vorace brauchte mich nur mit seiner Nase zu reiben, und eine heiße Zärtlichkeit durchströmte mich, ein Flirren vom Bauch bis hinauf ins Hirn, ich selber machte am Anfang nichts, blieb nur liegen, bewegte mich und stöhnte wie eine Patientin unter den Händen ihres Arztes, auch fragte ich mich, warum man so stöhnen musste auf einer solchen Reise, ob die Katzen, die ich auf der Terrasse dabei beobachtet hatte, dasselbe spürten, wir jedenfalls schnurrten nicht wie die Katzen, wir stöhnten nur und rissen den Mund auf, als hätten wir eine Pfefferschote gegessen, ja, die Liebe ist auch eine Pfefferschote, sie brennt anders, ruft aber dieselben Reaktionen hervor, nur am ersten Tag schlug mir das Herz bis zum Hals, weil ich so ein komisches Gefühl verspürte, ich hatte Lust, weiterzumachen, und zugleich tat es mir ein bisschen weh, und dann war da so ein merkwürdiges Lampenfieber, als mir klarwurde, dass ich von der Erde abhob, ich war eine Wahnsinnsschauspielerin bei diesem ersten Mal, aber kaum ging es auf die Bühne, bekam ich Angst, ich hatte versucht, an nichts zu denken, um Vorace nicht zu enttäuschen, wollte nicht, dass er mich für ein Dummerchen hielt, das nichts von der Liebe verstand, wollte alles kennenlernen und alles dafür tun, also ließ ich mich gehen, ohne irgendwelche Ausflüchte, wie ein entwaffneter Soldat, der nur darauf wartet, zu gehorchen, seit diesem Tag jedenfalls nahm ich den Unterricht in der Schule nicht mehr ernst, und Vorace fuhr erst am Nachmittag aufs Meer hinaus, wir lagen fast den ganzen Tag im Bett, die Augen halb geschlossen, blieben nach den berauschenden Momenten einfach liegen, streichelten uns, liebkosten uns, aber irgendwann sagte Vorace, das sei viel zu riskant, jeden Tag in diesem Zimmer, und er schlug vor, ich solle zu ihm nach Hause kommen, morgens, bevor die Schule anfing, »bei mir sieht dich keiner«, sagte er noch, und ich dachte lange nach über seinen Vorschlag, das war gar nicht so leicht für mich, in das Zimmer eines Mannes zu gehen, außerdem, sagte ich mir, konnten mich Leute dabei sehen, und die würden es Connaît-Tout bestimmt bei der erstbesten Gelegenheit erzählen, unterm Seemandelbaum zum Beispiel, wenn sie sich ihre Geheimnisse anvertrauten, diese Schwatzmäuler, zuerst nur mit einer ironischen Anspielung, »sieh an, die Kleine kann schon alle Verben konjugieren, durch alle Tempora und Modi, wenn das keine gute Nachricht ist«, Spione gab es nämlich überall in Mutsamudu, selbst die Wände haben dort Ohren, eine Winzigkeit genügt, der kleinste Flügelschlag einer Fliege, und schon hat man eine komplette Geschichte, »einmal gepupst, und man riecht es überall, selbst auf den Gipfeln der höchsten Berge«, hatte Connaît-Tout uns gewarnt, als er sagte, wir sollten den Leuten in der Stadt nicht über den Weg trauen, tatsächlich ging in dieser Stadt noch die unbedeutendste Privatsache von

Mund zu Mund, ehe man sie an den öffentlichen Plätzen ausposaunte, an der Place Mroni, der Place Uvoimoja, der Place du Jaf, der Kreuzung Foukoujou, beim Seemandelbaum, auf dem Mpangahari, dem Minadzijou und so weiter, bis alle Welt darüber im Bilde war, dass dieser Herr oder jene junge Dame an einem bestimmten Tag zu einer bestimmten Uhrzeit an einem bestimmten Ort gefurzt hatte, ja, nach dem endlosen Getuschel hatte die Neuigkeit schließlich die ganze Stadt erfasst, und man versuchte, die Leute herabzuwürdigen, lachte ihnen ins Gesicht, den Männern zum Beispiel, die von ihren Frauen rausgeworfen worden waren, die waren am Ende meist die Dummen, man gab ihnen andere Namen, ohne dass sie davon wussten, zeigte mit dem Finger auf sie, kaum dass sie in der Ferne erschienen, und wechselte rasch das Gesprächsthema, wirklich, ich hasse Leute, die sich in Sachen einmischen, die sie nichts angehen, aber so ist das im Leben, dabei sollte ein jeder durchs Leben gehen, ohne zu lärmen, ohne eine Welle zu stören, die ruhig rollt, ohne einen Vogel daran zu hindern, nach Belieben zu zwitschern, und ohne einen Träumer zu wecken, er könnte ihn sonst töten, nein, ich mag diese Leute nicht, die nichts anderes zu tun haben, als das Leben anderer weiterzutratschen, die sind krank im Kopf und haben keine Ahnung vom Leben,

ich fragte mich also, ob die Leute sich nicht das Maul zerrissen, wenn ich zu Vorace ging, bei uns zu Hause wusste zumindest niemand, was sich dort abspielte, das war eine perfekte Aalstatt, ich war geschützt, weil wir nicht täglich Besuch bekamen, nur Tante Tranquille konnte kommen, und das passierte höchst selten, einmal im Monat vielleicht, außerdem kam sie nur am Wochenende, wenn keine Schule war, denn wie es aussah, brauchte sie nur mich und Crotale, aber wie auch immer, ich liebte Vorace, dass ich schon irre wurde, und hatte gar keine andere Wahl, ich war sogar bereit, überhaupt nicht mehr in die Schule zu gehen, was ich dann übrigens auch gemacht habe, um schöne Momente mit ihm zu erleben, ich war einfach verknallt in ihn, und wenn er zu mir kam, fuhr er erst spät aufs Meer, danach wuselte ich gleich herum, als wäre nichts Besonderes passiert in diesem Haus, machte mich ans Kochen, bevor mein Vater Connaît-Tout nach Hause kam und seine endlosen Reden schwang, die mich wie immer zum Lachen brachten, Crotale kam erst spät, und so vergingen die Tage für mich friedlich, mit wundervollen Nächten, in denen ich nur von Vorace träumte, und dann kam der Tag, an dem ich beschloss, auf Vorace' Vorschlag einzugehen, ich sagte ihm, ja, ich würde zu ihm kommen, und er schien im siebten Himmel zu schweben, für mich war es, als hätte ich ein Einserabitur gemacht, er umarmte und küsste mich, und gleich am nächsten Morgen war ich bei ihm, nur, wie bin ich hineingekommen in dieses Loch, wollt ihr wissen, aber einen Felsen für einen anderen zu verlassen, das ist für einen Aal ein Klacks, man muss sich nur still und leise hineinschlängeln, sich so schlank machen, dass das gluckernde Wasser verstummt, und so änderte ich an dem Morgen meine Gewohnheiten nicht, ich ließ mir Zeit nach dem Aufstehen und tat in aller Ruhe, was zu tun war, machte für Connaît-Tout Kaffee, und als er seine Sachen zusammengepackt hatte und zu seiner Arbeit auf dem Meer gegangen war, wusch ich mich und verließ ebenfalls das Haus, gewickelt in so ein zweifarbiges Tuch mit sechs großen Quadraten, wie die Frauen es bei uns tragen, einen Chiromani also, der war in Mutsamudu immer wieder Anlass für einen Ehestreit, denn sobald in den Kaufhäusern eine neue Lieferung eintraf, bei Mamadaly oder bei La Chance, kam es unter den heimischen Dächern zu einem fürchterlichen Hickhack, und selbst wenn der Mann seiner Frau versprach, ihr einen Chiromani zu schenken, sobald er sein Gehalt bekäme, maulte sie weiter, bis er einen Ausweg aus der Krise fand, bei La Chance war es oft eine einzige Rempelei, die Frauen drängelten sich vor und schubsten einander wie die kleinen Mädchen im Supermarkt, wenn sie dieselbe Puppe haben wollen, und wer noch einen Chiromani kaufen wollte, musste richtig darum kämpfen, die Frauen schwitzten alle, und der Frau, der es gelang, einen zu ergattern, rann der Schweiß in Strömen von der Stirn ins Gesicht, dabei strahlte sie, als hätte sie eine Weltmeisterschaft gewonnen, während ihr Mann, der sich vor seinen Freunden jetzt in die Brust werfen konnte, von anderen Frauen beneidet wurde, aber das ist eine andere Geschichte,

kommen wir zurück zu meinem Rendezvous, denn die Zeit drängt, ich trug also einen schwarz-weißen Chiromani an diesem Tag und ging über eine lange Straße, die zu mehreren Gassen führte, die Medina selbst war ein ganz besonderer Felsen, wo alles still und heimlich passieren konnte, und niemandem war es bewusst, das hatte ich begriffen, als mir klargeworden war, dass man von der Zitadelle aus alles sehen und erahnen konnte, wirklich ein herrliches Loch, diese Medina, ich ging durch Gassen, die zu betreten ich mir bis dahin verboten hatte, und folgte Wegen, die Vorace mir vorgezeichnet hatte, nicht dass ich auf Schüler stieß, die zur Schule gingen, oder auf alte Leute, die nach dem Morgengebet durch die Medina spazierten und alles im Blick behielten, ich würde nur durch eine kleine Brettertür gehen, neben einem großen Haus, und da hörte ich schon, wie hinter mir eine Stimme dreimal meinen Namen flüsterte, ich fuhr herum und sah Vorace' Kopf, er machte mir Zeichen, zu ihm hineinzukommen durch diese winzige Tür, ich schaute erst in die eine und dann in die andere Richtung, um mich zu vergewissern, dass niemand in dieser merkwürdig stillen Gasse mich sah, ehe ich mich umdrehte und hineinstürzte in Vorace' Zimmer, er schloss die Tür gleich zweimal ab, das Klickklack des Schlosses tönte wie eine Antwort auf die Fragen, die mein klopfendes Herz bis an die Trommelfelle schickte, und dann konnte ich mich nicht zurückhalten und schaute mich neugierig um, wie eine Gefangene, die nicht weiß, was sie erwartet in einer Zelle, in der die alles verschlingende Leidenschaft wohnt, die Schläge meines Herzens fielen in einen Rhythmus, als wollten sie meinen Brustkorb sprengen, und mein Blick glitt über die Wände, es war ein altes Gemäuer, überstrichen mit einer Leimfarbe, die schon abblätterte, die Decke war recht hoch, eine Kassettendecke, und dann schaute ich mir an, was es in diesem Zimmer alles gab, das waren ein alter Wäscheschrank, eine Kapokmatratze auf einer zerschlissenen Binsenmatte, ein Stuhl, der sich kaum halten konnte auf seinen ungleich langen Beinen, so dass er ständig wackelte, und eine altmodische, genauso klapprige Ablage mit einem antiquierten Radiorecorder darauf, ja, alle diese Gegenstände schienen uralt zu sein, außer einem Kanten Brot, von Badrane, dem ersten Bäcker auf der Insel, und einer Flasche Orangensaft, beides ebenfalls auf dieser erbärmlichen Ablage, noch dazu war es recht düster in dem Loch, aber Vorace bedeutete mir, mich zu setzen, und ich ließ mich auf den Stuhl sinken wie ein Baum, der gefällt wird und plötzlich umstürzt, so erschöpft war ich auf einmal, mir war einfach nicht wohl, aber ich versuchte locker zu sein, um Vorace nicht allen Mut zu nehmen, im Grunde war es nur der kräftige, penetrante Geruch in diesem Zimmer, der mich so mitnahm, es gab nicht mal ein Fenster, um ein wenig frische Luft zu schnappen, mir schnürte es schon die Kehle zu, aber dann nahm Vorace zwei Gläser aus dem Schrank, stellte sie auf die Ablage und schenkte in eins der beiden Gläser Saft ein, wahrscheinlich hatte er meine Erschöpfung bemerkt, denn er bat mich inständig, von dem Saft zu trinken, dabei sprach er nicht so viel wie sonst, auch er schien müde zu sein, seine Augen waren gerötet, und ich fragte mich, ob er nicht geschlafen hatte und sie deshalb so rot waren oder ob er betrunken war, vor allem wegen dieses beißenden Geruchs, ich wusste ja nicht, ob Vorace überhaupt trank, darum fragte ich ihn, was mit ihm los sei, und er sagte, er sei ziemlich fertig, er mache sich Sorgen um seinen besten Freund Voilà, der war ihm echt treu ergeben, und wenn ich das sage, dann weil ich das glaubte, meist half er ihm nämlich, seine Fische zu verkaufen, ansonsten kannte alle Welt Voilà, weil er einen Ruf als großer Trinker hatte, ja, er war sehr unterhaltsam und ließ, wenn er erst mal getrunken hatte, auf den Gassen der Medina seinen Delirien freien Lauf, und wann immer er sprach, rief er »voilà«, wie um einen Satz zu beenden oder etwas hinzuzufügen, obwohl er bloß wiederholte, was er schon gesagt hatte, einmal, ich war auf dem Nachhauseweg von der Schule, hatte ich eine Szene erlebt, die mir auf den ersten Blick recht alltäglich vorkam, an der Kreuzung Foukoujou, dort hatten sich Menschen versammelt, genau in der Mitte, wo die Straßen sich kreuzen, die Fußgänger kamen kaum durch, ich trat also an die Menge heran, so nah wie möglich, um zu sehen, was da los war, das musste irgendwas Interessantes sein, was die Leute anlockte, aber als ich meinen Kopf in den Kreis steckte, sah ich nur einen älteren Mann auf dem Boden sitzen, die Beine gespreizt, wie ein kleiner Junge, der darauf wartet, dass die Mutter ihm einen Teller Suppe gibt, er war ganz schmächtig, das Gesicht ausgemergelt, ich dachte schon, ich hätte ein menschliches Skelett vor mir, ein wandelndes Gerippe, denn wenn ich gewollt hätte, hätte ich mühelos seine hundertachtundneunzig Knochen zählen können, ah, ihr meint, ich übertreibe, aber das gibt es, solche Menschen, ich übertreibe nicht, das war nun also Voilà, er hatte seinen Mund zu einem Hühnerpo gespitzt, lispelte und erzählte lauthals völlig schwachsinnige Geschichten, dabei rief er immer wieder »voilà« mit seiner meckrigen Schnapsstimme, ich schaute die ganze Zeit neugierig hin, weil ich verstehen wollte, warum und wozu sich all die Leute dort versammelt hatten, rings um diesen Säufer, der auch noch dauernd furzte, ich fand das wirklich unmöglich, aber dann sah ich, dass er aufstehen wollte und es nicht schaffte, die Leute machten sich gleich über ihn lustig, sie wetteten mit ihm um einen Geldbetrag, dass er nie auf die Beine käme, ohne sich mit den Händen abzustützen, also quasselte er erst mal weiter, diese Plappertüte, und hielt sich für stärker als Herkules, bevor er einen neuen Versuch unternahm, ein Bild des Jammers, dabei zog er die Beine an wie ein Behinderter, um sich in Stellung zu bringen, aber wann immer er die Hände auf die Beine stützte und sich einen Ruck geben wollte, ließ er einen donnernden Furz, dass man schon Angst bekam, und das immer wieder, alles brach in schallendes Gelächter aus, doch Voilà ließ sich nicht beirren und versuchte es weiter, und jedes Mal, wenn er seinen stinkenden Hintern fast angehoben hatte, rief er »voilà«, aber von wegen, im selben Moment plumpste er wieder hin, wie eine Matschpapaya, und irgendwann kräuselte sich mir die Stirn, ich rümpfte die Nase und bekam keine Luft mehr, wieso, das brauche ich wohl nicht zu sagen, wenn man pupst, was verströmt man da wohl, das ist schließlich nicht die Essenz der Ylang-Ylang-Blüten auf einem Feld von Tante Tranquille in Hombo, wir wollen ja nicht übertreiben, ein Furz ist ein Furz, so wie jeder Durchschnittsmensch ihn lässt, auch wenn es dreiste Leute gibt, die einfach drauflosfurzen, ohne dass sie die Kunst des Furzens gelernt hätten, man muss nämlich darauf achten, dass man seine Hinterbacken siebenmal zusammenkneift, ehe man den kleinsten Geruch entweichen lässt, das ist nicht anders als beim Sprechen, man schadet sonst nur sich und seinen Mitmenschen, und die haben nichts zu tun mit dem Hintern und dem Kopf von einem selbst, also bitte, das ist ein Gas, und der Geruch, der hinten rauskommt, ist immer voller Mikroben, selbst beim Hintern eines Engels oder wenn es gar nicht riecht, das sind Mikroben, die da rauskommen, aber Voilàs Fürze, puh, wie ein stinkender Rattenkadaver, Gott bewahre, ich wollte damit nur sagen, dass zwischen den Hinterbacken dieses Schluckspechts, der meinte, er könnte alles auf eine Karte setzen, ein fürchterlicher Gestank rauskam, ein Mief, der auf die Menge niederging wie Tränengas, und obwohl seine Fürze schon die ganze Luft verpesteten, hielten sich nur ein paar Leute die Nase zu und spuckten auf den Boden, während die anderen gleichgültig taten, was mich wirklich wunderte, denn wie konnte es sein, dass die meisten einfach stehen blieben und Voilà mit ihren Rufen noch anfeuerten, die Leute lachten fast schon Tränen, als hätten sie die Nase nicht voll von dem Gestank oder überhaupt keine Nase, puh, was dieser Voilà bloß gegessen hatte, die Kiemen von Fischen oder verfaulte Eingeweide, Himmel, an diesem Tag hätte er mich beinahe vergiftet, ich musste also zusehen, dass ich so schnell wie möglich wegkam, nicht dass ich erstickte an diesem Ort, wo die Leute immer eine Witzfigur brauchen, um sich zu amüsieren,

aber zurück zu dem Tag, als ich zum ersten Mal Vorace' Zimmer betrat, um diesen Säufer ging es also, Vorace hatte von ihm gesprochen, weil er sein bester Freund war, und dann erzählte er mir weiter seine Geschichte, vorher war er noch mal aufgestanden, hatte aus dem Schrank eine Schachtel Gauloises geholt und mich gefragt, ob er rauchen dürfe, während er mir von der Sache zwischen Voilà und seiner Frau erzählte, ich hatte nichts dagegen, schließlich wollte ich, dass er sich wohlfühlte, und vor allem wollte ich hören, was Voilà passiert war, außerdem war ich ja zu ihm gekommen, ich sollte ihn also nehmen, wie er war, und irgendwann auch seine Vorlieben teilen, warum nicht, er zündete sich also eine Zigarette an und klärte mich erst mal darüber auf, dass Voilàs Frau ihren Mann am Tag zuvor hinausgeworfen hatte, mitten in der Nacht, weil er ihr gegenüber immer aggressiver geworden war, in letzter Zeit hatte er sich einfach zu oft danebenbenommen, seine Frau hatte genug davon, dass er sie jede Nacht schlug und bedrohte, aber hatte Voilà nicht irgendwo auch recht, pah, und wenn schon, es sollte ihm trotzdem nicht erlaubt sein, die Mutter seiner Kinder zu verprügeln, also bitte, für wen haltet ihr euch, ihr minderbemittelten Wichte, schämt euch was, die Rose zu beschmutzen und ihr den Duft zu nehmen, der euch einmal angelockt hat, was für ein Undank, schämt euch was, das Leben zu zerstören, alles Leben, denn wer eine Frau misshandelt, bringt uns alle in Gefahr, eine Frau ist keine Trommel, die man euch gibt, damit ihr nach Lust und Laune draufhaut, eine Frau ist das Leben, und wenn einer dieses Leben leid ist, was tut er da am besten, er verlässt die Frau und fertig, auch wenn es im Herzen wehtut, man muss sie verlassen und nicht versuchen, sie zu zerstören, sonst zerstört man sich nur selbst und reißt die anderen mit,

wie Vorace sagte, hatte Voilà seine Frau im Verdacht, außereheliche Beziehungen mit irgendwelchen Händlern zu unterhalten, jeden Tag vertraute er Vorace seinen Kummer an, seine Frau hatte sich unheimlich verändert, sagte er, nie war sie zu Hause, und wenn sie zurückkam, strahlte sie, er fand sie so übertrieben geschminkt, dass er sie schon mit einer Puppe verwechselte, außerdem setzte sie ihren ganzen Stolz darein, nur die allerschönsten Kleider zu tragen, jeden Tag warf Madame Voilà sich in Schale, er mochte das gar nicht, vor allem nicht, dass seine Frau ihn nicht beachtete, also ging er abends saufen wie ein Loch und wartete dann zu Hause auf sie, erst brüllten sie sich eine Weile an, so wie immer, und danach nannte Voilà sie eine Hetäre und traktierte sie mit Schlägen, denn dieser Weinschlauch war sehr eifersüchtig und wurde nicht müde, seiner Eifersucht mit Fäusten Ausdruck zu verleihen, und wenn seine Frau schrie, wachten die Kinder natürlich auf und weinten mit ihrer Mutter wie die Kätzchen, Voilà hatte sieben Kinder, der Älteste war gerade mal fünfzehn und kannte schon alle Sorten Wein, denn was den Alkohol betraf, war er stärker als der Vater, er schlief auch nicht mehr bei seinen Eltern, sondern war zu einem gewissenhaften Geschäftemacher geworden, einem Zigarettenhändler, der mit einer Bande zusammenlebte, mit Drogendealern aus allen Vierteln der Stadt, in der Umgebung des Hafens von Mutsamudu sah man den Jungen zusammen mit Alkoholikern, da waren Kinder dabei, Erwachsene und Alte, und sie unterstützten sich gegenseitig, als wären sie gleichaltrig, zwei weitere Kinder von Voilà schliefen ebenfalls nicht mehr bei den Eltern, der eine, ein kleiner Dieb, der auf den Friedhöfen der Zawijas und den Feldern in Bandrankowa Bananen und Brotfrüchte klaute, kümmerte sich um nichts und ließ sich kaum mal in der Medina blicken, der andere, ein kleiner Herumtreiber mit einem lockeren Handgelenk, der selbst die Erwachsenen zum Faustkampf herausforderte, schwor auf seine Bärenkräfte und versperrte den Kindern, die in den Gassen der Medina spielten, den Weg und provozierte sie mit Spötteleien, bis es in eine Prügelei ausartete, natürlich hatte Voilà auch Mädchen, die einzigen, die in die Schule gingen, die Grundschule von Missiri, aber das waren nur zwei, und wenn der Vater die Mutter schlug und die Mädchen schrien, um ihr Missfallen kundzutun, richteten sich die Drohungen auch gegen sie, und dann wurden auch die Babys wach und plärrten, und Voilà warnte sie alle, die kleinen Mädchen genauso wie die Säuglinge, dass sie, wenn sie noch einmal den Mund auftäten, ebenfalls seine Fäuste zu spüren bekämen, den Gürtel nicht, und dann brüllte er sie an, »und kein Sterbenswörtchen, oder das war's mit euch, mit euch auch, ihr Nervensägen«, und da blieb ihnen nichts anderes übrig, als zu schweigen und ihre Köpfchen in der Matratze zu vergraben, um ihre Schreie weiter zu ersticken, natürlich war der Frau irgendwann klar, dass ihr Mann sie, sobald er getrunken hatte, jedes Mal schlug, und so überlegte Madame Voilà, wie sie das Problem lösen könnte, sie wusste ja, wo ihr Mann gewöhnlich den Wein versteckte, Voilà trank bei seinen Freunden, bei Vorace zum Beispiel, aber als Reserve verwahrte er immer eine persönliche kleine Menge, die er ganz allein zu Hause trank, seine Frau fand also ein Fläschchen mit Wein, einem Weißwein, und den schüttete sie nun ins Klo und tat stattdessen den Urin eines der Säuglinge hinein, der war erst ein paar Monate alt, und dann stellte die Frau die Flasche wieder an ihren Platz, gut gefüllt, auch wenn die Flasche, was sie vergessen hatte, gar nicht ganz voll gewesen war, und ging aus dem Haus, und als Voilà von seinem Freund Vorace zurückkam, war er schon verdammt betrunken, er schwankte fürchterlich, als ginge es mit ihm zu Ende, immer wieder knallte er gegen die Hauswände in der Medina, fiel hin und kroch wie ein Reptil, der Sabber rann ihm aus beiden Mundwinkeln bis auf die Brust, die Leute lachten über ihn, die Kinder bewarfen ihn mit Steinen, er verfluchte sie und folgte weiter seinem Weg, ein Bild des Jammers, und dabei donnerten die Fürze, als fiele es ihm schwer, seinem Hintern Einhalt zu gebieten, ein paar Leute fragten ihn, ob man seinen Hintern vielleicht irgendwo vergewaltigt hätte, andere meinten, Voilà lasse das bestimmt gerne mit sich machen, wenn er getrunken habe, aber Voilà sagte nichts und schaffte es in diesem kläglichen Zustand bis nach Hause, und kaum war er angekommen, holte dieser arme Irre seine Flasche dort hervor, wo er sie versteckt hatte, er hatte sie also gefunden, und dann schüttete er den Inhalt in sich hinein, aber nach ein paar Schlucken, zuerst irgendwie fade, dann den Atem verschlagend, merkte er, dass der Geschmack nicht der erwartete war, er traute seiner Zunge nicht, dachte, er hätte sich vielleicht geirrt, und probierte einen letzten Schluck, aber es schmeckte immer noch gleich, nach Wein jedenfalls nicht, also brachte er die Flasche zu Vorace, damit der seine Zweifel ausräumte und ihm bestätigte, dass diese Flüssigkeit kein Wein war, sondern etwas anderes, und kaum hatte Vorace die Flasche geöffnet, stach ihm der Geruch in die Nase, auch wenn er selber betrunken war, und er teilte ihm mit, dass das Urin war, wahrscheinlich von einem Säugling, so klar war er, und Voilà, dem bewusst wurde, dass er die Hälfte der

Flasche bereits getrunken hatte, fühlte sich blamiert und schrecklich gedemütigt, er schimpfte auf seine Frau, sagte, sie sei bloß eine Hetäre, »sie wird schon sehen, was sie davon hat, diese Nutte, die immer erst spät nach Hause kommt«, meinte er zu Vorace, und dann ging er wieder zurück, musste in der Medina dieselben Prüfungen über sich ergehen lassen, immer auf allen vieren, und als er ankam, war seine Frau zu Hause, zog sich gerade um, im Schlafzimmer, und Voilà reagierte recht bissig, beleidigte sie, nannte sie ein schamloses Luder und riss ihr das kurze Nachthemd aus den Händen, das sie gerade überziehen wollte, dann streckte er seine Hände nach ihr aus, um sie festzuhalten, aber die Frau, nur im String und in einem hauchzarten Spitzen-BH, machte eine Rückwärtsbewegung, und Voilà sagte, »du hast also meinen Wein ausgeschütttet und den Urin des Kleinen hineingetan, aber du wirst schon sehen, dreckige Nutte, komm her, beweg deine Knochen«, doch die Frau sagte kein Wort und ging nur weiter zurück, und Voilà, das Nachthemd noch in der Hand, fiel ein ums andere Mal hin, kam mit Mühe wieder auf die Beine und rief die ganze Zeit »voilà«, schrie vor Wut, aber die Frau hatte eine solche Angst, dass sie immer noch keinen Ton sagte, also provozierte ihr Mann sie, hielt ihr das Hemd hin und stammelte, dass einem schwindlig werden konnte, »sieh dir das an, das also willst du, dich anziehen wie die Weißen, ich frage mich wirklich, woher du das Geld hast für all die Sachen, und dann wechselst du noch jeden Tag den Chiromani wie die Unterhose, erklär mir das mal, dabei ist das nicht mal ein Slip, was du da anhast, was soll das überhaupt sein, dieses Miniding, sieht aus wie eine Angelleine, ja, da drin wird es wohl einen Fisch zu angeln geben, schon klar, ein Nachthöschen ist das nicht, eher ein Nackthöschen, du willst bereit sein, alle möglichen Schwänze zu empfangen, nun sag schon was, du siehst doch, dass das Teil genau mittendurch geht, aber das willst du ja auch, nicht wahr, dich erregen und es bei der ersten

Gelegenheit zum Teufel jagen, so sieht's aus, was soll der Zirkus, nun sag schon, wenn du nicht willst, dass ich dich auf der Stelle umbringe, du dreckige Nutte«, und als Voilà mit seinen Drohungen geendet hatte und weiter auf sie zutrat, rammte ihm seine Frau ihr Knie zwischen die Schenkel, ganz plötzlich, und er stieß einen spitzen Schrei aus, den er im selben Moment noch mit einem kläglichen Stöhnen dämpfte, ehe er das Nachthemd auf den Boden fallen ließ und sich mit beiden Händen zwischen die Beine fasste, dorthin, wo der Mann sein Ureigenstes verstaut, ja, und schreiend umfasste er weiter sein Ureigenstes, so stechend war der Schmerz, er krümmte sich und stieß die herzzerreißendsten Schreie aus, »mein Gott, sie hat ihren Zauberstab zerbrochen, ihr Lieblingsspielzeug, weil man ihr mächtigere gezeigt hat oder was«, und als er merkte, dass seine Frau tatsächlich nichts auf ihn gab, jammerte er wie ein armseliger Tropf, »ich wusste es, sie ist eine Verbrecherin, Hilfe, ich sterbe«, aber die Frau hob nur rasch ihr Hemd auf, zog es sich über und rannte in den Hof, und als sie zurückkam in dieses Zimmer, wo Voilà gerade auf die Tür zukroch, hatte sie einen Stößel in der Hand, mit dem sie sonst Maniokblätter stampfte, so einen langen, dicken Stößel, und nachdem sie kurz einen Blick auf ihren Mann am Boden geworfen hatte, versetzte sie ihm einen so heftigen Schlag auf den Kopf, dass er augenblicks alle viere von sich streckte, einen echten Volltreffer hatte seine Frau da gelandet, Voilà war bewusstlos und erinnerte sich nicht an das Danach, und als er wieder zu sich kam, befand er sich bei Vorace und fragte sich, was passiert war, Vorace erzählte ihm, dass sein Sohn ihn im Karren eines Hafenarbeiters zu ihm gebracht hatte, der Junge, präzisierte er, der sich für den Stärksten im ganzen Viertel hielt und jeden Tag die anderen verprügelte, worauf Voilà gleich wieder wütend wurde, er fluchte wie ein Droschkenkutscher, knirschte und meckerte, »in einem Karren, dieser Zickenfratz, wenn ich ihn finde, bringe ich ihn um«, jedenfalls hatte er von dem Stößelhieb eine dicke Beule an der Stirn, was er gar nicht wusste, er spürte nicht mal den Schmerz, Vorace musste ihn erst auf die Beule hinweisen, und nach einem weiteren Schwall von Beschimpfungen schloss er, »meine Frau und mein Sohn haben sich gegen mich verschworen, diese Hunde, das werden sie mir büßen, ich gehe sofort nach Hause«, Vorace bat ihn inständig, die Ruhe zu bewahren und abzuwarten, bis er wieder bei Kräften war, vor allem, wo es mittlerweile schon so spät war, aber Voilà wollte nicht auf ihn hören und machte sich auf den Weg zu seiner Frau, dort stand er dann vor verschlossener Tür, seine ganze Kleidung auf dem Boden verstreut, und Voilà klopfte und verlangte noch andere Sachen, brummte wütend, »wenn du wirklich eine von denen bist, die nicht mehr brauchen als ihre Beute zwischen den Schenkeln, gib mir meine Ablage, meinen Radiorecorder, meine Teller und meine Gabeln, und vergiss die Löffel und die Gläser nicht, die habe ich gekauft, bei Madjikha, nicht du, schämst du dich nicht, sag deinen Liebhabern, sie sollen dir welche kaufen, wenn sie echte Kerle sind, diese Arschlöcher«, und als ihm nach über einer Stunde immer noch niemand antwortete, blieb Voilà nichts anderes übrig, als seine Kleider aufzusammeln und wieder zu Vorace zu gehen, um die Nacht bei ihm zu verbringen, dort bekam er dann den Mund nicht mehr zu und schimpfte weiter auf seine Frau, und Vorace erklärte ihm immer wieder, dass es besser für ihn wäre, nicht mehr zurückzugehen und diese Frau zu vergessen, aber Voilà ließ Vorace nicht schlafen, sie waren also alle beide aufgeblieben, und irgendwann vertraute Vorace ihm an, dass er am Morgen, noch bevor er aufs Meer fahre, eine wichtige Verabredung habe, und bei Tagesanbruch verließ Voilà dann Vorace' Zimmer, um zu seiner Frau zurückzugehen, er hatte es also nicht aufgegeben, stellte sich taub, was Vorace sehr wunderte, wie konnte man so mutig sein und zu einem Haus gehen, wo man ihn wie einen Hund verjagt hatte, von alldem hatte ich natürlich nichts gewusst, auch wenn ich im selben Viertel wohnte, aber ich sah ja auch nur, was am Strand passierte und auf meinem Weg zur Schule, deshalb hatte mich die Medina auch so an einen Felsen erinnert, mit verschiedenen Klüften, wo man unauffällig tun konnte, was man wollte, und wo die höchste Erhebung nichts anderes war als die Zitadelle, denn um dieses Loch richtig zu verstehen, musste man zur Zitadelle hinaufgehen, schon war alles ganz klar, beim Betrachten der Hausdächer dort unten verstand man alles auf natürliche Weise, nur den Ausländern, die die Stadt besichtigten, grauste vor diesem sich nach innen wölbenden Teil, dort konnten sie ja verloren gehen, es kam nämlich vor, dass sich Touristen in der Medina verliefen, aber weil die Europäer denken, sie wären echte Teufelskerle, lassen sie sich gerne auf so etwas ein, diese Weißen, manch waghalsiges Paar nahm das Risiko also auf sich und begab sich führerlos in die Medina, und dort sah man dann Damen und junge Frauen mit ihren Begleitern, sämtlich in kurzen Hosen und mit Schirmmützen, wie sie völlig überwältigt die verschiedenen Arten von alten Türen bewunderten, die man im Herzen der Stadt finden kann, indische, orientalische, westliche und so viele andere noch, ähnlich den ornamentalen Fenstern und Türen im arabisch-islamischen Stil des Palastes Ujumbé, erbaut in Hamoumbou, so Connaît-Tout, im Jahre 1541 vom Sultan Idarousse, das ist der, den manche angeblich klugen Köpfe, die man Historiker nennt, als den ersten arabischen und scherifischen König auf den Komoren bezeichnen, aber ich habe da meine Zweifel, egal was sie erzählen, diese Lügner, ich bleibe dabei, die denken, sie wüssten alles, und vergessen, dass ihre Blicke wie eine Kamera sind, die nur erfasst, worauf sie gerichtet ist, verdammt, wo war ich noch mal, die Touristen also glotzten wie blöde auf die Türen und die Mauern, fassten sie auch mal an, streichelten sie ganz verzückt, wie Verliebte, bevor sie sie fotografierten, kauften Vanille, Muskatnuss, Ylang-Ylang, was immer man ihnen in den Gassen anbot, und auf ihren langen Spaziergängen durch die Medina vergaßen diese Neugierigen dann manchmal die Abfahrtszeit ihres Schiffes, erst mit den Sirenen kamen sie wieder zu Sinnen, denn wenn es Touristenschiffe waren, blieb nichts in der Stadt von diesem infernalischen Lärm verschont, die ganze Medina erzitterte, und manchmal waren die späten Touristen so überrascht von den Sirenen, dass sie in alle Richtungen stoben, ohne zu wissen, wo sich ein Ausgang befand, das konnte schon recht komisch sein, Kinder führten sie dann, andere bedachten sie mit schallendem Gelächter, aber irgendwie schafften sie es immer, ihr Schiff noch zu erwischen, nur äußerst selten machten die Fährleute schon die Taue los oder fuhren bereits aus dem Hafen hinaus, dann riefen unsere Hafenmeister sie, damit sie kehrtmachten und ihre Nachzügler einsammelten,

kommen wir zurück ins Zimmer meines Liebsten, wo Vorace, als er mir Voilàs Geschichte erzählte, schon fast die ganze Schachtel Gauloises in seinen Händen aufgeraucht hatte, ich musste die ganze Zeit husten, als wäre ich krank, eine einzige Qualmbude war sein Zimmer, am Anfang hatte ich dem Rauch noch tapfer widerstanden, egal wie heftig er mir zusetzte, meine Lider flatterten ununterbrochen, und meine Augen tränten, was sonst, so sehr brannte der Rauch, aber irgendwann begann ich diesen Rauch zu lieben, er roch gut, außerdem stellte ich mir vor, ich würde selber rauchen, es reizte mich einfach, es auszuprobieren, um mich daran zu gewöhnen, also stellte ich die Frage, die mir schon auf der Zunge lag, »kannst du mir eine Zigarette geben«, und Vorace schaute mich an, als hätte er mich nicht verstanden, vielleicht dachte er, ich würde Spaß machen, denn er hielt mir die Schachtel zwar hin, starrte mich aber weiter verdutzt an, ja, sein Blick sagte mir, dass er seinen Ohren nicht traute, und jetzt wusste ich, dass er mir nicht glaubte und es für eine Spielerei hielt, aber dann öffnete er die Schachtel, und als ich aufstand, um eine herauszunehmen, nahm er meine Hand und sagte, ich solle zuerst meinen Chiromani ablegen und mich neben ihn setzen, also kam ich seinem Wunsch nach, er zündete mir die Zigarette an, und kaum hatte ich den ersten Zug getan, musste ich husten, an diesem Tag konnte ich ja noch nicht rauchen, ich rauchte einfach drauflos, hustete die ganze Zeit, ich wusste überhaupt nicht, wie man den Rauch durch die Nase ausbläst, das gefiel mir nämlich besonders, wenn Vorace rauchte, es sah köstlich aus, aber sobald ich es nachmachen wollte, hustete ich, und er sagte mir, ich solle aufmerksam zuschauen, wie er den Rauch durch den Mund einatme und dann durch die Nase entweichen lasse, beim Inhalieren müsse ich ganz gelassen bleiben, natürlich folgte ich ihm in allem, und am Ende rauchte ich tatsächlich so wie er, es entfachte einen unbändigen, unstillbaren Wunsch in mir, immer wieder hatte ich Lust zu rauchen, bis mir schwindlig wurde, ich rauchte und trank dabei mein Glas Saft, nur Vorace trank sein Glas mit Weißwein gemischt, den hatte er aus dem Schrank geholt, und ich sagte mir, dass er ihn also versteckte, aber das war nur, erklärte er mir, damit Voilà ihn nicht sah, dieser Schluckspecht vor dem Herrn, der würde den Hals nie vollkriegen, darauf fragte ich Vorace, was das für ein Geschmack sei, wenn er Alkohol trinke, und er gab mir zu verstehen, dass der Geschmack, klar, von einem selber abhänge, »den Geschmack könnte ich dir nicht beschreiben, ich kann dir nur sagen, dass ich mich selber spüre, ich werde zu dem, der ich wirklich bin, dank diesem Wasser kann ich sprechen, wie ich will, sage alles, was ich denke, ohne zu drucksen«, ja, das war seine Antwort, er sagt alles, was er denkt, das lasst euch mal auf der Zunge zergehen, dabei hat er mir nie gesagt, was er wirklich von mir dachte, aber wie auch immer, ich wollte wissen, woran er in dem Moment dachte, und als ich es ihn fragte, antwortete er wie aus der Pistole geschossen, »an dich«, ich bat ihn also, mich einen Schluck trinken zu lassen, um zu sehen, ob ich so wäre wie er, ob ich auch nur an ihn dächte, ich wollte sicher sein, dass er nicht zu dick auftrug, und allein der Duft reichte aus, und ich war berauscht, er stieg mir gleich in den Kopf, aber ich trank immer weiter, und Vorace küsste mich zärtlich, ich küsste ihn wie von Sinnen zurück, und um auf seine Küsse besser antworten zu können, hielt ich seinen Kopf in meinen Armen wie eine grüne Kokosnuss, mit deren Wasser ich mir die Kehle schmierte, ja, denn wenn Tante Tranquille uns grüne Kokosnüsse brachte, gurgelte ich immer mit diesem erfrischenden Wasser, das war so oberlecker süß, aber verglichen mit den Küssen, die Vorace und ich nun schlürften, war dieses Wasser arm an Zucker und lange nicht so köstlich, noch dazu waren die Küsse von unglaublich milchiger Natur, sie machten aus der Erde einen Lichthimmel, dabei strich ich Vorace durchs Haar, die Finger gespreizt wie eine Schere, und schon wandte ich mich seinen Ohren zu und immer so weiter, in den ersten Tagen, noch bei mir zu Hause, hatte ich seine schwachen Stellen kennengelernt, und wenn ich ihn so streichelte, wurde er stumm, aber dann toste alles in ihm, vor allem wenn ich über seine Brust fuhr, muskulös wie ein Felsen, ich verschlang seine Brustwarzen, die Höfe drum herum bis hoch zu den Spitzen, er ließ mich gewähren, was immer ich tat, dann schob ich ihn nach hinten, damit er sich auf den Rücken legte, und machte mich über seine Armbeugen und die Kniekehlen her, und wenn es ihn drängte und er mich packte, um mich auszuziehen, löste ich mich absichtlich von ihm und verlor mich in schäkernden Ausflüchten, bis ich es müde war und er mich überwältigte und zähmte wie eine Wildkatze, an diesem ersten Morgen jedenfalls, als wir in seinem Zimmer waren, sind wir für eine ganze Weile eingeschlafen, dabei schnarchte er ganz fürchterlich, ja, wie die Motoren der Boote, die ich zu Hause jeden Tag hörte, so laut hallte das Schnarchen in meinen Kopf, ein Lärm, das sage ich gerne noch mal, wie die Motorboote zum Fischen, und kaum erstarb einmal dieses rhythmische Sichaufschwingen, versuchte ich einzuschlafen, aber immer schreckte es mich wieder auf, und ich hielt inne, nahm mir schließlich ein Kopfkissen und steckte meinen Kopf hinein, hielt mir die Ohren zu, es war brütend heiß, aber ich nahm es hin, um diesen Krach nicht zu hören, weiß der Himmel, warum er so grässlich schnarchte, vielleicht war es der Wein, vielleicht seine Arbeit auf dem Meer, aber das waren die einzigen schwierigen Momente, die ich dort durchmachte, schließlich war ich die friedliche Stille bei mir zu Hause gewohnt, ich musste mich also daran gewöhnen, gewöhnen an dieses Schnarchen, weil ich ihn liebte, musste irgendwann selber auch schnarchen, um dieses grauenhafte Lied mitzusingen, ich ließ Vorace also in Ruhe schlafen, was glaubt ihr, natürlich habe ich nichts gesagt, meine Gefühle waren stärker als ich selbst, das ist alles, man muss dem Herzen geben, wonach es verlangt, darf nicht rumeiern, als hätte man keins, darf keine Schwäche des Herzens zeigen, indem man gegen seine tiefsten Wünsche ankämpft, denn wer gegen sein eigenes Herz ankämpft, hat sich für nichts im Leben abgeplagt, nun denn, während Vorace an diesem Tag schnarchte wie ein Walross, hörte ich laute Schläge an der Tür, und die Person, die dort klopfte, schrie die ganze Zeit und rief nach ihm, ich weckte Vorace also, und er sagte mir, nachdem er die Stimme gehört hatte, das sei Voilà, ausgerechnet, wo er ihm deutlich gesagt hatte, dass er ihn nicht stören sollte an diesem Morgen, aber da Voilà ein echter Plagegeist war, konnten wir nicht stundenlang dort liegen, ohne ihn zu hören, immer musste er seine Mätzchen machen, und so rührten wir uns nicht, blieben aneinandergeschmiegt liegen, völlig nackt, eine halbe Stunde noch, und dann sagte mir Vorace, ich solle nach Hause gehen, er müsse aufs Meer rausfahren, und nachdem wir uns rasch in die Klamotten geworfen hatten, öffnete er die Tür und warf erst einen Blick hinaus, ehe er mich verabschiedete, ich huschte gleich durch dieses Gassengeweide, wo überall Leute unterwegs waren, aber sie schienen sehr beschäftigt zu sein, als hätten sie etwas Wichtiges zu erledigen, und als ich wieder zu dem anderen Loch kam, war das Haus leer, nicht mal eine Fliege, wie man bei uns sagt, weil meine Familie erst am Abend zusammenfand, so wie immer, nach der Schule und nach dem Meer, klar war jedenfalls, dass es für mich keine Chance mehr gab, noch irgendeinem Unterricht im Gymnasium zu folgen, selbst die Stunden am Nachmittag hatte ich schon versäumt, seit diesem Tag schwänzte ich die Schule komplett, und niemand wusste davon, weder Connaît-Tout noch Crotale, unser bacchantisches Liebesfest fand also weiter statt, gleich am Morgen ging ich zu Vorace, bevor er aufs Meer fuhr, wir rauchten wie die Schlote, tranken den ganzen Tag, bis wir abgefüllt waren, und dann schliefen wir eine Weile, bevor ich nach Hause ging, ich war jedes Mal todmüde, nahm hastig ein Bad, putzte mir die Zähne, gurgelte, um vor allem den Tabakgeruch loszuwerden, und ruhte mich auf dem Bett aus, und wenn Connaît-Tout dann abends nach Hause kam, schlief ich tief und fest, was zum Teufel sollte ich auch anderes tun, wie sonst hätte ich verhindern können, dass man mir auf die Schliche kam, ich war immer sturzbetrunken, und Connaît-Tout dachte, der Unterricht hätte mich so fertiggemacht, dabei bekam ich einen ganz anderen, geheimen Unterricht, und der konnte mich nie und nimmer fertigmachen, Connaît-Tout ließ mich also schlafen wie ein Murmeltier, der Ärmste, wo er sich für das pfiffigste Kerlchen der Welt hielt, wartete auf Crotale und sagte ihr, sie solle mich erst gar nicht wecken, natürlich wurde ich dann irgendwann wach, völlig erschöpft und unruhig, wusste nicht, wie spät es war, und als ich Crotale fragte, sagte sie, es sei Nacht und ich solle was essen, tatsächlich hatten wir uns schon daran gewöhnt, mit den Hühnern schlafen zu gehen, und sobald ich aufwachte, kam Connaît-Tout und fragte mich, ob es mir gutgehe und ob ich in der Schule zurechtkäme, wie alle Eltern, wenn ihre Kinder so weit sind, sich aufs Abitur vorzubereiten, und er wollte wissen, ob ich nicht vielleicht krank sei, aber ich versicherte ihm, alles laufe bestens, ich sei nur ein bisschen müde, der Unterricht werde immer anstrengender, aber er solle sich keine Sorgen machen, nur hakte er jedes Mal, wenn er mit mir gesprochen hatte, noch einmal nach, »bist du sicher«, und ich nickte, worauf er ging, ohne ein weiteres Wort, aber klar hatte ich große Angst, dass er herausfand, dass ich trank und auch rauchte, und ich fragte mich oft, ob er nicht den kräftigen Geruch von Vorace' Zimmer an mir bemerkte, den Tabakgeruch vor allem, all diese Gerüche, die in meinen Kleidern hingen und an meinem ganzen Körper, auch wenn ich mich, nach meinem lauwarmen Bad und bevor ich in einen bleiernen Schlaf sank, jedes Mal umzog, aber irgendwann sagte ich mir, dass ich mir vielleicht zu viele Gedanken machte, dass er gar nichts wissen konnte, eben weil er nicht, so wie er dachte, alles wusste, dieser alte Herr, der es bloß gewohnt war, aufs Meer zu fahren und Zeitungsschnipsel zu lesen, für wen hielt der sich,

schon nach wenigen Tagen hatte ich mich an den Alkohol gewöhnt, ich war besessen vom Wein, ach, wenn ich nur daran denke, Wein trinken, noch so eine Leidenschaft, die mir erst spät in die Adern schoss, nach meinem Feuer für Vorace, aber wenn ich ein Glas Rotwein vor mir hatte, betrachtete ich es mit gierig schwelgendem Blick, so gerne sah ich das Schimmern dieser tiefen Dunkelheit im Glas, wie die Haut eines Aals, selbst dem Glas verlieh es einen erregenden Glanz, und ich strich mit den Fingern darüber, als hielte ich meinen Geliebten in den Händen, trank in kleinen Schlucken, sog genüsslich das

Aroma ein, ich hatte gar nicht gewusst, dass auch Wein derart verlockend sein konnte, und bevor ich von diesem seltsamen Geliebten kostete, bewunderte ich noch einen Moment mein gefülltes Glas, erst mit den Augen, dann mit den Fingern, der Nase, genauso machte ich es ja auch jeden Tag mit Vorace, bevor wir diesen kleinen Unfug trieben, der scharf ist wie eine Pfefferschote und den man Liebe nennt, irgendwann kannte ich all die unterschiedlichen Weine, die Vorace kaufte, seine ganzen Ersparnisse haute er dabei auf den Kopf, und dann sprach er von seiner Familie, von seinen Eltern vor allem, erzählte mir Geschichten von Voilà, und wir mussten beide lachen, Voilà war es auch gewesen, der ihn in die Welt der besten Weine Frankreichs eingeführt hatte, sagte er mir, denn der rühmte sich gerne, teuren Wein zu trinken, und so nannte Voilà ihm alle möglichen Weine, roten, weißen, Vin gris, auch die Weinbaugebiete, aus denen er die besten Weine probiert hatte, ob Bordeaux, Médoc, Graves oder Sauternes, dann die Weine aus der Bourgogne wie den Chablis, den Pommard, den Beaujolais, Voilà wurde es nie leid, sie aufzuzählen, als wäre es für ihn ein Zeichen großer Weisheit, und seinen Freunden riet er, sich in Weinfragen an ihn zu wenden, lieber verzichtete er auf Kleidung, wenn er nur weitere Weine kennenlernen und die Liste noch verlängern konnte, den Saufbrüdern sagte er, man müsse trinken, wie es sich gehöre, »trinkt oder lasst es bleiben, macht uns keine Schande, uns, den VIPs«, dabei konnte er sich das, was er konsumierte, meist gar nicht leisten, er musste mit anderen zusammenlegen, musste sich an Freunde wie Vorace halten, damit er an teure Weine kam, manchmal griff er aber auch zum billigsten Fusel, Palmwein zum Beispiel, den stellten manche Trinker selber her, ja, wenn sie pleite waren, hatten sie den Mut, diesen Wein herzustellen und zu verkaufen, und wenn Voilà davon trank, sagte er, »ich trinke das, um nicht zu sterben, ich muss zu mir selber zurückfinden, voilà, immer muss es jemanden geben, der trinkt, denn nur im Trinken findet man zu sich selbst, voilà«, schon ein Phänomen, dieser Voilà, ich werde ihn nie vergessen, und so verbrachte ich jeden Tag die verrücktesten, fantastischsten Momente mit Vorace, er selber fuhr erst am Nachmittag aufs Meer, und ich fragte mich, ob sich seine Freunde über diesen plötzlichen Wechsel seiner Arbeitszeiten nicht wunderten, aber egal, sobald ich wieder zu Hause war, schlief ich bis nachts, ehrlich, ich war noch fauler geworden als Crotale, und die wunderte sich allerdings, aber ich tat so, als hätte ich es nicht bemerkt,

die Tage gingen dahin, ich vergaß das Gymnasium, den Unterricht, die Weicheier, das tägliche Getue von Désirée, das alles war weit fort, ich ging überhaupt nicht mehr zur Schule, und niemand zu Hause wusste davon, das heißt, stimmt gar nicht, was rede ich, woher sollte ich wissen, dass niemand auf dem Laufenden war, woher schon, Anguille, du dummes Ding, sehen wir uns lieber an, wie es weiterging, ehe du Töne spuckst wie Voilà, also echt, Crotale spionierte mir nämlich hinterher, bloß bekam ich es nicht mit, ich erinnere mich nur an den Tag, als sie genau wie ich mit den Hühnern aufstand, schon verwunderlich, wieso so früh, das hätte ich mir bis dahin gar nicht vorstellen können, Connaît-Tout war schon gegangen, und Crotale setzte sich erst mal auf die Bettkante und gähnte, dass ihr fast die Kinnlade aus dem Gesicht sprang, dabei hatte niemand sie gezwungen, so früh aufzustehen, aber wie auch immer, ich machte mich rasch fertig, um zu meiner morgendlichen Verabredung zu kommen, und obwohl Crotale deutlich anzusehen war, wie gerne sie noch weitergeschlafen hätte, überwand sie sich und raffte sich auf an diesem Tag, wie eine Drogensüchtige sah sie aus, schaffte es kaum, die Augenlider hochzuziehen, trotzdem hatte sie sich aufgesetzt, ohne ein Wort, hatte ihre Schläfrigkeit nur hinausgegähnt, und dann machte auch sie sich fertig für die Schule, wusch sich rasch, ich wurde immer unruhiger, wo war die Crotale, die für die Morgentoilette länger als eine Stunde brauchte, ich ging jedenfalls, als sie sich anziehen kam, und beeilte mich, damit sie nicht sah, welchen Weg ich nahm, außerdem gingen wir, seit sie die elfte Klasse wiederholt hatte, sowieso nie zusammen zur Schule, jede immer für sich, wir hatten ja auch andere Stundenpläne, woher also diese plötzliche Anwandlung, was hatte sie bloß, und als ich dann die Haustür öffnen wollte, hörte ich, wie alles, was sie in ihrer Hektik berührte, einen Höllenkrach machte, sie warf alles zu Boden, alles, den Kamm, den Stuhl, die Tasche, was war nur in sie gefahren an diesem Morgen, aber ich trat hinaus und dachte mir nichts weiter dabei, erst als ich etwa zwanzig Schritte gegangen war und hinter mir eine Tür quietschen hörte, sagte ich mir, das war bestimmt Crotale, bestimmt wollte sie mitkommen, aber wohin genau, in die Schule, zu meinem Rendezvous etwa, ich brauchte keine Begleitung, bloß nicht, vielleicht war sie aber auch gar nicht durch die Tür getreten, denn als ich mich umdrehte, sah ich niemanden, also ging ich weiter, ich musste ja zuerst eine lange Straße hinaufgehen, immer geradeaus, ehe ich nach rechts abbiegen konnte, hin zu Vorace, doch als ich schon fast an dieser Kurve war, warf ich wieder einen Blick zurück, als hätte mir jemand gesagt, ich solle mich noch mal umschauen, und da sah ich Crotale hinter mir herschleichen, ein Stück weiter unten, aber sie konnte mich sehen, und als sie meinem Blick begegnete, senkte sie gleich den Kopf, man hätte meinen können, ein altes Hutzelweib, nur mit dem Unterschied, dass Crotale nicht humpelte, an der Abbiegung standen dann auf einmal Ochsen, mehr als sechs, ich konnte sie gar nicht alle zählen, weil ich nur an die Person hinter mir dachte, ich verstand einfach nicht, was sie wollte, war also gezwungen, die Straße weiter geradeaus zu gehen, es gab noch eine zweite und eine dritte Möglichkeit, nach rechts abzubiegen, aber keine Chance, Crotale durfte nicht sehen, wie ich irgendwo abbog, wo ich nur über einen langen

Umweg zur Schule kam, ich ging also weiter immer geradeaus, um ihr alle Zweifel zu nehmen, wenn sie denn welche hatte, und so bog ich nach links ab, das war der einzige Weg, der direkt zur Kreuzung Foukoujou führte, dort, wo ich Voilà gesehen hatte, wie er seinen Delirien freien Lauf ließ, nachdem er getrunken hatte wie ein Loch, ich musste immer daran denken, wenn ich an dieser Kreuzung vorbeikam, und als ich jetzt dort hinkam, nahm ich weiter die Straße nach Missiri, wo sich das Gymnasium befand, ich war fürchterlich nervös, mein Herz rumpelte, und ich fragte mich, was Vorace wohl denken würde, wenn ich nicht käme, vielleicht wartete er ja nicht länger auf mich und ging zur Arbeit, und da kam mir wie vom Himmel eine Idee, nämlich so schnell wie möglich zur Schule zu gelangen und gleich wieder zurückzulaufen, ich sah ja, wenn ich schneller ging, blieb Crotale mir auf den Fersen, also hielt ich mich ran, ja, mit Riesenschritten eilte ich über die Straße nach Missiri, wie eine Schülerin, die sich ernsthaft bemüht, pünktlich zu sein, wie so viele Schüler, die sich immer beeilten, aber in meinen Augen wollten sie den anderen nur zeigen, dass sie die Eifrigsten waren, pah, was beweist das schon, dass ihr die Schule ernst nehmt, ihr, die ihr so rennt, ich bin auch gerannt, aber ernst genommen habe ich etwas anderes, nicht die Schule, und vielleicht täuscht ihr ja auch nur eure Eltern, habt ebenfalls eine Verabredung, so wie ich, na, sagt schon, ihr mit euren Taschen auf dem Rücken oder in der Hand, ich hatte auch eine, und trotzdem war es nur eine Maskerade, damit ich als Schülerin durchging, Kanaillen waren wir doch alle, und die anderen hatten genau solche Verabredungen wie ich, da bin ich mir sicher, manche Schüler bummelten auch, als fühlten sie sich gezwungen, in die Schule zu gehen, mich zwang niemand, wie auch, mich konnte niemand zur Schule zwingen, warum geht ihr also dorthin, wenn ihr euch gezogen fühlt wie ein Lasttier ohne Zaumzeug, die Einzigen, die ich bewunderte, waren die, die sich auf die Mauern der Zawijas oder die Bänke irgendwo draußen setzten, Schultasche in der Hand, und dabei den Passanten nachschauten und sich friedlich unterhielten, die hatten wirklich ein geruhsames Leben, glaube ich zumindest,

in weniger als zehn Minuten war ich beim Gymnasium, und kaum stand ich im Hof, hörte ich hinter mir einen Heidenlärm, es klang wie ein Freudengeschrei, begleitet von fröhlich aufbrausendem Lachen, Mädchen johlten, als fände dort ein großes Ereignis statt, ich drehte mich gleich um, wollte sehen, was das war, aber ich erkannte nur Crotale, umringt von mehreren Schülern, andere stürmten hinzu, und ich begriff den Grund für ihre Verwunderung und ihren Jubel, Crotale war nämlich an diesem Tag pünktlich erschienen, zum ersten Mal überhaupt kam sie vor dem Klingeln, für die Mitschüler war es also tatsächlich ein großes Ereignis, die Mädchen wollten sie umarmen, die Jungs sich vor ihr verneigen, manche machten alle möglichen Faxen, und ich nutzte den Moment, um mich zu verdrücken, es gab eine zweite Tür, auf der anderen Seite der Schule, da ging es nach Chitsangani hinaus, und ich flitzte gleich los wie ein Igel und war im Nu raus aus der Schule, rannte mit einem Affenzahn zurück, dieselbe Strecke wie auf dem Hinweg, und ich lief so schnell, dass ich nicht mal die Fußgänger wahrnahm, die auf der Straße unterwegs waren, und als ich dann die Medina erreichte, sah ich nur eilige Menschen, die zur Arbeit gingen, ich bekam wirklich kaum etwas mit, wichtig war für mich nur, dort anzukommen, wo ich hinwollte,

ich klopfte nur einmal an die Tür, und als Vorace öffnete, sah er irgendwie verdattert aus, er stieß einen tiefen Seufzer aus, als wäre eine Last von ihm abgefallen, und als ich dann hineinging, sagte er, er hätte sich schon gewundert, wieso ich nicht kam, »ich habe heute nämlich eine kleine Überraschung für dich«, schob er noch schwungvoll hinterher, du lieber Aal, eins kann ich euch sagen, ich hasse Überraschungen, die Leute sollten geradeheraus zu mir sein, Überraschungen sind was für romantische Backfische, verträumte junge Dinger, und von dieser Sorte bin ich bestimmt nicht, alles Schwärmerische, Sentimentale interessiert mich nicht, wenn ich mit Vorace zusammen war, habe ich immer versucht, ich selbst zu sein, natürlich konnte ich nicht ganz verhindern, dass man mich für ein romantisches Mädchen hielt, schon wahr, aber romantisch heißt nicht schwärmerisch, wer schwärmerisch ist, träumt, und wer romantisch ist, ist verrückt, ich bin lieber verrückt als verträumt,

ich fragte mich, was das für eine Überraschung sein konnte, wollte sie unbedingt sehen, und Vorace holte aus seinem alten Schrank eine kleine blaue Schachtel hervor, öffnete sie, und ich sah einen großen goldenen Ring darin leuchten, und nachdem er ihn herausgenommen hatte, griff er nach meiner linken Hand und steckte ihn mir auf den Ringfinger, der war ganz schön schwer, dieser Ring, das muss ich schon sagen, und er glänzte richtig, ich fragte ihn, warum er das gemacht hatte, schließlich war das keine kleine Überraschung, wie er gesagt hatte, sondern eine große Überraschung, bei dem Gewicht musste der Ring ein Vermögen gekostet haben, ich hatte wirklich Angst, ihn zu tragen, ich wollte ja nicht Désirées Weg folgen, ich hatte meinen eigenen Weg, aber Vorace erklärte mir, das sei ein Geschenk und auch ein Liebesbeweis, und ich antwortete, ein Liebesbeweis sei etwas Ungreifbares, genau wie die Luft, stimmt ja auch, man spürt es, man versteht es durch das Klopfen des Herzens, denn nur das Herz, dieser allertreueste Freund des Menschen, vermag eine Liebe zu beweisen, lassen wir uns da nicht von materiellen Dingen täuschen, wann immer ich Leute sah, die die Liebe mit einem Geschenk verwechselten, oje, Gott bewahre, die Liebe ist das eine, ein Geschenk etwas ganz anderes, sie hätten den

Himmel schenken können oder die ganze Welt, das hat nichts mit Liebe zu tun, das eine gibt man als Nahrung für die Seele, das andere als Schmuck für den Körper, also sagt mir, was wichtiger ist, die Liebe oder das Geschenk, die Seele oder der Körper, man muss gut wählen, meine lieben Freunde, ich sage dazu nichts, aber was verdirbt rasch und was niemals, na, das müsst ihr schon selber wissen, ich wollte damit nur zu verstehen geben, dass ihr aufpassen müsst, wenn von der Liebe die Rede ist, nicht dass ihr einen Reinfall erlebt, redet einfach nicht so einen Unsinn wie Vorace, lasst die Finger davon, deshalb verlangte ich auch eine Richtigstellung von ihm, wenn er wollte, dass ich das Geschenk annahm, denn entweder er schenkte mir den Ring, weil er mir gerne ein Geschenk machte, und Punkt, fertig aus, oder er nahm es zurück und ließ mich allein mit meinen kruden Gedanken, die nichts zu tun haben mit den Liebenden von Verona, bitte, werft mich nicht in einen Topf mit Personen aus Tinte und Papier, ich lebe, handele, bewege mich, es ist also viel eher in meinem Sinne, ein Herz in Bewegung zu versetzen als einen Körper, ich bin Anguille, nichts als ein Aal, manche Leute glauben nämlich bestimmt, ich wäre irgendwie neben der Spur, ich würde nur dummes Zeug plappern, von mir aus, das kümmert mich nicht, Vorace jedenfalls sagte mir, ich sei seltsam, noch nie habe er jemanden erlebt, der so denke wie ich, ganz anders, als er es von den Mädchen kenne, und dann erklärte er, dass man durch materielle Dinge die Liebe zeigen könne, aber noch wollte ich das Geschenk nicht annehmen, was sind das bloß für Nieten in der Liebe, die denken, das Verb lieben sei bloß ein Wind, der einen Sinn erst durch einen körperlichen Gegenstand erhalte, als lebten diese Menschen dank der Gegenstände, die jeden Tag durch ihre Hände gehen, dabei haben sie bloß vergessen, dass sie eine Seele haben, auch wenn sie die noch nie gesehen haben und auch nie sehen werden, oder sie glauben, sie hätten sie vollkommen in ihrem Besitz, Schluss, diese Leute regen mich auf, und als ich Vorace das sagte, meinte er schließlich, immer noch voller Tatendrang, »hör zu, Anguille, mein Lieblingsfisch, du hast ja so recht, erst jetzt wird mir etwas sehr Besonderes an dir bewusst, du strahlst von außen nach innen, bringst mich dazu, von einem prächtigen, mit Sternen bedeckten Nachthimmel zu träumen, aber lass mich dir diesen Ring schenken, nicht weil ich den Mond schmücken wollte, sondern weil ich ganz einfach meinen Namen darauf sehen möchte, wenn es denn möglich ist«, natürlich gefiel mir, was er da sagte, mehr als das Geschenk, denn im Gegensatz zu seinen Worten hatte mir der Ring nicht den kleinsten Tränentropfen in die Augen steigen lassen, wie man es kennt von manchen Lügnerinnen, die sich gerührt geben, wenn sie Schmuck oder Juwelen geschenkt bekommen, als hätten die etwas zu tun mit dem, was das Herz in der Stille sammelt, klar, irgendwer wird jetzt natürlich sagen, dass Wörter davonfliegen, wie auch nicht, das ist normal, sie haben ja Flügel, niemand kann sie zurückhalten und einsperren, sie sind frei geboren, frei wie die Luft, besitzen kann man sie nur, wenn man ihnen gibt, was sie brauchen, Aufrichtigkeit, darauf könnt ihr euch verlassen, und mächtiger sind die Wörter auch, macht euch das klar, sie zielen genau auf den Punkt und treffen ihn, wenn der Schütze das Wort zu handhaben weiß, sie gehen direkt ins Herz, und genau dort lassen sie sich auf immer nieder, verschönern ein Nest der Freuden und der Leiden, und dort auch hinterlassen sie ewige Spuren, man muss sich ihrer also zu bedienen wissen, wenn sie nicht ins Leere davonfliegen sollen, so hat man etwas von ihnen, wann immer man sie braucht, und wenn sie zu nichts zu gebrauchen sind, werden einige von euch jetzt sagen, na, dann muss man sie dem ins Gesicht werfen, der sie an euch gerichtet hat, oder sich so schnell wie möglich die Ohren zustopfen, noch ehe sie euer Herz erreichen, sie könnten dort sonst einen erhabenen Platz einnehmen, der ihnen trotz allem erlaubt, der Gesundheit zu schaden, um Vorace nicht zu enttäuschen, küsste ich also den Ring und gab ihm selber einen Kuss auf die Lippen, worauf er mich lange umarmte, und dann sprachen wir über den Grund für meine Verspätung, ich sagte ihm, dass ich befürchtete, Crotale könnte irgendwas ahnen, aber Vorace meinte, vielleicht irrte ich mich ja, ich hätte solche Angst vor ihr, dass ich mir zu viele Gedanken machte, ich sollte locker bleiben, nur, wie konnte ich ignorieren, was ich bemerkt hatte, und so tun, als hätte ich nichts gesehen, trotzdem, sagte er, wenn ich es darauf anlegte, Crotales Bewegungen zu kontrollieren, könnte ich am Ende tatsächlich Verdacht erregen, aber ich glaubte nicht, dass da nicht irgendwas in ihrem Köpfchen ratterte, ich kannte meine Schwester doch, auch wenn ich nicht über alles im Bilde war, was sie mit diesen Freunden machte, mit denen sie sich auf den Straßen und Plätzen tummelte, aber bisher war ihr alles, was mich betraf, völlig egal gewesen, sie wusste gar nicht, was ich den ganzen Tag trieb, nie hatte sie die geringste Neugier gezeigt, sie, Crotale, die man in der Schule für eine kunstvolle Ikone hätte halten können, die alle möglichen Leute kannte und bei allen bekannt war, sie durchschaute doch die verschiedenen Charaktere ihrer Freunde, wenn Mädchen Probleme hatten, wandten sie sich für einen Ratschlag an sie, und alle halfen ihr, indem sie im Unterricht für sie mitschrieben, ja, jeden Tag schrieb irgendjemand für sie mit, das konnte ich sehen, wenn sie zu Hause lernte und ich einen Blick in ihre Hefte warf, das waren die unterschiedlichsten Schriften, ich hatte mich zuerst gewundert, aber dann wurde mir klar, dass ihre Freunde das geschrieben hatten, sie selber hat es mir später gesagt, wie die letzte Versagerin hat sie es mir gebeichtet, beim Anblick dieses bunten Schriftenreigens sagte ich mir jedenfalls, dass diese Freunde ja vielleicht verrückt waren, oder Crotale gab ihnen irgendwo Wein zu trinken, wie konnte es sein, dass jemand so bedient wurde, nicht mal der Königin von England schenkt man eine solche Beachtung, nie und nimmer, als ich nach Hause kam, wurde mir etwas zuteil, was ich allerdings Überraschung nennen möchte, nicht zu fassen, zum ersten Mal war Crotale bereits da und schien auf jemanden zu warten, und diese Person, auf die sie wartete, konnte niemand anderes sein als ich, sie sagte es dann auch selber, »Mensch, erst jetzt kommst du, ich warte schon seit über zwei Stunden auf dich«, wirklich erstaunlich, nicht wahr, seit wann kam sie so früh nach Hause und wartete auf mich, noch dazu sprach sie in einem Ton, als hätte ich ihr gegenüber Rechenschaft abzulegen, und das, wo ich jeden Tag auf sie gewartet hatte, seit Ewigkeiten schon, und nie hatte ich sie so angeblafft, für wen hielt die sich, fragte ich mich, ich war vom Wein noch ganz beduselt, aber ich schaffte es, mich zu beherrschen, weil ich nicht über die Stränge geschlagen hatte, wie sonst so oft, und ohne sie eines Wortes zu würdigen, verschwand ich sofort im Zimmer und ließ meine Schultasche fallen, als wäre ich fix und fertig vom Unterricht, danach nahm ich gleich mein tägliches Bad, schwieg weiter, wollte kein Wort sprechen, nicht dass Crotale merkte, dass ich betrunken war, und als ich dann ins Zimmer zurückkam, war sie immer noch da, saß auf einem Stuhl, als würde sie weiter auf mich warten, aber ich tat so, als wäre ich erschöpft, damit sie mich in Ruhe ließ, nur erriet sie wahrscheinlich meine Absicht, denn sie stellte mir gleich diese merkwürdige Frage, »wo warst du, sag schon«, was zum Teufel wollte sie bloß von mir, wenn man sie hörte, hätte man meinen können, man hätte es mit Connaît-Tout persönlich zu tun, ich saß also auf der Anklagebank, fragte mich, ob das nicht die Stimme dieses alten Plappermauls war, aber um eines Aals willen, ich bitte euch, seit wann wird gefragt, wo jemand gewesen ist, »dann hat Connaît-Tout dich also beauftragt, hat dich zu mir geschickt oder was«, fragte ich mich im Stillen, ja, es war Zeit, mit mir selbst zu sprechen, »seit wann das, Crotale, was willst du damit erreichen, kleines Mädchen, Pfoten weg, meine Liebe«, und dann sagte ich mir, dass ich etwas finden musste, was ich ihr sagen konnte, um ihr den Mund zu stopfen, sie würde mich sonst nicht schlafen lassen, also antwortete ich ihr mit fester Stimme, ich wäre eben erst vom Unterricht gekommen, »du warst nicht in der Schule«, erwiderte sie schroff, und dann noch, »seit fast einem Monat gehst du nämlich gar nicht mehr zur Schule«, und da stockte mir das Blut, woher wusste sie das, und nachdem ich kurz nachgedacht hatte, sagte ich mir, nein, Crotale konnte das unmöglich einen ganzen Monat lang wissen, ohne es mir zu sagen, bestimmt hatte sie es erst an diesem Tag erfahren, ich versuchte also meinerseits, mehr aus ihr herauszubekommen, erinnert euch nur an unseren Fragefimmel, den man im Ausland für eine große Tradition hält, und so fragte ich sie, genau wie der Taxifahrer den Europäer, »wer hat dir das denn gesagt«, fast könnte man meinen, wie Connaît-Tout, wenn er sich nach geschwungener Rede rechtfertigen wollte und erklärte, »wir sind alle verrückt, täuscht euch mal nicht, verrückt ist nicht der, der Steine wirft, jeder von uns sollte unbedingt eine Meise haben, damit sie uns führt wie einen Blinden, eine Spur Besessenheit in den Adern ist heilsamer als Nieswurz oder ein Serum in einer Irrenanstalt wie dieser hier, wo die Patienten sich nur schwer wiedererkennen«,

Crotale stieß einen Seufzer aus, als ich sie zurückfragte, und dann antwortete sie, sie brauche niemanden, der ihr sage, dass ich nicht mehr zum Unterricht ginge, »ich bin oft in deinem Klassenzimmer, du bist nie da«, soso, ich glaubte ihr kein Wort, sie verbarg etwas vor mir, bestimmt hatte ein Mitschüler oder eine Mitschülerin aus meiner Klasse ihr das weitergesagt, es wunderte mich wirklich sehr, dass Crotale sich auf einmal für mein Leben interessierte, irgendwas stimmte da nicht, und selbst wenn sie zu mir ins Klassenzimmer gekommen wäre und mich nicht angetroffen hätte, wäre das allein meine Sache gewesen, sie selber schwänzte ja genauso die Unterrichtsstunden, auch wenn man sie fast immer in der Schule sah, aber da hing sie immer draußen rum, ich achtete gar nicht auf sie, wieso wollte sie mich auf einmal kontrollieren, wo sie es selber nicht schaffte, ein gutes Beispiel zu geben, aber egal, mir ging das, was sie an diesem Tag sagte, zum einen Ohr rein und zum anderen wieder raus, und wenn sie dachte, ich würde ihr etwas sagen, hatte sie sich getäuscht, ich warf mich einfach aufs Bett und gab keinen Mucks von mir, stellte mich schlafend, hörte nur, wie dieses sture Ding weiter versuchte, mich zum Sprechen zu bringen, sie mache sich Sorgen um mich, sagte sie, alle hielten mich für äußerst zuverlässig, das hätte sie gerade erst wieder gehört, und sie wünschte nur, dass ich diesen Ruf bewahrte, außerdem, sagte Crotale, wollte sie nicht in meinem Leben herumstochern, möchte damit nur sagen, ich solle vorsichtig sein, solle aufpassen mit dem, was ich machte, aber was machte ich denn, und wozu dieses Misstrauen, wie kam sie auf die Idee, mir so etwas zu sagen, sie wusste doch gar nichts von mir, und dann sagte sie, »ich denke, du weißt sehr genau, was du tust und was du willst«, aber klar doch, was glaubtest du, Crotale, was glaubte diese kleine Klapperschlange, die sich für die cleverste aller Gymnasiastinnen hielt, und siehe da, an dem Tag erzählte sie mir alles, was sie so machte, ich war mit einem Mal ihre Vertraute, und sie war mir sehr nahe, Crotale, ausgerechnet sie, die nur mit mir sprach, wenn es um den Haushalt ging, aber brauchte ich wirklich ihre Geheimnisse, ich, Anguille, deren Lebensraum das Meer ist, ihrer aber das Land, wie auch immer, ihr versteht schon, was ich meine, zwischen einem Aal und einer Schlange gibt es nun mal einen großen Unterschied, und dann sagte sie mir, sie wäre gerne eine andere Crotale, weil sie nun verstanden hätte, dass man für seine eigene Persönlichkeit kämpfen muss, sie wollte aufhören mit diesem verrückten Quatsch, der sie so lange im Griff gehabt hätte, ja, sie würde gerne ihr Verhalten ändern, was mich mehr als erstaunte, ich dachte, ich träume, »wie das, dich einfach so verändern, von heute auf morgen, was ist los mit dir, Crotale«, fragte ich mich im Stillen, aber Crotale meinte, bloß weil sie sich so verhielte, würden die Leute sich über sie und ihr Denken ganz schön irren, und so hatte sie eine Entscheidung getroffen, »worauf es ankommt, ist nicht, diesen oder jenen Schritt zu tun, sondern zu wissen, wie man seinen eigenen Weg geht, wie man durch die Klippen mit all ihren Tücken kommt, das heißt, wie man das Leben fernab der täglichen Behinderungen spüren kann, ohne dass man am Ende ein Wrack ist«, erklärte Crotale ganz ruhig, aber für mich war das nichts anderes als ihre übliche Show, und ich musste innerlich lachen, denn mich von meinem Weg abzubringen, egal mit welchen Argumenten, das würde sie nicht schaffen,

ehrlich gesagt, nicht jeder auf der Schule konnte Crotale verstehen, ich musste aufpassen, dass ich ihr nicht ins Garn ging, und dabei hörte sie nicht auf zu argumentieren, »unser Leben liegt in unseren Armen wie ein unschuldiges Kind, das darauf wartet, mit allen Sinnen geschaukelt zu werden, man muss also wissen, wie man es auf eine Weise wiegt, dass es uns ein Lächeln zeigt«, meine Güte, ein echtes Talent, das hätte ich glatt unterschrieben, ich war ja selber dabei, das Leben auf meine Weise zu schaukeln, es prustete geradezu vor Lachen, das arme Kind, was dachtest du, sein Gesicht wäre ein Tränenmeer, nein, Crotale, du selbst hast mich zum Lachen gebracht, und seit dem Tag wusste ich, dass Connaît-Tout sich bei seiner Klapperschlange gewaltig irrte, er glaubte ja, Crotale wäre bloß eine Herumstreicherin, dachte, sie hätte einfach Bock auf nichts, hielt sie für ein etwas ungestümes Mädchen, womit ihr schlampiges Wesen und ihr Ungehorsam schon gerechtfertigt waren, aber heute denke ich, dass ihr täglicher Lärm etwas anderes verbarg, dahinter arbeitete die graue Substanz, hört mir gut zu, dieses Mädchen war auch ein geistreiches Mädchen, egal wie verstockt sie sich gab, und ich sagte mir, dass die Freunde, die sie um Rat baten, einen guten Grund dafür hatten, wieso, das werden wir noch sehen, dank einem Zwischenfall hatte Crotale sich nämlich tatsächlich verändert, und jetzt beobachtete sie mich in meinem beängstigenden Schweigen, während sie selber sich aufrichtete, still für sich im Lärm der Tage, eine echte Klapperschlange war sie, und so spielt ein jeder seine Rolle, denn während die einen sich in höllische Tiefen stürzen, um ihre Umgebung zu täuschen, klammern die anderen sich fest, um zurande zu kommen,

Still, Crotale kommt

Crotale sprach zu mir, als müsste sie etwas beichten, fände aber keine so vertrauenswürdige Person wie mich, als erwartete sie von mir eine Wertschätzung, eine Ermutigung, irgendeine mitfühlende Bemerkung, sie sprach von ihren Freunden, ihren platonischen Liebschaften, von mir und allem, was die Leute über uns beide auf der Schule und in der Medina erzählten, und ich, auf meinem Bett, überwältigt von all diesen Informationen, stellte mich schlafend, so als hörte ich nichts, dabei hatte ich die Ohren aufgesperrt, was sonst, lauschte auf den kleinsten Hauch aus ihrem Mund, diesen Hasenfüßen muss man nämlich zuhören, wie sonst sollte man ihnen ausweichen können, wenn sie versuchen, den Leuten zu ihrem eigenen Vorteil die Würmer aus der Nase zu ziehen, Leuten, die sie im Grunde ihres Wesens für noch feiger halten als sie selbst, aber das ist eine aalige List, das könnt ihr nicht wissen, lassen wir es,

sie erzählte mir von der Schule, und wie sie sagte, kam sie absichtlich immer zu spät, weil sie für alle anderen jemand Besonderes sein wollte, selbst für die eifrigsten Zuspätkommer, kein Schüler und keine Schülerin sollte nach ihr kommen und ihren Auftritt am Eingang vermasseln, wo man sie mit großem Hallo empfing, es tat ihr gut, so beliebt zu sein und die Mädchen herauszufordern, die sich für Stars hielten, Désirée zum Beispiel, dabei war die, sagte Crotale, nur eine Angeberin, die sich mit ihrem Luxusgetue als schwerreiches Mädchen ausgab, als genügte das, um sich Beliebtheit zu verschaffen, als müsste man sich nur in Schale werfen, und schon mochten einen alle, Crotale gab ihren Freunden Ratschläge und betrachtete sie alle als Brüder und Schwestern, und die schrieben im Unterricht für sie mit, ohne dass sie darum gebeten hätte, aber ihr war klargeworden, dass sie in all den Jahren auf dem falschen Dampfer gewesen war, denn sich Beliebtheit zu verschaffen konnte nicht heißen, die Schule auf Kosten anderer zu vernachlässigen, sagte sie, man müsse zuallererst ein Vorbild sein, müsse mutig sein, intelligent, ein großes Herz haben, nur so könne man die anderen ertragen und zeigen, dass man gut erzogen sei, Crotale meinte auch, dass man ganz einfach eine richtige Schülerin sein müsse, die darauf brenne, in der Schule etwas zu lernen, »die Lehrer dort haben alle mehr Respekt verdient als unsere Eltern«, sagte sie, bevor sie mir von ihren gescheiterten Liebschaften erzählte, den Drohungen, die sie erhielt, und wie sie jedes Mal, wenn sie mit einem Jungen zusammen war, enttäuscht war von seinen Vorstellungen von der Liebe, »die denken alle, Liebe heißt, dass man sich in einem Zimmer einschließt, sich auszieht und aufeinander draufklettert wie die Tiere, gibt es denn nichts anderes, als die Mädchen zu bumsen, sie zu bumsen und noch mal zu bumsen«, fragte sie sich selber, tja, was dachtest du, Crotale, sich zu lieben hieße, einfach entspannt auf dem Rasen zu liegen, Arm in Arm, und sich mit den Augen zu verschlingen oder was, da hattest du dich aber getäuscht, Schwesterherz, und indem sie allein schon den Gedanken ablehnte, ins Zimmer eines Jungen zu gehen, hatte sie jeden Jungen, mit dem sie ging, bald verloren, »wenn Liebe nur so funktioniert, dass man miteinander pennt, nein danke, nach so einer Liebe suche ich nicht«, sagte Crotale immer wieder, und ich wollte sie schon fragen, wie für sie denn die richtige Liebe aussah, aber dann fand ich es besser, ihr nur zuzuhören, ihr Zeit zu lassen, damit sie in Ruhe ihre Wunden lecken konnte, sie sagte dann auch, dass sie nicht mehr lieben wollte, ihr würde immer bewusster, dass man sie für ein wunderliches Mädchen mit noch wunderlicheren Vorstellungen hielt, ein Junge hatte sie sogar gefragt, ob sie normal sei, »du schwänzt den Unterricht für nichts, was bringt das, wenn du nicht willst, dass man dich berührt, eine komische Liebe ist das, nicht dass du noch völlig abhebst, wozu jeden Tag die Leute um dich versammeln und rumhängen wie eine Blöde«, tatsächlich dachten alle, sagte Crotale, sie wäre so etwas wie ein leichtes Mädchen, sie hätte die Freiheit, zu tun, was immer sie wollte, mit anderen Worten, zu schlafen, mit wem sie wollte, und schließlich erzählte sie mir, wie ihre angebliche Bewusstwerdung vonstattengegangen war, das Leben, sagte sie, sei ein Edelstein, sehr zerbrechlich, aber das wisse nicht jeder Dahergelaufene, man müsse gut auf ihn aufpassen, dürfe ihn nicht auf den Boden fallen lassen, indem man lebe wie ein schwarzes Schaf, fragt sich natürlich, wie Crotale zu dieser Schlussfolgerung gekommen war, also, eines Tages, als der Unterricht zu Ende war, standen sie, Crotale und ihre Freunde, noch am Eingang der Schule, wie so oft, bevor alle nach Hause gingen, und überlegten, wo sie noch hingehen sollten, als ein junger Mann auf sie zukam und sie grüßte, er stellte sich vor und sagte, er heiße Cobra, er trug eine Sonnenbrille, die seine Augen vollkommen verdeckte, eine rote Kappe, ein schwarzes T-Shirt mit Lacoste-Logo und eine blaue Jeans, ich beschreibe das genau so, wie Crotale es gesagt hat, und diese Jeans hatte er ein Stück über den Hintern rutschen lassen, so dass ein Stück vom Bund seiner Unterhose hervorschaute, »das ist jetzt Mode«, hieß es, na ja, ich selber dachte beim Anblick dieser Leute, die ihre Hose runterziehen, immer an irgendwelche Kranken, die Dünnpfiff haben und nicht wissen, wo sie sich auf die Schnelle erleichtern können, denn wenn man die Hose oder den Rock runterlässt, dann ja wohl, um aufs Klo zu gehen oder *eine Pfefferschote zu essen*, mehr sage ich dazu nicht,

Cobra war kein Schüler, genau wie viele andere Jugendliche, die die Schule sausen ließen und sich lieber irgendwo draußen zu Leuten setzten, die älter waren als sie, sie könnten, sagten sie, den Nutzen nicht erkennen, den ihre älteren Geschwister von einem Schulabschluss hätten, außerdem müssten sich gerade die Gebildetsten am meisten abstrampeln und bekämen oft nur einen Hungerlohn, ich selber hatte ja auch die Schule aufgegeben, aber nicht aus diesem Grund, als Ausrede wäre mir das zu dumm gewesen, das seht ihr bestimmt genauso, aber wen wundert's, das ist was für Feiglinge, für Schüler, die Angst haben, bei den Prüfungen durchzufallen, die finden immer irgendeinen Vorwand, um in Deckung zu gehen, vor allem weil die Mädchen bei Prüfungen oder Wettbewerben sowieso immer besser sind, die Mädchen sind einfach die Besten, nur will das niemand wahrhaben, man darf es also nicht zu laut sagen, das ist ein Tabuthema, um nicht zu sagen selbstmörderisch für manche Männer, ich jedenfalls wollte mein Aalleben leben, das ist alles, bloß deshalb bin ich nicht mehr zur Schule gegangen, und außer vor Connaît-Tout, vor dem ich aber nur so tat, hatte ich vor nichts und niemandem Angst, der Beweis ist, dass ich die Prüfungen immer hervorragend bestanden habe, fast alle Jungs habe ich hinter mir gelassen, diese Luschen, also machen wir die Dinge nicht komplizierter, als sie sind, ein Aal ist ein Aal, geschaffen für die schwindelnden Tiefen der Felsen,

Cobra interessierte sich besonders für Crotale, die meisten ihrer Freunde kannten ihn schon, sie sagten, sie sähen ihn öfter in der Medina, nur wusste keiner, aus welchem Viertel er stammte, für uns ist hier allein wichtig, dass er ihnen, nachdem er sie angesprochen hatte, vorschlug, sich auf dem Pangahari ein Schauspiel anzusehen, das man bei uns Stiertamtam nennt, das ist so ein Spektakel, bei dem Männer, jeder mit einem langen Stofftuch um den Hals, Sambi genannt, tanzend einem wilden Ochsen gegenübertreten, und hinter einer kleinen Absperrung aus Holzbalken nur die Tamtam-Trommler, die Tänzer nähern sich also dem Ochsen mit einem Folkloretanz, alle im selben Rhythmus, wie ihn die Tamtams vorgeben, mal sind dort nur flüchtig Hände und Füße zu sehen, die sich im Gleichtakt bewegen, mal eine rasche Bewegung, bei der ein Fuß den anderen jagt, so ein Schauspiel wie das Stiertamtam gibt es in Mutsamudu tatsächlich nur auf dem Pangahari, das ist ein monumentaler, symbolischer Ort, Connaît-Tout zufolge angelegt im siebzehnten Jahrhundert, ein sauerstoffreicher Ort, wo die Kultur dieser Inseln, die man Mondinseln nennt, ihren Atem findet, auch traditionelle Tänze wie der Chigoma, der Hambaharousse oder der Zifafa werden auf dem Pangahari getanzt, und vor allem abends erstrahlt der Platz in seiner ganzen Schönheit, wenn die Frauen sich mit ihren Chiromanis schmücken und ringsherum versammeln, auf den Terrassen, den Veranden und Treppen, um sich ein Spektakel anzusehen oder eine Hochzeitsfeier, bei der die vorgetragenen Gedichte Nahrung sind für die Seele, und so malt dieses Kunterbunt der Chiromanis, aber auch der Girlanden, die über den Köpfen des Publikums schwingen, eine Schönheit aus, die an einen Regenbogen erinnert, Crotale und ihre Freunde jedenfalls waren an diesem Tag zusammen mit Cobra zum Pangahari gegangen, um sich ein Stiertamtam anzusehen,

seither kam Cobra immer wieder zum Eingang der Schule und wartete dort auf Crotale, die beiden wurden schon unzertrennlich, und eines Nachmittags lud Cobra sie auf einen Schluck in eine kleine Gastwirtschaft ein, ganz in der Nähe des Gymnasiums, und im Verlauf eines langen, recht romantischen Gesprächs, in einem idyllischen Moment, umgeben von dieser friedlichen Atmosphäre, flüsterte er ihr irgendwann ins Ohr, dass er sie gerne zu sich nach Hause einladen würde, Crotale bat gleich um Entschuldigung und antwortete ihm, sie habe noch nie einen

Fuß in das Zimmer eines Mannes gesetzt, aber Cobra setzte alles daran, sie zu überreden, er sagte, er würde ihr nur gerne zeigen, wo er wohnte, es wäre ihm eine große Freude, wenn sie mitkäme, aber Crotale blieb dabei, alles sei möglich, außer in ein Schlafzimmer zu gehen, ich weiß ja nicht, wovor meine Schwester Angst hatte, schließlich ist niemand gezwungen, sich in so einem Zimmer auszuziehen, aber mittlerweile glaube ich zu verstehen, warum sie es vermied, zu ihren Liebhabern nach Hause zu gehen, dieser Backfisch fühlte sich verletzlich in geschlossenen Räumen, sie war das schwächste Mädchen auf der ganzen Welt, so viel steht fest, sie glaubte, das Zimmer eines Mannes sei immer etwas erotisch Aufgeladenes, und wenn sie erst mal drin wäre, würde sie zu einer Möwe im Käfig, einer Lachmöwe, der man die Flügel beschnitten hat, tja, ein echter Vogel Jupiters hat so eine natürlich leicht verspeist, der muss man nicht mal nachlaufen, mit anderen Worten, sie dachte, sie würde dort drinnen gehorchen wie eine Marionette, die man dreht und wendet und in alle möglichen Schusspositionen bringt, ihr versteht schon, das ist keine Umschreibung, das meine ich genau so, dafür dürftet ihr reif genug sein, ich brauche euch also keine weiteren Einzelheiten zu erzählen, stellt euch einfach vor, wie es weitergeht, so wie bei den Hausaufgaben, die man in der Schule aufkriegt, wo es dann heißt, stellt euch vor, wie die Geschichte weitergeht, also ehrlich, meine lieben Lehrer, wir und uns vorstellen, sagte ich mir immer, dabei wisst ihr selber genau, wie es weitergeht, ihr wollt uns bloß nerven mit diesen angeblichen Übungen, meine Güte, für mich war das keinen Hasenpups wert, das kann ich euch sagen, auch wenn ich hier allein spreche, das juckt mich nicht,

was Crotale zu Cobra sagte, stimmte, sie liebte ihn, aber es war eine platonische Liebe, mit schönen Worten, die man sich sagt, und virtuellen oder telepathischen Küssen, Hauptsache, ohne sich zu berühren, da habt ihr's, so was gibt es, eine solche Liebe, aber Cobra wollte es nicht verstehen und verließ sie, wie so viele andere Jungs, mit denen sie zusammen gewesen war, seither kam er auch nicht mehr zum Eingang der Schule, um die Mädchen zu sehen, aber das ist normal, wozu seinen Treibstoff verschwenden, Energie ist schließlich auch ein Treibstoff, oder, sucht den Sinn meiner Wörter nicht sonst wo, ich bin ein Wörterchauffeur, in meinem Kopf komme ich mit ihnen überallhin, egal wohin es mich zieht, ob mit oder ohne Treibstoff, und da fahre ich dann, wie es mir gefällt, ich würde ja gerne mal alle Ecken meines Gehirns besuchen, nur scheint mir das angesichts der Zeit, die mir noch bleibt, eine unmögliche Reise zu sein, aber ich will gerne einen Versuch wagen, genau das macht ja einen Aal aus,

in der Schule waren Gerüchte im Umlauf, und von einem Freund erfuhr Crotale, dass Cobra von seinen Freunden verspottet wurde, weil er bei seinem Vorhaben, sie nach Hause abzuschleppen, gescheitert war, ursprünglich hatte er nämlich, wie sich herausstellte, mit seinen Freunden gewettet und gesagt, er würde Himmel und Hölle in Bewegung setzen, um dort Erfolg zu haben, wo alle anderen gescheitert waren, und jetzt war er seinerseits zum Gespött der Freunde geworden, es hatte ihn so geärgert, dass er in alle Winde trommelte, er selber hätte Crotale einen Korb gegeben, weil sie bloß eine blöde Sumpfschnepfe sei, er gehörte nämlich zu einer Horde von Rüpeln, bei denen es zuging wie bei einem Wettbewerb, jeder hielt sich für den Hahn in der Stadt, und um besser dazustehen als die anderen, brüsteten sie sich mit der Anzahl der Mädchen, mit denen sie angeblich etwas gehabt hatten, aber wie auch immer, als Crotale davon erfuhr, bat sie einen Freund, Cobra zu sagen, er möge zur Schule kommen, sie wolle ihn sehen, und vielleicht glaubte er ja tatsächlich, Crotale hätte ihre Meinung geändert und würde seine Bitte endlich erhören, denn Cobra kam und wartete am Eingang auf sie, und genau vor diesem Eingangstor begegneten sich die beiden ehemaligen Freunde dann wieder, für mich Freunde, keine Geliebten, und Crotale rief Cobra zu sich, um mit ihm Tacheles zu reden, erst mal teilte sie ihm mit, dass sie im Bilde sei über das, was er über ihre Liebesbeziehung in die Welt gesetzt habe, als hätte es so eine Beziehung überhaupt gegeben, was er ihr dann auch sagte, »ach ja, eine Beziehung, wer denn, wir beide oder was, ich kann mich nicht erinnern, eine Liebesbeziehung mit mir, das musst du geträumt haben, und von wegen Liebesbeziehung, was verstehst du schon davon, du irrst dich gewaltig, ich und eine Beziehung mit so einer dummen Schote«, aber Crotale gab nichts auf seine Provokationen und sagte ihm, er solle sich lieber mal einschulen lassen, statt einen derart rüden Geist heranreifen zu lassen, und Cobra, der jetzt richtig wütend wurde, antwortete, wenn sie wüsste, wer er wäre, würde sie es nicht wagen, so zu sprechen, und wenn sie glaubte, sie sei eine Schülerin, irrte sie sich ebenfalls, alle hielten sie nämlich für ein schamloses Luder, das sich nur für eine Schülerin ausgebe, und er brachte alles aufs Tapet, was Crotale machte, um ihr zu beweisen, dass sie keine Schülerin sei, sie so wenig wie er, das Schwänzen des Unterrichts, die ewigen Spaziergänge unterm Laub der Bäume und auf den öffentlichen Plätzen, er sagte, dort würde sie sich nur herumtreiben, damit ein Mann sie auswählte und sich mit ihr verabredete, »genau das denken alle über dich«, unterstrich Cobra, er war also gekommen, um sein Glück zu versuchen, was sonst,

während dieses Wortwechsels waren immer mehr Schüler auf sie aufmerksam geworden und blieben ringsum stehen, hörten zu und lachten schallend, nach nur ein paar Minuten ging es am Eingang des Gymnasiums zu wie auf dem Rummel, ein einziges wildes Spektakel, und immer wieder kamen welche hinzu und johlten, dabei hörte Cobra nicht auf und rief ständig das Gleiche, dass nämlich die ganze Medina Crotale für ein verdorbenes

Flittchen halte, auf dem Gipfel der Ausschweifung, und das Gymnasium habe sie nicht verdient, nur ihre Schwester, sagte er noch, die sei eine Schülerin, ach, dieser Cobra, sprach von mir, als würde er mich kennen, »sie ist eine Schülerin, du nicht, versuch also nicht, den Leuten etwas vorzumachen, mich kennt man schon, aber du, siehst du nicht, wie schändlich das ist, dich mit einer Schultasche zu tarnen und zum Gymnasium zu gehen wie eine Schülerin, obwohl du dich bloß amüsierst«, worauf Crotale, für die das ein Dolchstoß war, ihn wie einen Verbrecher behandelte, denn sie sagte, »du hättest dir besser einen Fels gesucht, den du spalten kannst, als so ein widerlicher Asozialer zu werden, nie und nimmer komme ich in deine Drecksbude, ein Asozialer bist du, dass du es weißt«, und als Crotale ihm das an den Kopf geworfen hatte, wäre Cobra fast aus dem Hemd gesprungen und wollte schon nach ihr greifen, aber ein paar Passanten sahen es, trieben die Schüler auseinander, kamen Crotale rasch zu Hilfe und brachten ihren Widersacher weit fort, Crotale fühlte sich zum ersten Mal in ihrem Leben tief getroffen von solchen Worten, sie fand sie viel zu hart, noch dazu vor einer Menschenmenge, »aber es war ja die Wahrheit«, sagte sie schließlich, »alles, was Cobra mir vorwarf, ich musste es akzeptieren, nur war das nicht leicht für mich, es ist zu gefährlich, direkt in die Sonne zu blicken, und trotzdem ist sie jeden Tag am Himmel, man muss es also versuchen, um sich zu kurieren«, das hieß, die Lachmöwe stand gerupft da, gerupft von Schnabelhieben, und so war unser ehemaliger Star gezwungen, über das eigene Verhalten nachzudenken, ihr meint vielleicht, das wäre logisch, aber wenn man vor einem Publikum steht und sich bedroht fühlt, ist das etwa heilsamer, als wenn die Eltern einen verwarnen, na, sag schon, Crotale, wie kommt's, ich wusste gar nicht, dass du so leichtgläubig warst, und wie um zu widerlegen, was Cobra über mich gesagt hatte, fragte noch am selben Tag einer meiner Klassenkameraden sie, ob ich vielleicht krank wäre, »wir haben sie nämlich schon eine Weile nicht mehr in der Klasse gesehen, das passt gar nicht zu ihr«, sagte er noch, dieser Knallkopf, was genau wollte er von mir, hatte man vielleicht nach ihm geklingelt, damit er seine Nase überall reinsteckte, selbst in das Leben eines Aals, aber ich hörte aufmerksam zu, als Crotale das alles erzählte, das muss ich zugeben, voll Bitterkeit kaute ich an etwas, was in den Laken, in denen ich mich vergrub, heftig hätte aufflammen können, »deshalb bist du mir heute Morgen also wie der Fisch im Netz gefolgt«, sagte ich mir im Stillen, »du wolltest meine Schleier zerreißen, ja, aber das wirst du nicht schaffen, niemals, denn deine Sicht auf die Geheimnisse, denen du auf die Spur kommen willst, ist auf tragische Weise begrenzt, da diese Geheimnisse ebenfalls aalartig sind«, Crotale hatte es natürlich umgehauen, als der Junge ihr das verriet, und sie wollte es bestätigt sehen, aber da ich aufgepasst hatte, als sie mir folgte, konnte sie nicht wissen, wo ich meine Tage verbrachte, ich tat also weiter, als würde ich schlafen und nicht hören, was sie an diesem Tag alles erzählte, sie wollte eine richtige Schülerin werden, »für mich, nicht für jemand anderes«, sagte sie und stand auf, um in die Küche zu gehen, mit anderen Worten, sie musste sich erst mit einem Jungen in die Wolle kriegen, damit sie ihr Verhalten änderte, ich an ihrer Stelle hätte gar nichts geändert, jedem sein Mittelchen gegen ein und dieselbe Krankheit, und was dem einen bei Malaria hilft, hilft dem anderen noch lange nicht, und sei es im selben Stadium der Malaria, für einen Aal gibt es keine Verfehlung, für die man vor allen bedroht würde, Crotale war echt viel zu schwach, aber das war allein ihr Problem, für mich war das Pipifax, beeinflussen konnte sie mich sowieso nicht,

wenn Connaît-Tout abends nach Hause kam, war Crotale jetzt immer da, entweder in der Küche, wo sie das Essen zubereitete, oder in unserem Zimmer, wo sie lernte, Fernsehen oder Radio hatten wir nicht, es gab nur die Küche und unsere Schulhefte, und wenn ich meine Hefte dann aufschlug wie eine Schülerin, oje, ich will gar nicht daran denken, das habe ich nur gemacht, um Connaît-Touts Augen zu beglücken, manchmal saß ich bloß da und zeichnete Fische, das mochte ich sehr, zeichnen, was mir am meisten ähnelt, einen Aal natürlich, was sonst, oder glaubt ihr, ich würde so eine lasche Nuss zeichnen wie eine Schildkröte, die in zwei Welten leben will, auf dem Land und im Meer, und die so viel verpasst von dem, was auf dem Grund des Meeres geschieht, der Aal lebt nur im Wasser, egal ob Meer, Fluss, See oder breiter Strom, aber im Wasser, seine Geheimnisse bleiben damit schön geheim, ich zeichnete also lange Aale, die jeden Tag ungeniert Liebe machten und danach noch ewig Wein tranken und rauchten, nichts als bacchantische Freuden, völlig aufgelöst glitten meine Aale dahin, vor allem aber jämmerlich schlingernd wegen des Weins, ohne den kleinsten Schlag mit dem Schwanz, es sei denn, sie fühlten sich bedroht, sie hatten nämlich Angst vor diesen Feinden der Freiheit, die es sich nicht versagten, sie aus den Tiefen des Meeres mit Ködern zu locken und aufzuessen, aber was ich sagen wollte, meine Aale glitten geräuschlos dahin, bis sie sich in ein Loch stürzten, um sich dort Delirien hinzugeben, die niemals endeten, das heißt, ich malte mir Geschichten aus, die im Meer spielten, denn im Meer passieren die schönsten Geschichten der Welt, viele Menschen wissen das nicht, nicht mal die, die sich Connaît-Tout nennen,

wo war ich noch mal in dieser niemals endenden Geschichte, einem Aal zuliebe, bitte, kann mir jemand sagen, wo ich war, ah, bei Crotale, da haben wir's, ich darf nicht den Faden verlieren, auch wenn ich allein spreche, ich muss unbedingt herausfinden, weshalb ich jetzt hier bin und umkomme in dieser Aalerei, in einem dunklen Meer, das mir trotzdem leer vorkommt, also, ich wusste, dass Crotales plötzliche Änderung ihres Verhaltens

Connaît-Tout mehr als überraschte, er musste sehr froh darüber gewesen sein, denn ständig flachste er und ließ Sprüche los wie »eine Sonne, die drückend heiß aufgeht, geht auch bald wieder unter, unsere Vorfahren wussten solche Sachen«, er dachte, nur er allein würde diese Sprüche verstehen, und wir sagten nichts, hörten nur zu und taten so, als würden wir nichts verstehen, ich selber legte mich nach Crotales Beichte noch mehr ins Zeug, damit sie nicht spitzkriegte, was ich alles machte, vor allem dass ich betrunken nach Hause kam, aber ich hatte eine Lösung gefunden, ich achtete einfach darauf, mich nicht vollaufen zu lassen bis zu den Kiemen, und kam früh zurück,

doch dann kam der Tag, an dem Vorace mir wieder etwas vorschlug, eine Idee, die ich als höchst ärgerlich bezeichnen möchte, eine wirklich schnöde Idee in den Augen eines Aals, nämlich besondere Tage in der Woche für unsere Treffen zu vereinbaren, »das ist die einzige Lösung, so können wir jeden Verdacht zerstreuen und ersparen uns Probleme, versuch doch zu verstehen, ich möchte dir keine Schwierigkeiten bereiten«, sagte er jedes Mal, wenn ich ihm klarzumachen versuchte, dass alles, was ich tat, allein meine Sache war, »genau das will ich nicht, das ist doch absurd, dass es allein deine Sache wäre«, antwortete er, aber für mich war das ein entsetzlicher Gedanke, am Anfang war es für ihn doch auch kein Problem gewesen, eine ganze Weile konnte ich es mir überhaupt nicht vorstellen, nicht eine Sekunde, »was soll das, erst jetzt will er kapiert haben, dass das alles ganz schön riskant ist«, fragte ich mich im Stillen, das konnte ich nur schwer akzeptieren, ich hatte ja schon beschlossen, nicht mehr zur Schule zu gehen, fast zwei Monate hatte ich mich dort nicht mehr blicken lassen, vor allem sah ich auch keinen Sinn darin, wieder hinzugehen, das hätte geheißen, noch mal zu schlucken, was ich schon ausgespuckt hatte, ekelhaft, man isst doch nicht, was man erbrochen hat, ist doch wahr, außerdem, wenn es bei einem Aal mit einem Köder nicht geklappt hat, gibt es, selbst wenn er sich davon erholt, keine Möglichkeit mehr, ihn an den Haken zu bekommen oder mit dem Netz zu fischen, da musste schon ein anderes Mittel her, um mich noch mal in die Schule zu schicken, mich in Ketten legen zum Beispiel und dann hinzerren wie eine Kuh, alle Bemühungen wären sonst witzlos gewesen, für die Katz, also sagte ich mir, als ich über Vorace' Idee nachdachte, dass ich zu Hause vor Langeweile eingehen würde, dort konnte ich nicht meinen zwei Leidenschaften nachgehen, besser gesagt drei, denn dort fehlten mir mein Vorace, mein volles Glas Wein und meine Gauloises, ich würde irre werden, wenn ich mich darauf einließe, doch am Ende hatte Vorace mich umgestimmt, als er sagte, er würde mir jedes Mal, wenn wir uns sähen, eine Schachtel Gauloises geben, das würde mir helfen in den schweren Stunden, aber das reichte natürlich nicht, es fehlte sehr viel Wichtigeres, er und der Wein, er vor allem, ich konnte ihn mir ja nicht in die Tasche stecken, den Wein auch nicht, Wein mit nach Hause zu bringen wäre viel zu gefährlich gewesen, die Zigaretten konnte ich leicht verstecken, das war einfach, aber allein der Gedanke, wie sehr mir Vorace fehlen würde, marterte mich, ich verzog schon das Gesicht, schaute ganz zerknittert, und trotzdem wollte ich, so bitter es für mich war, diese Qualen auf mich nehmen und zu Hause leben wie in einem Kerker, reglos auf meinem Bett, an die Decke starrend, die Arme über den Beinen verschränkt, fern der täglichen Euphorie, die allein Vorace zu schüren vermochte, und so vereinbarten wir, uns an drei Tagen der Woche zu treffen, mittwochs, donnerstags und samstags, mit anderen Worten, an vier Tagen musste ich leiden, montags, dienstags, freitags und sonntags, wahrlich nicht einfach für mich, wie ihr euch denken könnt, da reichte es nicht, heimlich auf der Terrasse schachtelweise Gauloises zu rauchen, um mir das Herz leichter zu machen, trotzdem ging ich, kaum dass ich an Vorace dachte oder mir langweilig war, dort hinauf und rauchte wie ein Schlot, sogar wenn Crotale im Haus war, ich nahm das Risiko auf mich, weil sie sowieso nie hochkam, sie saß immer über irgendeinem Schulheft, als wäre es eine Sträflingsarbeit, und ich rauchte dann meine Gauloises, bis sie mir die Finger verbrannten, ich ließ nämlich nur ganz kurze Stummel übrig, die schnippte ich weit weg, nach draußen, so konnte niemand wissen, dass ich rauchte, manchmal hätte ich am liebsten auch auf dem Klo eine Zigarette geraucht, aber ich traute mich nicht, das Risiko war mir zu groß, unser Klo war nur eine winzige Kammer, nicht mal ein Fenster gab es dort, dieses Loch wäre hinterher genauso verqualmt gewesen wie Vorace' Bude, ihr könnt euch vorstellen, was danach passiert wäre, das hätte Stunk gegeben, und was für einen,

je länger ich seine Gauloises rauchte, desto mehr veränderte sich meine Stimme, das merkte ich selber, sie wurde so tief wie die von Vorace, aber das war mir egal, tiefe Stimmen sagen, was immer sie sagen wollen, mit tiefem Ernst, und genau das braucht ein Aal, Hauptsache, niemand sah mich rauchen, und außer Vorace wusste keiner davon, das heißt, wartet, ich sagte, niemand hätte mich gesehen, das stimmt, aber jetzt erinnere ich mich an einen Morgen, einen dämmrigen Morgen, so wie jeden Tag, nachdem Connaît-Tout gegangen war, das hatte ich ganz vergessen, und an diesem Morgen nun kam Crotale die Treppe zur Terrasse hinauf, um mir zu sagen, dass sie jetzt ginge, ich rauchte da gerade und hörte, wie sie die Stufen hochsprang, natürlich bekam ich gleich Panik, ich hielt den Rauch im Mund zurück und schloss die Hand um die Zigarette, und als ich dann schnell zudrückte, brannte sich mir die Glut in die Handfläche, mit einem Schmerz, der bis ins Gehirn schoss, aber ich musste die Hand weiter fest geschlossen halten, in meiner Panik hatte ich gar nicht daran gedacht, die Zigarette hinauszuwerfen, und jetzt war es zu spät, Crotale war schon da, ich atmete auch nicht vor lauter Angst, ich könnte das kleinste bisschen Rauch entweichen lassen, ich fuchtelte nur, um diesen stechenden Schmerz nicht zu spüren, der meine Hand schon auffraß, presste die Kiefer zusammen und knirschte mit den Zähnen, und dabei tat ich, als wollte ich eine Melodie summen, an die ich mich nicht recht erinnerte, aber Crotale sagte nur, sie würde jetzt gehen, weil sie ja, und das möchte ich betonen, jetzt immer früh ging, seit sie die Kraft dazu wiedergefunden hatte, und dann ging sie tatsächlich, nur sah ich, wie sie kurz schnupperte, so als versuchte sie, einen Geruch zu erschnüffeln, an den sie sich nicht recht erinnerte, und genauso bemerkte ich, wie sie die Stirn runzelte, ich fühlte mich also entlarvt und war gezwungen, mein Schweigen zu brechen, deshalb schluckte ich den Rauch, den ich die ganze Zeit im Mund zurückgehalten hatte, rasch hinunter, das brannte vielleicht in der Kehle, wie eine Pfefferschote, aber runtergeschluckt hatte ich ihn trotzdem, bevor ich hastig diese zwei Wörter zu ihr sagte, und dabei atmete ich geräuschvoll aus, ich erstickte ja schon fast, »alles klar«, das war das Einzige, was ich aus meinem Mund entließ, und sie wandte sich wieder zur Treppe und ging runter, ohne noch irgendwas zu sagen, ich wusste natürlich, dass sie sich weiterhin Sorgen um mich machte und wie schwer es ihr fiel, ein Gespräch unter Schwestern anzufangen, ich selber vermied es ja auch, ich wollte nicht noch einmal auf der Anklagebank sitzen, war niemandem Rechenschaft schuldig, und als sie dann gegangen war, litt ich immer noch Höllenqualen, die Brandwunde von der Zigarette, um die ich meine Hand geschlossen hatte, war eine einzige dicke Schwellung,

drei Tage waren vergangen, und mir wurde immer klarer, dass noch etwas anderes nicht stimmte, denn meine Regel blieb aus, Himmel, wenn ich nur daran denke, ich hätte verrückt werden können, schon seit drei Tagen hätte ich sie haben sollen, drei Tage, in denen ich vor Ungeduld verging, und dann sagte ich mir, dass ich schnell etwas unternehmen musste, immerzu fragte ich mich, »was soll das, ich bin doch nicht etwa schwanger«, aber an diesem Tag gab es kein Treffen mit Vorace, weil Montag war, und auch am nächsten Tag sollte ich ihn nicht sehen, erst am Tag danach, am Mittwoch, nur hätte ich es unmöglich ausgehalten bis Mittwoch, ich musste ihn unbedingt sehen und mit ihm sprechen, musste eine Lösung finden, und diese Lösung konnte nur von uns beiden kommen, klar, was denkt ihr, ich hatte es ja nicht allein gemacht, dieses Wesen, das bestimmt schon anfing, sich zu entwickeln, und immer weiter Form annahm in meinem Bauch, schließlich braucht es zwei Personen, damit es einen Embryo gibt, einen Fötus und dann die Schwangerschaft, erst dann ist ein Kind da, ihr habt richtig gehört, die Schwangerschaft ist ein Wesen in einer anderen Welt, deshalb nennt man es auch noch nicht Kind, sondern ganz einfach Schwangerschaft, das ist zumindest meine Vorstellung davon, Anguilles Vorstellung, ihr könnt gerne eure eigene haben, ihr seid ja sowieso nicht da, und mir ist es schnuppe, wenn ihr andere Vorstellungen habt, ein Kind ist das, was auf die Welt gekommen ist,

ich nahm mir vor, am nächsten Tag gleich in der Frühe, sobald Connaît-Tout aus dem Haus war, zu Vorace zu gehen, ich wollte ihn noch erwischen, bevor er aufs Meer fuhr und alles nur schlimmer wurde, natürlich ging Crotale, das dürfen wir nicht vergessen, immer vor mir hinaus, aber an diesem Dienstag, an dem ich so schnell wie möglich bei Vorace sein wollte, war ich die Erste, Crotale hatte es auch aufgegeben, mir nachzuspionieren, so dass ich auf dem Weg zu Vorace' Tür keine Schwierigkeiten hatte, und als ich dann vor dieser Tür stand, klopfte ich hastig an, erst dreimal, dann wieder dreimal und immer so weiter, aber nichts rührte sich dort drinnen, ich lauschte nämlich und hoffte, wenigstens irgendein Rascheln zu hören, aber nichts, keine Antwort, was mich wunderte, Vorace brach ja nicht wie

Connaît-Tout in den Dämmerstunden auf, und ich sagte mir, dass er vielleicht zu viel getrunken hatte und das Klopfen nicht hörte, also klopfte ich fester, ja, nicht länger dieses artige Klopfen, und die Schläge donnerten jetzt, als wollten sie die Trommelfelle durchschlagen, selbst die Nachbarn mussten sie hören und aufwachen, es sei denn, sie hatten einen bleiernen Schlaf und schliefen wie die Toten, ich wollte auch gerade schon wieder gehen, weil eine Nachbarin ihr Fenster aufgerissen hatte, um nachzusehen, wer da wo klopfte, eine alte Frau, was sonst, die alten Frauen sind einfach immer neugierig, das ist euch sicher schon aufgefallen, manchmal wachen sie nur auf, um den Katzen zuzusehen, wie sie sich lauthals amüsieren oder es miteinander treiben, nun denn, ich war gerade im Begriff, kehrtzumachen, als plötzlich die Tür aufging, Vorace war also doch da, er stand reglos in der Tür und schaute mich an, das Gesicht ganz welk, auf der Stirn ein heftiges Zucken, aus dem Nervosität oder Ähnliches sprach, ich entschuldigte mich auch gleich, dass ich ihn geweckt hatte, und wollte mit Schwung hinein, hin zu seinem Zimmer, stürzte schon los, aber mit der Hand versperrte er mir den Weg, und ich musste einen kleinen Schritt zurückweichen, dabei sah ich ihn fragend an, und er sagte, »hör zu, es tut mir unendlich leid, aber du kannst nicht reinkommen«, worauf ich ihn fragte, warum nicht, und er zögerte, ehe er antwortete, »heute sind wir nicht verabredet«, he, was sollte das denn, wie konnte er so etwas zu mir sagen, wer war ich überhaupt für ihn, wie kann einer es wagen, so mit der Frau zu sprechen, die ihn liebt, wenn er sie denn liebt, darum fragte ich ihn auch, »weißt du überhaupt, mit wem du sprichst, betrunken kannst du nicht sein, wenn du dich so benimmst, sag mir, dass ich träume, als müsste ich eine Verabredung haben, um herzukommen«, aber er antwortete nichts, senkte nur den Kopf und machte eine verzweifelte Miene, darauf sagte ich, ich hätte ihm etwas sehr Dringendes mitzuteilen, »kann das denn nicht warten«, fragte er, auf einmal richtig wütend, so wütend, dass es mir die Sprache verschlug, »bestimmt kann das bis Mittwoch warten, heute ist nicht dein Tag«, unglaublich, aber das kam ihm tatsächlich über die Lippen, ich war wie unter Schock, und ich antwortete nur, »wie bitte, sag das noch mal, was da aus deinem Mund gekommen ist, heute wäre nicht mein Tag, was verstehst du darunter, nicht mein Tag«, und halb flüsternd sagte er, »hör zu, dort schläft jemand, du weckst sie noch auf«, er ging gar nicht auf mich ein, versuchte weiter, mich mit Kränkungen davonzujagen, er sah ja, dass ich stur blieb, also brüllte ich ihm ins Gesicht, »das ist mir egal, wenn da jemand schläft, wer ist diese Person überhaupt, du hast gesagt, ›du weckst sie noch auf‹, wer ist diese Nutte, ist es das, was du«, ich konnte gar nicht zu Ende sprechen, als ich sah, und der Teufel soll mich holen, wenn ich lüge, wie eine junge Frau hervorkam und sich genau hinter Vorace stellte, als wollte sie mir damit die Antwort geben, sie war nur bedeckt mit einem türkisblauen Laken, dem Laken, das ich am meisten mochte, jawohl, dem Laken, mit dem Vorace und ich uns bedeckten, wenn wir schliefen, ich selber hatte es im Schrank ausgesucht, und jetzt hatte sie sich genau mit diesem Laken bedeckt, von der Brust bis zu den Knien, natürlich nagte sofort eine heftige Eifersucht an mir, ihre Mandelaugen waren knallrot, ihr Gesicht zerknautscht und das Haar zerzaust, sie war also tatsächlich eben erst aufgewacht, und jetzt stellte sie Vorace, ohne mich aus den Augen zu lassen, nur eine einzige Frage, »wer ist die denn, kommt einfach her und belästigt wildfremde Menschen, droht uns«, Vorace schien auch recht verwirrt zu sein, er drehte sich zu ihr um und stammelte, »leg dich wieder hin, ich erkläre es dir später«, aber die junge Frau rührte sich nicht, schaute mich nur aus viel zu vielen Augen an und sagte zu Vorace, »ich möchte, dass du es mir erklärst, bevor ich mich aufrege und aus der Haut fahre, aber sag ihr zuerst, wer ich bin, sonst kannst du was erleben«, und nach einem langen Seufzer sah Vorace mich fest an, völlig verzweifelt, als hielte man ihm eine Waffe an den Kopf, damit er mir das sagte, »also gut, das ist Daurade, meine Verlobte«, und kaum hatte er es ausgesprochen, dieses Schwein aus der Herde Epikurs, drehte er sich wieder zu ihr, untröstlich, mit flehenden Augen, wie um sich zu entschuldigen für all das, was er mit mir getrieben hatte, und ich schaute verächtlich hinab auf dieses Miststück, das da hinter ihm stand, ohne auch nur mit der Wimper zu zucken, wollte schon eine Schimpfkanonade loslassen, auf alle beide, diesem Luder am liebsten an die Gurgel springen, aber ich hatte Angst, die Nachbarschaft aufzuwecken, dann gäbe es ein Riesentrara, bestimmt würde Connaît-Tout noch am selben Tag davon erfahren, aber allein der Gedanke, dass Vorace dieser Frau gehorchte, dieser Schlampe, die sich als Verlobte ausgab, ich konnte es nicht glauben, denn wenn man leben will wie die Geschöpfe im Bauch des Meeres, erfindet man sich so etwas wie eine Verlobung, es gibt tausend Arten von Verlobungen auf dieser Welt, ich war auch eine Verlobte von Vorace, wenn Verlobtsein heißt, dass man mit einem Mann in seinem Zimmer schläft, nur hatte dieses Luder das Bett gewechselt, um mich zu besiegen, und Vorace gehorchte ihr wie ein Hund seinem Herrchen, vor allem das hatte mich verletzt, das war nicht der Vorace, den ich kannte, sondern ein Pudel wie im Bilderbuch, seine Muskeln hatte er für nichts, ein Pudel, jawohl, manche Leute können, wenn sie vor einem Mädchen stehen, einfach nicht den Speichel zurückhalten, der ihnen aus dem Mund läuft, und so hatte auch Vorace keine Sekunde gezögert, als dieses Weib ihn auf diese Weise erpresste, er wandte sich noch einmal zu mir, ein letztes Mal, um mir, bevor er die Tür krachend zuschlug, ins Gesicht zu sagen, »ich rate dir, nach Hause zu gehen«, bloß das, und schon hatte er sie mir vor der Nase zugeknallt, mir, Anguille, nachdem er mich so gedemütigt hatte, und eine Demütigung war es allerdings, mir blieb nichts mehr zu sagen, wie versteinert stand ich vor dieser Tür, wie hätte ich mir auch vorstellen können, eines Tages von ihm zurückgewiesen zu werden, nicht einen einzigen Tag, ich hatte ihm nicht mal sagen dürfen, was mich an diesem Morgen zu ihm führte, wie eine Unbekannte hatte er mich behandelt, eine jämmerliche Kreatur, noch dazu vor einer anderen Frau, die für mich eine blöde Visage hatte, diese Schlampe, das sage ich gerne noch mal, auch wenn ihr denkt, ich sei bloß eifersüchtig, ihr, die ihr mich nicht versteht, aber das lässt mich kalt, »er hat es gewagt, mich vor diesem Luder rauszuwerfen«, das ist alles, was ich mir sagte, und ich senkte den Kopf, als hätte man mir einen Haufen Schlamm ins Gesicht geworfen, nur frage ich mich bis heute, ob das wirklich Vorace war, der Mann, der mir immer gesagt hatte, er möge Leute nicht, die keinen Respekt vor anderen hätten, und der behauptete, nur wer sich um seine Eltern kümmere, sei auch in der Lage, dafür zu sorgen, dass er anderen nicht etwas antue, also ehrlich, ein echter Nimmersatt war dieser Vorace, hätte ich mal lieber auf seinen Namen geachtet, und jetzt war ich tödlich verwundet, zerquetscht, zermalmt, nachdem ich mich selber ins Maul eines Pottwals geworfen hatte, genau, Vorace war bloß ein Pottwal, der hinter den Röcken her war und sich hinter einer Maske versteckte, nehmt euch in Acht vor den süßen Zügen mancher Gesichter, die euch vielleicht gefallen, und Schluss, aber warum hatte ich nicht rechtzeitig daran gedacht, warum hatte ich nicht gewusst, dass dieser Vorace eher ein Pottwal war, dabei gibt es so viele, die an Land umherwandern, auch wenn sie das Meer verdient haben, ja, es gibt viele Lebewesen an Land, die trotzdem wie im Bauch des Meeres leben, und da hatte ich gedacht, ich sei das cleverste dieser Geschöpfe, die Masken tragen, um in aller Ruhe ihr wahres Leben zu leben, und Masken hat es schon immer gegeben, wird es immer geben, die liegen überall herum auf dieser Welt, solange es für uns Orte gibt, die geheim sind, still, intim und wie der Bauch des Meeres, klar, wer weiß schon, was im eigenen Bauch jeden

Tag los ist, niemand, man muss erst ein ganzes Heer von Gerätschaften aufbieten, wenn man das rauskriegen will, obwohl er uns selber gehört und überschaubar ist, und da denkt ihr, ihr würdet das Meer kennen, diese Unendlichkeit, tja, ich hatte einfach vergessen, dass ich im Meer war, und schon hatte man mich reingelegt,

wenn ich Leute sehe, die behaupten, sie hätten schöne und gute Namen, als gäbe es irgendwo hässliche und schlechte, Leute, die behaupten, sie seien unter einem guten Stern geboren, als genügte das, um alles zu erreichen, oder Leute, die behaupten, sie seien Scherifen, von edlem Geblüt also, meine Güte, ihr gebt euch die Namen, die euch gefallen, aber ihr sollt wissen, dass ihr alle auch geheime Namen habt, von denen ihr nichts wisst oder die ihr für euch behalten wollt, kann ja sein, nur gebt mal nicht so an, eure Pendants sind im Meer, und dann seid ihr ein Pottwal wie Vorace, eine Dorade wie dieses Luder in seinem Zimmer, ein Thunfisch wie Connaît-Tout, ein Delfin wie Tranquille und ihr Mann, ein Quastenflosser wie Crotale oder ein Hai wie Cobra, jawohl, so ist es, jeder hat seinen wahren Namen, den er in der Stille aufbewahrt, und genauso gibt es Langusten, Garnelen, Schildkröten, Krebse, die Liste ist ellenlang, um sie aufzuzählen brauchte ich bis zum Ende der Welt, da hört ihr es, statt bis zum Ende dieses Schauspiels habe ich wieder gesagt, bis zum Ende der Welt, als hätte sie wirklich ein Ende, diese Welt, die nun darauf wartet, dass die Komödie endet, um für immer weiterzubestehen, he, Anguille, nicht gleich wieder überdrehen, schon gut, ich sagte, welchen Namen auch immer ihr tragt, ihr habt eure Brüder und Schwestern in ebendiesem Meer, in dem ich mich gerade befinde und ganz allein spreche oder quassele, egal, was soll's, ich kann hier von einem Hai gefressen werden, und das wäre eine Erleichterung für mich, denn jetzt bin ich nichts wert, ich bin ein gescheiterter Aal, mein Leben hängt an einem seidenen Faden, also muss ich mich zumindest beeilen und rasch mit diesen Erinnerungen Schluss machen, bevor meine Bilder davonfliegen, denn wenn ein Aal in einem Loch, das nicht sein eigenes ist, von jemand Mächtigem so richtig fies gebissen wird, kehrt er still und Hals über Kopf in sein eigenes Loch zurück, in einen dieser Felsen, wenn ihr so wollt, aber vergessen wir nicht, dass er die Wirkung des Gifts, das man ihm eingespritzt hat, vor seiner Umgebung nicht verborgen halten kann, egal wie viel Mühe er sich gibt, und der Haken an der Sache ist, dass ein Aal ein Aal bleibt, selbst wenn er tödlich verwundet ist,

Ein krachender Skandal

ich musste zurück nach Hause, um nachzudenken, musste die Gedanken in meinem Kopf bewegen, wieder und wieder, um den einen auszuwählen, der vor Hoffnung sprühte, der voller Verheißungen war und in der Lage, rasch über mein Schicksal zu entscheiden, schließlich war ich schwanger und wollte, dass niemand davon erfuhr, wollte auch nicht abtreiben, diesen Gedanken wischte ich, wann immer er mir in den Sinn kam, gleich fort, warum abtreiben, was man sich selber ausgesucht hat, ich hatte es so gewollt, stimmt doch, sonst hätte ich nicht nach Vorace gesucht, das heißt, stopp, wir haben einander gesucht, wie es uns gefiel, also war jeder verantwortlich für sein Hirnorgan wie für sein Geschlechtsorgan, seien wir nicht unehrlich, es bringt nichts, das Opfer zu spielen, wie es manche Mädchen tun, nie und nimmer werde ich mich als Opfer ausgeben wie diese Feiglinge, die auch ein Aalleben genießen und es verfluchen, kaum dass es eine Frucht trägt, das Liebespaar von Verona existiert nur in der Dichtung und wird nur in der Dichtung existieren, das muss man begreifen, ohne zu lärmen, in diesem Theater gibt es nämlich die tollsten Überraschungen, das sind die Aale unterm Felsen, Überraschungen, die von der Stille profitieren, und Stille, die den Lärm hasst, misstraut also dem, was euer Blick einfängt, der Blick ist ein Bewunderer der Fiktion, dabei stiftet er alles mögliche Unglück, wenn ihr jemanden liebt, wollte ich sagen, müsst ihr auch lieben, was er euch als Erinnerung oder Frucht dieser Liebe hinterlässt, ob diese Frucht nun gut ist oder schlecht, süß oder sauer, bitter oder salzig, »hier bin ich, hier bleibe ich, was soll's«, sagte ich mir in meinem tiefsten Inneren, ich liebe dieses Wesen, das später hier mit mir sterben wird, so wie ich seinen Vater geliebt habe, auch wenn er mich betrogen hat, aber das änderte nichts daran, dass ich frei war, zu existieren und mir einen Felsen auszusuchen, und kaum nahm die Stille mich unter ihre warmen Schwingen, fühlte ich mich beschützt, frei also, zu wählen, was ich wollte, wo ich es wollte und für wie lange, es konnte mich nicht daran hindern, das Leben anzupacken und die Gründung einer eigenen Familie ins Auge zu fassen, klar, wir konnten eine Familie gründen, mein Kind und ich, damit war der Gedanke an Abtreibung vom Tisch, nein, bloß nicht, sagte ich mir, ich musste nicht zu Abtreibungsmethoden greifen, das ist keine Lösung für einen Aal, abtreiben, als hätte ich wirklich Angst, was soll das, das ist doch feige, irgendein Abtreibungsmittel zu nehmen, wo man den *Knüppel* so bewundert hat, ihr beschämt mich, ihr anderen Mädchen, auch wenn es stimmt, dass ich in Panik geriet, als mir meine Schwangerschaft bewusst wurde, aber das heißt nicht, dass ich Angst hatte, Angst und Panik, das ist ein Riesenunterschied, es ist nicht an mir, euch das zu erklären,

trotzdem musste ich eine Lösung finden, nur welche, da sind wir bei dem entscheidenden Punkt in meiner ganzen Geschichte, und die Sache zog sich hin, deshalb kam es auch zum großen Krach, ich war ziemlich nervös, die Gedanken gerieten durcheinander, verhedderten sich, irgendwann verlor ich mich in den konfusesten Vorstellungen, das ging mir fürchterlich auf den Keks, und ich musste rauchen, um die Gedanken zurechtzurücken, ihnen auf die Sprünge zu helfen, brauchte eine Kippe, um nicht umzukippen, Himmel, jetzt fange ich schon an zu kalauern, aber ich hatte nun mal keine Zigaretten, auch kein Geld, Vorace hatte sich immer um alles gekümmert, und ich wollte nicht der Versuchung erliegen und zu ihm gehen, einer Versuchung, die sich womöglich in meinem Kopf einnistete, deshalb sagte ich mir immer, bloß nicht, es war mein tiefster Wunsch, diesem Mann nie wieder zu begegnen, wirklich eine Krux, das Ganze, ich war nicht mehr mit Vorace zusammen, es war aus, also gab es auch keinen Wein mehr und keine Gauloises, nein, eine solche Schlussfolgerung konnte ich nicht hinnehmen, es musste einen Weg geben, und merkt euch das gut, es gibt immer einen Weg, ein Aalbedürfnis zu befriedigen, der Hunger treibt den Wolf aus dem Wald, man muss die Dinge auch mit dem Hintern betrachten und nicht nur mit den Augen oder dem Hirn, irgendwas fehlt uns immer, denn wir stehen unter dem Einfluss der Ansichten anderer, aber man muss sich treu bleiben, man selber sein, wenn man seine Bedürfnisse befriedigen will, ich zum Beispiel bin ein Aal, und die Lösungen für die Probleme, die wir Aale haben, sind immer in unserer Nähe, nur sehen wir sie meist nicht, und schuld ist eine Feigheit, die uns womöglich dazu führt, die Dinge logisch zu betrachten, so wie diese verstockten Blinden, denen man neuerdings begegnet und die unbedingt die Sehenden führen wollen, selbst wenn sie ständig hinfallen, aber immer wollen sie uns führen, was für eine Manie,

Connaît-Tout musste irgendwo Geld gehortet haben, der war echt ein alter Knauser, ausgerechnet, wo er seine Kollegen immer geizig nannte, wenn er sie beschimpfte, »jemand, der unnützerweise etwas aufhebt, dessen Nützlichkeit er nicht kennt, ist wie eine Ratte, die Eisen gefressen hat«, sagte er dann, tja, auch du warst bloß eine Ratte, die Eisen gefressen hatte, und da ich Zigaretten brauchte und du Geld angehäuft hattest, an dem ich mich ja auch frei hätte bedienen können, statt es dir zu klauen, beschloss ich, diesem Knicker ein paar Silberlinge zu klauen, klar doch, oder glaubt ihr, ich wollte mich weiter elend fühlen und am Ende noch krank werden, nein, ich musste die Welt retten, denn das Leben eines Aals ist eine Welt für sich, nur deshalb kam es mir in den Sinn, ihn zu bestehlen, diesen alten Geizhals, der schon aufs Meer fuhr, als ich noch nicht geboren war, was machte er also mit dem ganzen Geld, wo er seither derselbe Connaît-Tout war, die Fischer haben schon eine komische Mentalität, sie sind von einem Geiz ohnegleichen, ihr Vermögen sieht man nie, und trotzdem haben sie welches, kein Wunder also, dass ich mich an eine Metalldose erinnerte, groß und rund, in die Connaît-Tout sein Geld steckte, manchmal nahm er sie auch mit auf die Terrasse, um Kasse zu machen, er ganz allein, nachdem er zunächst mit seinem getreuen Garanti abgerechnet hatte, und wenn der dann gegangen war, blieb er noch eine Weile mit seiner Nido-Milchpulverdose dort oben, ehe er wieder hinunterging, seufzend, als fühlte er sich erdrückt von einer derart kolossalen Summe, mit anderen Worten, in dieser Dose war bestimmt reichlich Geld, ich musste sie nur aus seinem Zimmer holen, zum Glück war Crotale nicht im Haus, ich war allein, aber nervös, was für uns alle, wie ihr wisst, nur natürlich ist, für uns Schauspieler in diesem Theater, das man die Welt nennt, man muss immer dieses lampenfiebrige Gefühl haben, wenn man von einem Akt zum nächsten springt, soll jeder seine Rolle spielen, damit das Schauspiel weitergeht,

ich ging also in Connaît-Touts Zimmer, in das einen Fuß zu setzen wir nie gewagt hatten, denn wenn wir Connaît-Tout etwas Wichtiges sagen wollten und er zufällig dort drin war, blieben wir beim Vorhang stehen und sagten es ihm, ohne ihn zu sehen, diese Tür war nämlich nicht mal eine richtige Tür, sondern ein Vorhang, so wie in unserem Zimmer, er hatte uns niemals gestattet, über seine Schwelle zu treten, aber an diesem Tag, an dem ich eine Zigarette brauchte und er nicht da war, packte ich die

Gelegenheit beim Schopf, um zu tun, was ich vorhatte, nämlich bloß ein bisschen Geld zu nehmen oder zu stehlen, ganz wie ihr möchtet, na schön, ich war eine Diebin, aber mehr brauchte ich nicht, und ich zitterte, als ich nach der Dose suchte, warum auch immer, ich suchte auf dem Tisch nach ihr, dort lagen ein paar Zeitungsseiten, und ich las die Schlagzeilen, *Israel – Palästina: Warten auf einen neuen amerikanischen Plan, Sudan: 6000 Kindersoldaten in Darfur, Myanmar: Aung San Suu Kyi, die Eingesperrte von Rangun, Frankreich – Komoren: Mayotte sagt »Ja«, die UNO, die Arabische Liga und die Afrikanische Union »Nein«*, und da hörte ich auf, wollte weiter nichts wissen, ich hatte die Nase voll davon, das war doch das immergleiche Zeug in den Zeitungen, seit meiner Geburt ging das so, überall starben die Menschen wie die Ratten, ich suchte also weiter nach dem, was ich haben wollte, bückte mich und schaute unter den Tisch, dort stand ein großer Karton auf dem Boden, mit einem Haufen Zeitungsresten, richtig voll war der Karton, das waren also die Seiten, die Connaît-Tout aufgehoben hatte, seit ihn dieser Fimmel gepackt hatte, alles zu lesen, was ihm irgendwo unterkam, und sei es in einem Kuhflatsch, ja, so wie ich ihn kannte, hätte er alles unternommen, um auch darin zu lesen, falls er dort wie durch ein Wunder einen Buchstaben sah,

ich wollte nicht meine Zeit verschwenden mit diesen verstaubten Uraltzeitungen, aber als ich einen Packen anhob, war ich doch bestürzt beim Anblick der grauslichen Bilder, die dort zum Vorschein kamen, zuerst Bilder vom Genozid in Ruanda, das stand da nämlich schwarz auf weiß, in großen Lettern, *Genozid in Ruanda*, aufgeschlitzte und blutverschmierte Körper, übereinandergehäuft wie Matschtomaten auf einer glutroten Straße, ich ging rasch zu anderen Abbildungen über, das war einfach zu schrecklich, nicht so sollte man das Stück spielen, da war man zu weit gegangen, wir hatten uns doch verständigt über das, was auf dieser Bühne umzusetzen war, aber das nächste Bild zeigte immer noch Leichen, ach, gab es denn nur das, bloß töten, nein, mein Gott, ich las die Bildunterschrift, *Apartheid in Südafrika*, und hob rasch noch einen größeren Stapel an, um zu sehen, ob Connaît-Tout das alles nicht nur aufgetürmt hatte, um seine Dose auf dem Boden des Kartons zu verstecken, und auf einmal sah ich andere Bilder, sie erinnerten mich ans Gymnasium, Fotos von Martin Luther King, von Mohandas Karamchand Ghandi, von Nelson Mandela, von Jassir Arafat, von Charles de Gaulle, von René Cassin und vielen anderen Persönlichkeiten, von denen ich in der Schule gehört hatte, im Geschichtsunterricht, meinen Unterrichtsstoff vergesse ich nämlich nicht, diesen Stoff, der irgendwann einmal genauso verstaubt sein wird wie diese Zeitungen, ich fragte mich wirklich, was Connaît-Tout mit all diesen Artikeln von anno Tobak machte, das war wohl so etwas wie eine reichhaltige Nahrung für ihn, was für eine Manie, der war wirklich verrückt, und ich sagte mir, dass die Dose bestimmt nicht in dem Karton war, Connaît-Tout hätte sich nicht die Mühe gemacht, das alte Zeug jeden Tag anzuheben, meine Hände waren schon ganz schmutzig, also schaute ich unterm Bett nach, aber dort standen bloß alte Schuhe von ihm und von meiner verstorbenen Mutter, dann unter einem großen Schrank, immer noch nichts, außer Staub und einem großen Spinnennetz, in dem eine Fliege gefangen war, elend vertrocknet, das arme Ding, eine Spinne rannte gleich davon, wieso störte ich sie auch, wo sie nur ihre kümmerliche Beute betrachtete, dann stand ich wieder auf, um ein wenig zu verschnaufen und mich umzusehen, wo ich noch nachschauen konnte, zuerst dort oben, auf dem Schrank, ich stellte mich auf die Zehenspitzen, aber da war auch nur Staub, dieses Zimmer war so was von verstaubt, meine Güte, genau wie sein Bewohner, blieb nur noch, einen Blick in diesen Schrank zu werfen, wenn er nicht abgeschlossen war, aber er war nicht abgeschlossen, hatte nicht mal ein Schloss, nur einen Griff, um die Tür aufzuziehen, einen einzigen, weil der Schrank auch nur eine Tür hatte, tja, Connaît-Tout war so ein Knauser, dass er es nicht über sich gebracht hätte, ein Schloss für den Schrank zu kaufen, mit Vertrauen hatte das nichts zu tun, das war pure Nachlässigkeit, die Haustür hat einen Schlüssel, sagte er sich bestimmt, er dachte wohl, das reichte, eine einzige Tür mit Schlüssel in einem Haus, wo es mehr als zwei Zimmer gab, ich öffnete also den Schrank, er hatte nur drei Fächer, und auf jedem lagen nur Kleidungsstücke, schön gefaltet und ordentlich eingeräumt, manche rochen richtig muffig, ich wischte mir erst mal die Hände an dem Tuch ab, das ich mir immer um die Hüften band, wenn ich nach Hause kam, so ist das bei uns üblich, und dann legte ich die Kleidungsstücke zur Seite, die stammten aus wer weiß welcher Zeit, ich nahm sie Stück für Stück, ganz vorsichtig, und dann sah ich sie, die Dose, hinten im ersten Fach, Glück gehabt, ich hätte sonst weitergesucht bis zum dritten Fach, ganz sicher, die Dose war jedenfalls gut versteckt, man konnte sie unmöglich sehen, ohne die Kleidungsstücke beiseitezulegen, und schwer war sie, so schwer, dass meine Hände sie kaum halten konnten, ich hatte mich nämlich nicht mal gesetzt, um sie zu öffnen, und als ich den Plastikdeckel abnahm, sah ich die Bündel mit den Scheinen, sie waren gefaltet, und es waren unheimlich viele, aber ich sagte mir, dass nicht die Scheine so schwer sein konnten, es waren bestimmt auch Münzen darin, und als ich die Dose schüttelte, hörte ich sie, ich brauchte ja keine große Summe, also holte ich die Scheine heraus und griff hinein und nahm mir eine Handvoll, ohne auch nur zu zählen, ich war ziemlich durcheinander, aber ich wollte es bei dem Kleingeld belassen, wahrscheinlich wusste Connaît-Tout auch gar nicht mehr, wie viel Kleingeld es genau war, obwohl, wer weiß, nicht umsonst hieß er ja Connaît-Tout, für mich war nur wichtig, dass ich an meine Schachtel Gauloises kam, dabei wusste ich nicht mal, wie viel ich dafür brauchte, aber egal, ich stellte die Dose rasch wieder an ihren Platz, räumte die Kleidungsstücke zurück und verdrückte mich,

ich musste die Zigaretten in einem Laden kaufen, wo ich keine unangenehmen Fragen zu hören bekam, bei uns sind nämlich ausnahmslos alle Journalisten, nur weiß man nicht immer, und das ist der Haken, für welche Nachrichtenagentur sie arbeiten, was an sich kein großes Problem wäre, wenn diese Leute, die sich nicht um das kümmern, was sie angeht, wenigstens echte Journalisten wären, aber sie sind, und das ist eine Binsenweisheit, wenn auch keine schöne, schlimmer als die schlimmsten Schreiberlinge, ich meine, nicht dass ich Angst um meinen guten Ruf gehabt hätte, ach was, wozu, ich wollte einfach nicht, dass man mich fragte und schief ansah, etwa weil ich erst siebzehn war und Zigaretten kaufen wollte, also nahm ich mir vor, mein Gift, wie Connaît-Tout es nannte, weiter weg zu kaufen, weit außerhalb unseres Viertels, aber dann kam mir eine andere Idee, »und wenn ich mir jemanden suche, der sie für mich kauft, ein Kind, warum nicht«, sagte ich mir, ich musste ein Kind finden, dem es egal war, aber woher sollte ich wissen, ob ihm solche Erwachsenensachen tatsächlich egal waren, es wäre ein Spiel mit dem Feuer, manche Kinder waren nämlich schlimmer als die Erwachsenen, ich blieb also erst mal vor der Haustür stehen und dachte weiter nach, schaute in alle Richtungen, und auf einmal sah ich ein Kind, das mit einer Schnur ein Spielzeug über den Boden zog, einen Laster, gebaut aus einer Plastikflasche und mit wilden Mandeln als Reifen, ich hätte ihn auf mich aufmerksam machen müssen, aber ich wollte nicht nach ihm rufen, also geduldete ich mich, und dann sah ich, wie ein zweites Kind auf das erste zuging, dieses erste schien große Angst zu haben, offenbar wollte das andere ihm sein Spielzeug wegnehmen und sagte irgendwas zu ihm, und auf einmal sah ich, wie das erste Kind mit seinem Spielzeug die Flucht ergriff, es rannte in Richtung Hamoumbou, und der Quälgeist drehte sich um und sah ihm nach, wie um sich zu vergewissern, dass der Angsthase wirklich fortlief, dann schlug er die andere Richtung ein, dorthin, wo ich stand und ihn beobachtete, und als er in meiner Nähe war, sprach ich ihn an, das heißt, ich winkte ihn zu mir, und er blieb stehen, sah mich erst fest an, wie um mich unter die Lupe zu nehmen, ehe er auf mich zutrat, und in dem Moment wurde mir klar, dass er ein Sohn von Voilà sein musste, ja, das war der Junge, der immer die anderen Kinder im Viertel schikanierte und sie bedrohte, man musste nur sehen, wie er eben mit dem anderen Jungen umgesprungen war, das sagte schon alles, und als er dann vor mir stand, wollte ich erst mal bestätigt sehen, was mir durch den Kopf ging, also fragte ich ihn, »bist du nicht ein Sohn von Voilà«, und er musterte mich rasch, ein wenig verächtlich, die Stirn nervös gerunzelt, ehe er bejahte und den Kopf senkte, und aus reiner Neugier fragte ich ihn, wohin er gehe, und ohne zu zögern, einfach so, immer noch mit gesenktem Kopf, antwortete er, »nirgendwohin«, hm, und Schluss, damit hatte sich's, aber welches Kind traute sich schon, den lieben langen Tag herumzustreunen, nur herumzustreunen, auch wenn es Leute gibt, die das behaupten werden, aber das sind auch bloß Lügner, es gibt so viele davon in dieser kümmerlichen Welt, das war völlig absurd, mir war sofort klar, dass das nicht stimmte, mit diesem schroffen »nirgendwohin« wollte er nur, dass ich die Klappe hielt, ich fragte ihn also, ob er für mich Gauloises kaufen könnte, und er sagte gleich Ja, hm, ich zögerte, wieso sagte er so umstandslos zu, ich befürchtete, er könnte nicht wiederkommen, außerdem kam er mir viel zu jung vor, aber dann sagte ich mir, vielleicht hatte er ja gar keinen so schlechten Charakter, abgesehen davon, dass er die anderen Kinder ärgerte, nur wusste ich nicht, wie viel ich ihm geben sollte von den Münzen, die ich in meiner rechten Hand hielt, das war ein ziemlicher Batzen, und als ich ihm die

Münzen dann alle gab und dabei abzählte, bemerkte ich seine Unruhe, »was ist«, fragte ich, und er, im selben Ton, »ist das alles für die Zigaretten«, und als ich Ja sagte, fragte er mich, wie viele Schachteln ich haben wollte, »nur eine Schachtel«, sagte ich, und dann kramte er in den Münzen, wie ein Erwachsener, und nahm fünfhundert Franc, ja, nur fünf Münzen zu hundert Franc, den Rest gab er mir zurück, und schon sah ich, wie er in den Gassen der Medina verschwand, ich zählte gleich nach, was mir noch in der Hand blieb, achthundert Franc, und fragte mich, woher er den Preis für eine Schachtel Gauloises wusste, für mich war er noch viel zu jung zum Rauchen, nach seinem Aussehen bestimmt noch keine zehn, auch wenn selbst die Regenwürmer zu rauchen verstanden, wie Connaît-Tout immer sagte, aber ich konnte einfach nicht glauben, dass dieser kleine Junge ebenfalls rauchte, und ich grübelte, wie ich aus ihm herausbekommen konnte, ob er rauchte oder nicht, auch wollte ich wissen, wo er eben hatte hingehen wollen, und da schoss mir plötzlich etwas durch den Kopf, was passierte wohl, wenn man ihn fragte, wer ihn geschickt habe, daran hatte ich überhaupt nicht gedacht, sonst hätte ich ihn gewarnt, und ich sagte mir, dass es vielleicht doch keine gute Idee gewesen war, dieses Kind loszuschicken, um für mich Zigaretten zu kaufen, denn wenn man ihn zufällig ausfragte, würde er es nicht abstreiten können, und gleich kam mir noch ein Gedanke, und wenn er mit dem Geld durchbrannte und mich sitzenließ, schließlich war er ein Junge, der vor niemandem Angst hatte, vergessen wir nicht, dass er den eigenen Vater in einem Karren weggefahren hatte, als seine Mutter ihn zu Hause rauswarf, da konnte er mich genauso gut hinters Licht führen und betrügen, er kannte mich ja nicht mal, und als mir dieser Gedanke gerade durch den Kopf ging, sah ich, wie er hüpfend und mit den Händen wedelnd auf mich zukam, flink wie eine Katze, und da bemerkte ich, dass seine Hände leer waren, er fuchtelte die ganze Zeit und sprang wie ein

Zicklein, »Himmel, was hat er bloß mit meinem Geld gemacht«, fragte ich mich, der war genauso wie die, die von anderer Leute Arbeit leben, davon gibt es viele auf dieser Welt, und schon muss ich wieder an die Geschichte von den drei Freundinnen denken, Main, Oreille und Mouche, die bis heute zerstritten sind, es braucht einfach ein betrogenes, zerquetschtes Insekt, damit eine Hand nach Lust und Laune leben kann,

der Sohn von Voilà war also zurückgekommen, und als er dann die Schachtel Gauloises aus der Tasche zog, war ich richtig erleichtert, ein cleveres Kerlchen, dieser kleine Herumstreicher, er wollte mir schon den Rücken zukehren und wieder gehen, aber ich bat ihn, mit mir ins Haus zu kommen, ich hätte ihm noch etwas zu sagen, er zögerte erst, bevor er mir folgte, und dann setzten wir uns nebeneinander auf die erste Stufe der Treppe, als würden wir uns schon lange kennen, ich fragte ihn, ob er rauche, und er verneinte, aber ich brauchte ein Gesprächsthema, bevor ich ihm meine Fragen stellen konnte, und so sagte ich ihm, ich würde ihn kennen, und erzählte ihm alles, was ich von Voilà wusste, alles, was mir Vorace in seinem Zimmer über Voilà und seine Frau erzählt hatte, auch die Geschichte mit dem Stößel, den seine Frau ihm auf den Kopf geschlagen hatte, ja, ich erzählte es, als wäre ich Augenzeugin gewesen, »und du hast dann auch deinen Vater in einem Karren zu«, aber er fiel mir ins Wort und korrigierte mich barsch, »er ist nicht mein Vater«, ich verstand nicht recht, was er damit sagen wollte, »wieso nicht dein Vater«, fragte ich, und er machte mir klar, wenn das sein Vater wäre, hätte er ihn nicht wie Müll in einen Karren geladen, tja, wer war also sein Vater, wenn nicht Voilà, und als ich ihn das fragte, brauchte er eine Weile, ehe er mit gesenktem Kopf antwortete, »Vorace«, ich verstand immer noch nicht, und dann erklärte er mir, seine Mutter habe ihm das gesagt, dass sein wahrer Vater Vorace sei und dass der sich um sie kümmere, »wie meinst du das«, fragte ich, ich fühlte mich immer ausgeschlossener, klar, »Vorace gibt uns zu essen, und meiner Mutter gibt er Geld, du verstehst mich genau«, betonte er, und ich nickte und sagte, als hätte ich tatsächlich verstanden, »er ist also euer Vater, weil er sich um euch kümmert, aber in Wirklichkeit ist er nicht euer richtiger Vater, das meinst du, nicht wahr«, und ich hatte kaum zu Ende gesprochen, da antwortete er mir mit einem »Nein«, wie es unmissverständlicher nicht hätte sein können, und unterstrich es mit einem langen Kopfschütteln, immer wieder, wie um mir den Sinn des Wortes klarzumachen, also versuchte ich es noch einmal und fragte, »und wenn deine Mutter dich angelogen hat, damit du vergisst, wie Voilà sie immer behandelt«, doch nachdem er mir mit dem Finger zweimal auf die Hand getippt hatte, fing er mit leiser Stimme an, seine Mutter zu verkaufen, ohne es selber zu merken, »jeden Abend schickt Mama mich zu Vorace, damit ich ihm sage, dass sie kommt, dass sie nur noch das Baby schlafen legt, und Vorace schickt mich dann immer Gauloises kaufen«, ja, so schwer es mir fiel, am Ende glaubte ich alles, was dieser Lausebengel mir sagte, es gab keinen Zweifel mehr, seine Mutter hatte eine Beziehung mit Vorace, ich war wie betäubt von dieser Nachricht, blieb eine ganze Weile so sitzen, fassungslos, hörte gar nicht mehr, was er noch alles erklärte, trotzdem sprach er weiter, stellte mir eine Frage und stupste mich an, um mich zu wecken, und als ich wieder zu mir kam, sagte ich, er möge seine Frage wiederholen, »rauchst du«, fragte er, dieser kleine Naseweis, was hatte er zu suchen in meinem Leben, und ich verneinte, log ihn an und machte ihm weis, die Schachtel Gauloises sei für einen Freund, der mich darum gebeten habe, ich dachte nur an das, was er mir gesagt hatte, traute meinen Ohren nicht, nein, dass Vorace auch noch mit der Mutter des Jungen schlief, dafür war kein Platz in meinem Kopf, und alles, was ich aufnahm, während ich ihn beobachtete, war, dass er Voilà nicht mochte, dabei fiel mir wieder ein, wie ich ihn angesprochen und gefragt hatte, ob er ein Kind von Voilà sei, und wie er es voll Bitterkeit hingenommen hatte, meine Frage hatte ihn gekränkt, was allein schon seine Weigerung bewies, mir zu sagen, wohin er ging, aber ich dachte, da er mir schon anvertraut hatte, was er von seiner Mutter und von Vorace wusste, hätte er ruhig etwas zuvorkommender mit mir sprechen können, und so versuchte ich, erst mal ein anderes Thema anzuschneiden, und ich fragte ihn, warum er diesem Kind, das dann weggelaufen war, sein Spielzeug hatte wegnehmen wollen, und er antwortete, »der soll zur Schule gehen, statt auf der Straße zu spielen«, hm, was er damit wohl sagen wollte, »du gehst doch auch nicht in die Schule, oder«, fragte ich, das war echt ein seltsamer Junge, doch er bekräftigte es noch einmal, »ja, ich selber will nicht in die Schule gehen, aber er soll gehen, alle Kinder sollen gehen, nur ich nicht«, und dann sagte er, er möge die Schule nicht, aber die anderen, die würde er zwingen, zu Hause zu bleiben, wenn sie nicht in die Schule gingen, alle Gassen in der Medina gehörten ihm, und wenn er ein Kind mit einer Schultasche auf dem Rücken sähe, würde er ihm nichts tun, sonst aber ja, sonst bekäme es jedes Kind, das ihm in einer Gasse begegnete, mit ihm zu tun, dieses Kind sollte abhauen oder sich auf Prügel gefasst machen, es gebe auch welche, sagte er, die in die Hose pinkelten und dabei zitterten, wenn sie auf ihn stießen, »selbst wenn ihre Eltern bei ihnen sind«, aber dann betonte er, wenn er vor einem Kind stehe, das nicht anders könne, als sich in die Unterhose zu erleichtern, lasse er es laufen, ohne es anzufassen, einmal sei er einem Jungen begegnet, der über die Straße bummelte, und kaum habe der ihn auf sich zukommen sehen, habe er ganz jämmerlich gefurzt und geweint, dabei habe er ihn nicht mal angefasst, und als dieser Rotzbengel mir das erzählte, sagte er noch, »er hat gefurzt wie Voilà«, natürlich musste ich lachen, und er lachte noch lauter als ich, also nutzte ich die Gelegenheit und fragte noch einmal, wohin er hatte gehen wollen, und er sagte, er sei auf dem Weg zu Vorace, stand plötzlich auf, als hätte er sich an etwas erinnert, und sagte, »ich muss los, meine Mutter hat mir etwas aufgetragen, ich muss Vorace am Strand erwischen«, und dann verabschiedete er sich und war gleich durch die Tür hinaus, ohne ein weiteres Wort,

die Eifersucht führte mich auf die Terrasse hinauf, das könnt ihr gerne so sagen, ich wollte nämlich sehen, ob das, was der Junge mir gesagt hatte, auch stimmte, ich schaute also zum Strand, dort waren nur ein paar wenige Fischer, die sich zum Losfahren bereitmachten, das waren die, die gegen Mittag aufs Meer fuhren, und auf einmal sah ich, wie sich die Gestalt von Vorace aus der Gruppe löste, er beugte sich vor, um seinen Motor zu überprüfen, nahm die Haube ab, die oben auf dem Motor saß, und ich konnte erkennen, wie er an einer Schnur zog, um zu starten, der Lärm drang bis an meine Ohren, ihr Sohn ging auf ihn zu, ich sage »ihr Sohn«, weil es zwei oder gar noch mehr Väter gab, keine Ahnung, wie viele genau, aber ich vermute mal, dass es nur zwei waren, der Junge jedenfalls flüsterte ihm etwas ins Ohr, und dann unterhielten sie sich noch eine Weile, und auf einmal sah ich, wie ein Stück weiter Voilà auftauchte, von der Seite des Seemandelbaums her, und als der Junge ihn sah, stahl er sich zur anderen Seite davon, auf der Hafenseite, um die Straße hinaufzugehen, und schon war er in der Medina verschwunden, Voilà half Vorace, den Motor zu reparieren, dann setzte Vorace die Haube wieder auf und fuhr los, allein, so wie immer,

alles, was ich sah, war für meine Augen nur ein Schauspiel, eins von dieser Sorte, die einem rasch das Blut gefrieren lässt, aber hatte es sich wirklich so vor meinen Augen abgespielt, oder träumte ich an diesem Tag, nein, ich weiß genau, was ich gesehen und was ich geträumt habe, das habe ich nie verwechselt wie diese Lügner, die das Wahre nicht vom Falschen unterscheiden können, na ja, als gäbe es das überhaupt, was ich im Übrigen nicht glaube, es gibt kein wahr und falsch, diese Vorstellung ist doch albern, darüber muss man sich nicht den Kopf zerbrechen, die Wahrheit seid ihr und eure Umgebung, alles, was ihr wahrnehmt, was ihr spürt, was ihr empfindet, was ihr seht, all das ist wahr, was wollt ihr noch mehr wissen, demnach musste alles, was ich sah, die Wahrheit sein, eine unter den vielen anderen, die ich vorher nicht gekannt hatte,

Voilà hatte also nichts gemerkt, nichts wahrgenommen, und jetzt fragte ich mich allerdings, seit wann Freunde so miteinander umgehen, will ich deine Frau bumsen, muss ich mich an dich heranmachen, das ist die neue Version einer offenen Freundschaft in dieser Welt der Stille, in der die Aale und die Nimmersatten zum Leben erwachen, zuhauf wie die Schildkröteneier, alles Epigonen des Anfangs, dann Nacheiferer, bevor sie die Tiefen der Erde verlassen, um den Neuankömmlingen Platz zu machen, aber so weit zu gehen, den besten Freund zu betrügen, Gott bewahre, deshalb wollte ich auch nie Freundinnen haben, nein danke, ihr könnt gerne mit anderen Mädchen befreundet sein, aber man darf es nicht so weit kommen lassen, dass man ein Schwein aus der Herde Epikurs wird und irgendwann nur noch ein hohles Hirn hat, ihr müsst euch schon euer beider Köpfe zu bedienen wissen, und damit meine ich euch Männer, ihr habt nämlich zwei, das wisst ihr besser als ich, und ist der Kopf oben erst mal beherrscht vom Kopf unten, wird das Hirn hohl, es bleibt nur ein leerer Schädel, ein Monster, wenn ihr so wollt, und genau das war Vorace passiert, mehr sage ich nicht, es ist nicht an mir, die Leute zu beurteilen, das ist nur eine Beobachtung, ist ja nicht meine Schuld, wenn ich ihn als Monster bezeichnet habe, sondern die seines unteren Kopfs, wenn nicht meines Hinterns eines Aals, entscheidet einfach mal selbst, ich blieb auf der Terrasse, um zu rauchen, nachdem ich noch einmal erfahren und auch gesehen hatte, wie Vorace sich gegenüber seinem besten Freund verhielt, und während ich meinen Gedanken nachhing, bekam ich gar nicht mit, wo Voilà geblieben war, alle hatten den Strand verlassen, und erst als ich hörte, wie eine mächtige Stimme aus dem Mikrofon die Ohren zerriss, ertappte ich mich dabei, dass ich immer noch träumte, aufgeschreckt hatte mich der Muezzin, zuerst der Muezzin der Freitagsmoschee, und dann schlossen sich die Muezzins der anderen Moscheen an, aus allen Richtungen erscholl es, als hätten sie sich sämtlich verschworen, mich zu wecken, ich wusste gar nicht, auf welchen Muezzin ich hören sollte, auf den der Freitagsmoschee oder den einer anderen Moschee, fürs Freitagsgebet, müsst ihr wissen, können bei uns nämlich nicht alle Moscheen so viele Menschen aufnehmen, allein in der Medina gibt es zwei Dutzend Moscheen, aber nur eine einzige Freitagsmoschee, das war die erste Moschee, in der sich die ganze Stadt für dieses besondere Gebet versammelte, daher auch ihr Name, den sie dann behalten hat, und als die Bevölkerung zunahm, baute man weitere in der Umgebung der Stadt, die Freitagsmoschee in der Medina ist eine geräumige Moschee mit einer Galerie und einem langen Minarett, das immer noch ein stolzes Monument zum Ruhm der Stadt ist und, so Connaît-Tout, im siebzehnten Jahrhundert erbaut wurde von einer sehr begabten Frau, Sayyidat Karima Binti Saida Akili, Tochter des Scherifen Bin Abdallah Tuyur Djamalilaili, das war 1670, um genau zu sein, als diese gebildete Frau dieses riesige Bauwerk hatte errichten lassen, womit sie ihren künstlerischen Geschmack mehr unter Beweis stellte als ihr Scherifat, begraben liegt sie bei ihrem Vater, in einem Grab in Form einer Pyramide gleich hinter der Moschee,

Scherifat, das sagt mir gar nichts, das dient nicht mal als Zauberformel, genau wie der Name dieses armseligen Fischers, der Connaît-Tout hieß, es gibt wirklich Leute, die halten sich für wer weiß was, bloß weil sie Scherifen sind oder reiche Leute, so ein Käse, am Ende geht es nur um die Summe der Scherereien, die einer dem anderen täglich zumutet, ohne sich was dabei zu denken, die Leute pfeifen auf alles, öden sich an, quälen sich, behandeln einander wie wilde Tiere, und dann tun sie, als wollten sie sich gegenseitig helfen, glaubt nicht, ihr wärt angezogen, wo ihr nackt seid, niemand sagt euch das, um das Schauspiel nicht durcheinanderzubringen, denn wenn man einander wirklich alles sagen würde, gäbe es nichts, was man spielen könnte, dann wären wir dazu verdammt, nur noch in der Langeweile zu leben, ja, es ist gar nicht so einfach, zu entscheiden, was wir letztlich wollen,

wenn man auf der Zitadelle steht, um sich die Medina anzuschauen, kann man natürlich sehen, wie weit das Minarett über die Dächer hinausragt, wie eine weiße Kokospalme in der Wüste, aber nur die Zitadelle in ihrer luftigen Höhe kann ihre Dominanz gegenüber der ganzen Medina wirklich ausspielen, da seht ihr, ich sprach von den Muezzins, die mich aus meinen Träumen gerissen hatten, und schon bin ich in einer Geschichte von Minaretten und einer Zitadelle, was soll das, ich verliere mich in meinen Erinnerungen, dabei wollte ich nur zeigen, wie sehr mich eine Freundschaft, wie ich sie dort gesehen hatte, schockierte, das Leben selbst widerte mich an, einen solchen Abscheu hatte ich nicht mal verspürt, als ich Vorace mit diesem Luder von Daurade erwischt hatte, die Männer, ach, ich sage das nicht aus Männerhass, wieso sollte ich etwas gegen Männer haben, zwar hat man mich betrogen, wohl wahr, aber das reicht nicht aus, um zu sagen, was ich sagen will, glaubt mir, das ist noch viel krasser, als ihr euch vorstellen könnt, ich bin nicht eifersüchtig, nicht männerfeindlich, gar nicht, aber die Männer haben in ihren Adern diesen Drang, die Frauen wie Spielzeuge zu behandeln, und selbst wenn mal nicht, greifen sie immer zu Klischees, um über sie zu urteilen, um sie zu attackieren, zu verunsichern, sie sagen, die Frau sei das undurchschaubarste Geschöpf, und erlauben sich sogar, Naturkatastrophen Frauennamen zu geben, Elena, Katrina, also ehrlich, eine Farce ist das, und trotzdem suchen sie nach dem Undurchschaubaren, hören nicht auf, sie einander abspenstig zu machen oder zu entreißen und sich gegenseitig umzubringen wie die Tiere, sie umgarnen die Frauen, verderben sie, manipulieren sie, bevor sie auf Abstand gehen, um ihnen alle möglichen Beschimpfungen an den Kopf zu werfen, sie halten sich für ach so geistvoll und intelligenter als die Frauen, meine Güte, hättet ihr auch nur ein bisschen Geist, würde euch nicht die Spucke aus dem Mundwinkel rinnen, sobald ihr vor einer Frau im Minirock steht, so sieht's aus mit eurer Intelligenz, ein Mann, der den Kopf verliert, kaum dass sich irgendwo die Beine, der Po oder die Brust einer Frau abzeichnen, ist voll des Geistes oder was, antwortet mir bitte, für wen haltet ihr euch, dass ihr glaubt, ihr könntet die Wirklichkeit verzerren, seien wir ehrlich, man muss der Wirklichkeit ins Auge schauen, sie ist da, wir sehen sie jeden Tag, egal wo wir sind, die Männer sind dümmer als die Frauen, sie laufen ihnen nach, verbrennen sich jeden Tag für sie, lassen sich ausbeuten, um sie endlich wie auch immer erobern zu können, selbst wenn sie auf allen vieren krauchen müssen, was soll ich euch noch sagen, ich sage nichts, ihr haltet mich ja doch nur für eifersüchtig, oder für verrückt, ganz sicher, ich durchschaue euch, ich weiß, was ihr denkt,

wo waren wir stehengeblieben, ach ja, ein paar Tage nach den Enthüllungen über diese Beziehung zwischen Vorace und Voilàs Frau fühlte ich mich immer elender, ich konnte nicht mehr rauchen, so viel ich wollte, war gezwungen, mit den Zigaretten zu haushalten, um niemanden um einen Gefallen bitten zu müssen, beim Kochen überkam mich manchmal ein heftiges Unwohlsein, ich ekelte mich vor allem, was mir vor die Augen kam, ich hatte zu nichts Lust, aß nichts aus Angst, mich im selben Moment zu übergeben, bis zu dem Tag, an dem ich Maniokblätter zubereiten musste, für das Mataba, wie wir es nennen, zusammen mit Reis eins der traditionellsten Gerichte, es besteht aus gestampften Maniokblättern und Kokosmilch, und es gibt Leute bei uns, die können keinen Reis essen ohne Mataba, so auch Connaît-Tout, er wollte, dass es mindestens dreimal die Woche Mataba gab, der Sonntag, sein Ruhetag, war ausnahmslos ein solcher Mataba-Tag, da durften wir nichts anderes kochen,

der Tag, von dem ich sprach, war nun ein solcher Sonntag, ich war überhaupt nicht in Form, aber ich tat meine Arbeit, so wie immer, stampfte die Maniokblätter, während Crotale das Kokosfleisch raspelte, Connaît-Tout war wahrscheinlich beim Seemandelbaum, und die Geräusche, die von draußen hereindrangen, unterstrichen noch dieses Sonntagsgefühl, fast alles, was sich dort regte, konnte man klar heraushören, die herumtollenden Kinder zum Beispiel, wobei ich mich fragte, wo in dem Moment wohl das Kind mehrerer Väter war, dass es die Kinder so lange draußen toben ließ, auch Erwachsene waren zu hören, wie sie sich unterhielten, Verkäufer, die mit ihren Karren und ihren Schreien vorbeikamen, alles verströmte diese typische Atmosphäre von heiterer Gelassenheit, nur mir drehte sich jedes Mal der Kopf, wenn ich den Stößel hob, um die Maniokblätter im Mörser zu zerstampfen, die Stimmen und Geräusche schwanden immer weiter in die Ferne, gingen ineinander über, vermischten sich, ehe sie sich ganz verloren, als tauchten sie hinab in ein Grab, ich versuchte noch, sie auseinanderzuhalten, lauschte bis zum Schwindligwerden, und dann sah ich, wie es vor meinen Augen schwarz wurde, ich schlug weiter den Stößel in den Mörser, immer wieder, aber ich sah und hörte nichts, und schließlich kippte ich, ich weiß nicht, wie, auf einmal um wie ein entwurzelter Baum, konnte mich nicht mehr halten, es war stärker als ich, eine unbändige Kraft, ungestümer als eine Höllenmaschine, sie riss mich mit, bis sie mich zusammen mit dem Stößel zu Boden geworfen hatte, und nichts mehr, ich war ohnmächtig geworden, und als ich wieder aufwachte, lag ich auf meinem Bett, hörte draußen ein Gemurmel, das war die Stimme von Connaît-Tout, die konnte ich deutlich erkennen, und noch eine zweite Stimme, sie klang fremd in meinen Ohren, eine Frauenstimme, und ich versuchte aufzustehen, aber das war gar nicht so einfach, ich schaffte es mit Müh und Not, und da merkte ich, dass mir der Kopf wehtat, ich fasste hin, und mir wurde klar, dass ich eine Wunde hatte, denn meine Stirn war bandagiert, außerdem spürte ich, als ich darüberfühlte, ein Brennen auf der Hand, und dann wieder dieses Gebrummel, ich konnte es immer noch nicht verstehen, aber ich wollte wissen, wer da im Flüsterton mit Connaît-Tout sprach und was sie sich sagten, ob es mit mir zu tun hatte oder nicht, und als ich dann aus dem Zimmer trat, sah ich Connaît-Tout auf der Schwelle zu seinem Zimmer in einem vertraulichen Gespräch mit einer Frau, die nicht weit von uns wohnte und Ärztin war, ich kannte sie vom Sehen, wusste aber nur, dass sie in Hombo im Krankenhaus arbeitete, mehr nicht, sie unterbrachen ihre Unterhaltung sofort, und die Frau, sie hielt einen kleinen Koffer in der Hand, warf einen Blick in meine Richtung, dann wieder zu Connaît-Tout, und gleich darauf murmelte sie, »na, dann lasse ich Sie mal allein mit Ihrem Sprössling, Monsieur Connaît-Tout, ich denke, Sie wissen, wie Sie die Sache regeln, und falls Sie meine Hilfe benötigen, ich stehe Ihnen jederzeit zur Verfügung«, Connaît-Tout sagte nichts, schaute mich nicht mal an, stand nur stumm da, den Kopf gesenkt und die Hände hinter dem Rücken verschränkt, wie ein Gefangener mit Handschellen, dessen Scham schwerer wog als die begangene Tat, und als Antwort auf das Ansinnen der Ärztin nickte er nur, für mich gab es keinen Zweifel, alles war klar, ja, ein Licht war gefallen auf dieses Wesen, das nun in meinem Bauch ist, und die Frau, die mein dunkelstes Geheimnis ausgeplaudert hatte, wandte sich zur Haustür, erst in dem Moment bemerkte ich, dass Crotale auf der untersten Treppenstufe saß und zu mir schaute, mit einer Miene, in der es vor Unruhe brodelte, und nach dem langen Quietschen und Zuschlagen der Tür drehte Connaît-Tout sich zu mir um und sagte geradeheraus, in strengem Ton, »pack deine Sachen und verlass das Haus, du hast nur ein paar Minuten, ich will dich hier nicht mehr sehen, sieh zu, wo du unterkommst, bei deinem Geliebten zum Beispiel, Hauptsache, du verschwindest aus meinen Augen, und zwar schnell«, aber ich rührte mich nicht von der Stelle, Crotale stand auf, sie hielt es nicht mehr aus, in ihr brodelte es immer mehr, ihr Gesicht verzog sich, und ich stand da, im Hof, wie ein eingerammter Pflock, und als Connaît-Tout sah, dass sich an meiner Haltung nichts änderte, wurde er ungeduldig und donnerte los, »ich glaube, ich habe mich deutlich ausgedrückt, warte nicht darauf, dass ich dich rausschubse, denn ich werde nicht noch einmal sagen, was ich bereits gesagt habe, sonst setzt es eine Ohrfeige oder eben die Faustschläge, die sich daran anschließen«, und so wie er es sagte, war es unmissverständlich, ich drehte mich also um und ging festen Schrittes ins Zimmer, um meine Sachen zu holen, dabei hörte ich ihn weitersprechen, so wie wir alle ihn kennen, er hörte nie auf, wenn er erst mal das Wort ergriffen hatte, dafür musste er sich nicht mal über etwas aufregen, ja, ein echter Lautsprecher war er, aber ich hatte nicht gewusst, dass er auch ein Lurch war, er hatte mir ja gesagt, ich solle meine Sachen packen, warum dann dieses komische »da drin hast du nichts zu holen, hier gibt es nichts, was dir gehört, das ist mein Haus, also gehört alles, was da drin ist, mir«, aber wenn ich nur ein paar Minuten hatte, um meine Sachen zu packen, wie er gesagt hatte, musste ich mir ja nicht anhören, was er noch hinterherschickte, und als Erstes nahm ich die Handtasche, die ich immer dabeihatte, wenn ich zu Vorace ging statt in die Schule, steckte auch ein paar Kleider und ein Paar Schuhe in eine Plastiktüte, und während ich alles einsammelte, was mir wichtig war, trommelte Connaît-Tout weiter auf mich ein, um sein Herz zu erleichtern, »scher dich da raus, ich habe keinen Vertrag mit dir«, schrie er vom Hof aus, und Crotale versuchte, mit ihm zu sprechen, »verzeih ihr, Papa«, sagte sie, aber sie hatte es kaum ausgesprochen, als Connaît-Tout sie wütend anblaffte, »he, hat dich wer gefragt, ich will nichts von dir hören, kümmere dich weiter um deine Sachen, und zu niemandem ein Sterbenswörtchen, ist das klar«, ich war schon fast fertig, da erinnerte ich mich an den Ring, den Vorace mir geschenkt hatte, ich öffnete also die Tasche, um nachzusehen, ob er noch an seinem Platz war, das war er, und genauso sah ich, dass mir noch etwas von dem Geld geblieben war, das ich alle paar Tage bei Connaît-Tout geklaut hatte, Gott sei Dank, ich war nicht völlig blank, und als ich dann mit meinem Gepäck entschlossen auf die Haustür zuging, hörte ich, wie Connaît-Tout noch einmal heftig schäumte, weil ich immer noch keinen Ton sagte, aber ich wusste ja, dass mein Schweigen seinen Ärger noch befeuerte, und wie ein Verdammter lamentierte er, »das seltsame Schweigen, in dem du dich verschließt, ist nur eine Hölle, geh fort von hier, man sagt es oft, aber ich war nicht auf der Hut, singt dem Esel ein Lied, und er furzt euch ins Gesicht, ich habe alles gegeben, damit ihr Erfolg habt, alle beide, dich hielt ich für die Intelligentere, Anguille, dabei wusste ich nicht, dass ich nur eine Schlange an meinem Busen nährte, du hast meine Ehre beschmutzt, oh, wie einfältig ich war«, also ehrlich, ich hasse Leute, die sich ihre Entscheidungen übelnehmen, hat man eine

Entscheidung einmal getroffen, spricht man nicht, als wäre man sich dessen nicht sicher gewesen, außerdem, was bedeutete das alles schon, Erfolg, Intelligenz, Ehre, mir doch egal, so was von egal, sollte er doch den Mund halten, mein lieber Connaît-Tout, fern der Namen dieser unbekannten Vögel, deren Laute mir aufs Trommelfell gingen, damit hatte ich nichts am Hut,

ich war, wie gesagt, schon im Hof und versuchte hinauszukommen, als er noch mal die Krallen zeigte, er schaute mich mit aufgerissenen Augen an und rief, »he, was ist da drin, du hast hier nichts mitzunehmen, verstehst du nicht, was ich dir sage, spreche ich Chinesisch, Hindi, Haussa, Bambara, Lingala oder was, sag schon«, und dann kam er zu mir und riss mir die Plastiktüte mit den Kleidungsstücken und den Schuhen aus der Hand, griff schon nach der Handtasche, aber Crotale sprang mir bei, sie mischte sich gerade noch rechtzeitig ein, nie hätte ich Connaît-Tout den Ring gelassen, der in dieser Tasche steckte, das war mein Geschenk, eher wäre ich an diesem Tag durch seine Hände gestorben, die Tasche gehörte ihm, auch das gestohlene Geld, aber der Ring, niemals, da sollte er mal einen Aal kennenlernen, doch dank Crotale kam er noch einmal davon, sie brauchten sich jetzt nur noch in eine richtige Rauferei zu stürzen, und so wie sie an der Plastiktüte zerrten, jeder an einer Seite, schütteten sie alles auf den Boden, am Ende hielt jeder ein Stück von dieser Tüte in der Hand, und beide waren außer Atem, ja, wie Läufer, völlig aus der Puste, Crotale versuchte noch, die Kleidungsstücke aufzusammeln, aber Connaît-Tout riss sie ihr gleich aus der Hand und rückte sie nicht wieder heraus, dabei fragte er, »willst du sterben oder was, kommt dir nicht einmal der Gedanke, dass das hier ein Tollhaus ist, sag ehrlich, willst du sterben«, und ich sagte zu Crotale, sie solle ihn tun lassen, was er glaubte, tun zu müssen, sich ihm zu widersetzen hätte keinen Sinn, außerdem gehörten ihm die Sachen ja tatsächlich, stimmt schon, das wäre nicht gerecht gewesen, und um ihm zu zeigen, dass ich sie nicht nötig hatte, machte ich mich mit nichts als der Handtasche davon, der Ring und das Geld reichten mir, und ich hörte noch, wie Connaît-Tout mir wütend hinterherrief, »all die Kleidung hattest du nur von meinem Geld, schämst du dich nicht, geh zu dem, der dich geschwängert hat, und lass dir welche kaufen, ich kenne ihn nicht und will ihn nicht kennen, diesen Strohkopf, dem du erlaubt hast, seinen Schwanz in dich zu stecken, wer das Ei legt, muss es auch ausbrüten«, aber ich hörte das alles, als wäre es Luft, das sind doch nur hohle Sprüche, die alle Welt bei uns drauflosplappert, so ein albernes Zeug, dann lieber mein eigenes, ein eigenes haben wir schließlich alle, ist doch so, wer nichts hat, was er zerquetschen kann, brüllt die ganze Zeit nur, und hat er doch etwas, geht er den Leuten auf den Geist, ist er zu intelligent, kackt er mit dem Mund, und ist er es nicht, mit dem Hintern, und wer zu blöd ist, wird von allen wahnsinnig geliebt, wer aber zu gut, von allen gnadenlos verleumdet, sagt, wenn ihr noch mehr davon hören wollt, dann bekommt ihr es, ich meine euch Moralisten,

natürlich wusste ich noch nicht, wo ich hinsollte, ich hatte mich verhalten, als würde es mir an nichts fehlen, aber von wegen, nur mit meinem Stolz verließ ich das Haus, Connaît-Tout hatte das Recht, zu entscheiden, mit wem er in seinem Haus leben wollte, und sein Haus war es nun mal, diese Aalstatt, wozu dort bleiben, wenn sein Besitzer es nicht wollte, vor allem, wo er dachte, er hätte es geschafft, mich an die Leine zu legen, aber da hatte er sich geirrt, mich wie eine Ziege halten, aber hallo, der träumte wohl,

als ich draußen war, blieb ich vor der Tür stehen, um zu überlegen, und da stand ich dann, auf einmal obdachlos, auf einmal frei wie der Wind, das vor allem, man hatte mich von der Leine gelassen, und ich brauchte ein Ziel, ich hasse es, wie ein streunender Hund umherzulaufen, das habe ich euch wahrscheinlich schon gesagt, aber ich konnte überhaupt nicht nachdenken, weil Connaît-Tout weiter schimpfte, er hörte gar nicht mehr auf mit seinem Geblubber und Geblabber, und Crotale weinte jetzt noch lauter, ich hörte sie alle beide, Crotale jammerte und schniefte wie ein kleines Mädchen, dem etwas wehtut, he, wozu das Geheule, als wäre die Sache einen Hasenpups wert, man darf nicht im Kummer versinken, er vernebelt nur das Leben, noch dazu im Kummer um eine Person, die das eigene Leben auf einem atemberaubenden Pfad vorgezeichnet hat, ich hatte mein Leben angepackt, hatte keinen Grund, mir Sorgen zu machen, ich musste nur von dort weggehen, um sie nicht mehr zu hören, sie gingen mir ja doch bloß auf die Nerven, alle beide, der Verrückte und das kleine Mädchen, das Labermaul und die Tränentüte, aber als ich gerade losgehen wollte, sah ich Garanti auf mich zukommen, und erstaunt fragte er und fand kaum ein Ende, »wo du vor nicht mal einer Stunde gestürzt bist, da willst du schon raus, wo willst du denn hin, wieso stehst du hier rum, was ist passiert, brauchst du Hilfe«, ich bekam kein Wort heraus, denn das hieß, er wusste Bescheid über meinen Ohnmachtsanfall, hatte diese Frau selber gerufen und Connaît-Tout sich um mich kümmern lassen, ja, ganz bestimmt, Garanti war voller Eifer bei der Sache, egal was er unternahm, nur wusste er nicht, was die Ärztin herausgefunden hatte, weil er wieder gegangen war, das musste es sein, er wusste nicht, was in diesem Haus wegen dieser Frau an den Tag gekommen war wie ein leuchtendes Licht, und als ich ihm nicht antwortete, ging er hinein, ich sah zu, dass ich so schnell wie möglich von dort wegkam, auf Nimmerwiedersehen, das ganz sicher, aber ich wollte wissen, wie viel Geld ich noch in der Handtasche hatte, also blieb ich ein Stück weiter stehen und zählte nach, es waren eintausendzweihundertfünfzig

Franc, und als ich die Münzen gerade alle gezählt hatte, hörte ich, wie eine Kinderstimme mich ansprach, es war der Junge, der mir verraten hatte, dass nicht Voilà sein Vater war, sondern Vorace, er wollte mich nur grüßen, um den Leuten zu zeigen, dass wir uns kannten, und dann fragte er mich, wohin ich ginge, als wollte er sich für die Frage rächen, die ich ihm zweimal aus reiner Neugier gestellt hatte, das fiel mir wieder ein, ich hatte sie ihm gestellt, als ich ihm gerade ohne Absicht diesen Wurm aus der Nase gezogen hatte, ohne Absicht, ja, nie hätte ich mit einer derart donnernden Enthüllung gerechnet, aber offenbar wusste noch niemand davon, außer mir, oder umgekehrt, alle hatten davon gewusst, nur ich nicht, wer weiß, denn wie gesagt, bei uns haben die Wände Ohren, und man weiß nie, ob man einen guten oder einen schlechten Ruf hat, alles wird von Ohr zu Ohr getuschelt, und trotzdem zeigen die Finger auf einen, kaum dass man in der Ferne auftaucht, nur meine Geheimnisse, die konnte mir niemand entreißen, die Leute mochten sie von Vorace erfahren, aber mir entreißen, nein, da hätte man mich töten müssen, um sie mir aus den Adern zu pressen, niemand, das möchte ich betonen, hätte es geschafft, wenn ich nicht an diesem Tag ohnmächtig geworden wäre, denn abgehauen wäre ich sowieso, und Connaît-Tout hätte gar nicht erfahren, dass ich schwanger war, schließlich wusste er auch nicht, dass ich trank, dass ich rauchte, dass ich ihm sogar Geld klaute, und einen Plan hatte ich schon ausgeheckt, oder die Hälfte davon, ich wollte nur sicher sein, wo ich hingehen konnte, und da bin ich nun und beichte in die Leere hinein, weiß nicht mal, ob ich in diesem Moment, in dem ich zu euch spreche, nicht längst im Reich der Manen bin, kurz vorm Abtreten auf jeden Fall, das kann ich euch sagen, aber das ist meine geringste Sorge, also zurück, wo waren wir stehengeblieben, nicht dass ich euch vor dem Ende dieser unendlichen Geschichte verlasse, wäre ja auch enttäuschend, wenn ihr euch die Fortsetzung vorstellen müsstet, wie im Unterricht dieser Aufdringlinge, die sich mit ihren tollen Übungen ja doch nur auf Kosten der Schüler beölen, findet ihr nicht,

ohne nachzudenken antwortete ich dem Jungen, ich würde verreisen, und er fragte noch, »wohin«, das war allerdings die Frage, doch binnen Sekunden hatte ich für ihn eine Antwort, »nach Mayotte«, und dann dachte ich nach über diese Antwort, sie war passender, als ich geglaubt hätte, das war die richtige, die rettende Idee, wie ich fand, und im Stillen sagte ich mir, »ja, warum nicht nach Mayotte, als Illegale«, und in meinem Kopf flatterten die Gedanken durcheinander, ich musste den Ring verkaufen, um die Fahrt noch am selben Tag anzutreten, durfte keine Zeit verlieren, auf Mayotte, sagte ich mir, konnte ich mein Leben so führen, wie ich es verstand, dort würde ich für immer mit meinem Kind zusammen sein, würde Vorace vergessen und seine dummdreiste Schändlichkeit, die ihn ganz sicher einmal in den Höllenschlund reißt, er war sich seiner Armseligkeit ja nicht mal bewusst, egal wie mutig er sich zeigte, nicht seiner Schwäche, trotz aller Intelligenz, nicht der Stumpfheit seines Herzens, so filigran seine Gesichtszüge auch sein mochten, dort würde ich auch nicht länger unter der Fuchtel eines manischen, nervtötenden Connaît-Tout stehen, der würde ja doch nicht aufhören, mir den Kopf vollzustopfen mit seinen sinnigen Sprüchen, die nichts zu tun haben mit dem, was ich als Aal lebe, und die Neugier wäre ich los, mit der Crotale mich verfolgte, diese ahnungslose Kleine, die am liebsten als das pfiffigste Mädchen der Welt gelten würde und bloß die anderen mit ihren kindischen Fragen belämmert, ihre Fragen erinnerten stark an die Fragen dieses Jungen, der mehrere Väter hatte und trotzdem zufrieden war, meine Güte, armes Kind, aber das betrifft mich nicht, denn nach allem, was mein tiefstes Inneres mir sagte, würde jede Person, die versuchen wollte, mir in meinem Leben Steine in den

Weg zu legen, zweifellos auch wieder in der Versenkung verschwinden, ich sehnte mich so sehr nach einem gelassenen Leben, um mein Baby frei und unbeschwert aufziehen zu können, und wenn ich erst drüben bin, sagte ich mir, werde ich arbeiten, selbst wenn ich Badewannen schrubben muss, Toiletten, Fliesen, Fenster, ich werde alles tun, um nicht ein Lotterleben zu führen, werde darum kämpfen, mein eigenes Geld zu haben, so viel steht fest, und das bringe ich nicht mal zu dieser Verbrecherbande, die sich Bank nennt, ich werde meine eigene Bank haben, unter meiner Matratze, bis zu meinem Tod, ich werde es schaffen, komme, was wolle,

der ein oder andere meint jetzt bestimmt, er müsste mich fragen, wie ich mir das Leben auf dieser Insel vorstellte, wo man die Leute anhält, um sie nach ihren Papieren zu fragen, also bitte, als wäre das ein paradiesischer Ort, als würde dort eine andere Sonne scheinen als auf den drei anderen Inseln, ich pfeife auf die Papiere, die kommen später, wer sollte mich schon anhalten und danach fragen, na, hat er selber vielleicht welche, tja, da muss er mir erst mal sagen, wo seine echten Papiere sind, ich spreche nicht von den falschen, denn die Papiere, die er von mir sehen will, werden falsche sein, von wem und wie auch immer beglaubigt, die echten Papiere eines Menschen sind gar nicht einsehbar in dieser Welt, das wisst ihr sehr gut, wie kommt einer dazu, mich nach meinen Papieren zu fragen, wo niemand weiß, was in seinen eigenen geschrieben steht, seinen echten Papieren, wer würde sich anmaßen, mitten im Schauspiel zu improvisieren, schließlich ist der Verfasser anwesend und behält all diejenigen im Auge, die sich lächerlich machen mit ihren Versuchen, sein Werk zu entstellen, die echten Papiere hat nämlich der Autor dieses Werks, mit zahllosen Angaben über jede einzelne seiner Figuren, wer da improvisiert, gibt sich umsonst Mühe, nie und nimmer werden seine Geschichten je für bare Münze genommen, arme Jünger der Papiere, ich werde ihnen antworten, dass sie die meinen an dem Tag sehen, an dem sie wissen, wo ihre eigenen sind, klar, wenn ich wüsste, wie ich an meine käme, könnte ich sie natürlich mitnehmen, wohin auch immer, aber genau wie sie weiß ich nicht mal, was auf meinen geschrieben steht, trotzdem habe ich welche, so wie jeder Mensch, aber na gut, lassen wir sie das Schauspiel würzen, seien wir ernst jetzt, genug gespottet,

während ich an all das dachte, sprach der Junge, der neben mir stand, weiter zu mir, er fragte mich, was mir passiert sei, weil er bemerkt hatte, dass meine Stirn verbunden war, auch wenn ich mich samt Kopf in einen Chiromani gehüllt hatte, und ich sagte ihm, ich hätte mich an der Wand gestoßen, er lachte in sich hinein, dieser kleine Teufel, ich sah alles, was sich auf seinem Kindergesicht abspielte, ja, er lachte und sagte, ich solle gut aufpassen, wo ich hinliefe, natürlich wollte ich nicht dort stehen bleiben, die Leute schauten mich schon an, als käme ich vom Himmel, also fragte ich ihn, ob er mich begleiten und mir die verschiedenen Schmuckgeschäfte zeigen könnte, die es in der Medina gab, er selbst führte mich dann auch hin, nachdem er sie mir lang und breit aufgezählt hatte, ich bat ihn, mich gleich zum nächstgelegenen zu bringen, ich wollte meinen Ring auf der Stelle einem Juwelier verkaufen, und als wir dann in den ersten Laden traten, stand ich vor einem jungen Mann, der meinen Ring ansah wie den schundigsten Tand, trotzdem befühlte er ihn, als wäre er seine Frau, ein Besessener war das, immer wieder drehte er ihn hin und her, wog ihn ein paarmal auf seiner Waage, ich hatte die Nase voll, riss ihm den Ring aus den Händen, so verschwendete ich bloß meine Zeit, Schluss, ich konnte mir schon denken, was er sagen würde, sein Geziere sagte sehr viel mehr als sein Herz, dieses Herz, das da vor Neid in seiner Brust schlug, aber sein Mund wollte ihm widersprechen, das alles las ich von seinen Fingern ab, die zitterten, während sich seine Stirn verkrampfte, Gnade, ich musste zusehen, dass ich dort rauskam, nicht dass der Verrat weiter Form annahm in dieser falschen Höhle, ich verabscheue es, wenn man sein Herz verrät, kurz, wir gingen zu einem zweiten Juwelier, dort musste ich mit einem alten Mann verhandeln, der auch noch taub war, echt Pech, ich musste alles mindestens dreimal laut wiederholen, damit er mir folgen konnte, irgendwann bat ich ihn, mir den Ring zurückzugeben, weil ich gehen wollte, so sehr ging auch er mir auf die Nerven, länger als zehn Minuten hatte ich ihm begreiflich zu machen versucht, dass der Ring, den er in Händen hielt, zu verkaufen sei, nur das, wir hatten noch nicht mal angefangen zu verhandeln, mein Gott, nicht zu fassen, im dritten Geschäft war es wieder ein alter Mann, und als ich ihm den Ring anbot, suchte er erst nach irgendwas, seine Hände fuhren über den Tisch, tasteten sich voran, befühlten alle Gegenstände, die dort lagen, bis er das Gesuchte schließlich fand, seine Brille, und da verstand ich, dass er fast blind war, und als er die Brille aufgesetzt hatte, bat er mich um den Ring, ehe er ein paar Minuten später sagte, dass er dieser Art Gold nicht recht vertraue, er könne ihn mir aber trotzdem abkaufen, wie viel ich denn haben wolle, »hundertfünfzigtausend Franc«, antwortete ich, er stieß ein verblüfftes »Wie bitte« aus, und ich war so durcheinander, dass ich ihm den Preis ins Gesicht schrie, als wollte ich ihm die Trommelfelle durchbohren, vielleicht war er ja auch schwerhörig, aber er bebte nur vor Erregung und kläffte, »ich bin nicht taub, junges Frollein«, und dann sagte er, dass der Ring einen solchen Preis nicht wert sei, er sei sich nicht einmal sicher, ob das reines Gold sei oder nicht, aber wenn ich wollte, dass er ihn mir abkaufte, könnte er mir fünfzigtausend Franc geben, ich sagte ihm gleich, dann solle er mir den Ring zurückgeben, und um Schluss zu machen und ihn in Ruhe zu lassen, teilte ich ihm mit, dass ich den Ring nicht verkaufen würde, dass das ein Fehler sei, so ein schäbiger Preis, also wirklich, als wäre das bloß wertloses Zeug, »sind denn alle Juweliere Betrüger«, fragte ich mich im Stillen, und ich ging schon festen Schrittes hinaus, als der Alte nach mir rief, diesmal bot er fünfundsiebzigtausend Franc, und ich sagte, mein Ring sei mehr als hunderttausend wert, aber ich sei bereit, ihn für mindestens hunderttausend Franc wegzugeben, nicht weniger, er überlegte, ich wollte wirklich gehen, aber im letzten Moment bat er mich, ihm den Ring noch einmal zu geben, er wog ihn ein weiteres Mal, und dann zählte er die hunderttausend Franc in bar ab, mir war klar, dass er sich des Werts dieses Rings sehr wohl bewusst war und mich übers Ohr hauen wollte, und ob, so läuft das in der Welt dieser Halunken, und als wir dann gingen, dieses Kind mit den zwei Vätern und ich, suchten wir uns einen Ort, wo wir etwas zwischen die Zähne bekamen, ich fragte ihn, ob er etwas Bestimmtes haben wollte, aber er sagte Nein, und wir nahmen jeder ein Croissant und ein Glas Ingwersaft in einem kleinen Restaurant, dann trennten wir uns, ich kaufte mir auch eine Schachtel Gauloises, das Geld, das ich Connaît-Tout gestohlen hatte, war noch nicht aufgebraucht,

es gab kein Zurück, und ich wusste genau, was ich tat, also ging ich erst einmal nach Missiri, wo ich ein Sammeltaxi nehmen musste, um nach Domoni zu kommen, und sobald ich in Domoni war, wollte ich mich über die Kwassa Kwassa informieren, so nennt man bei uns die Motorboote, die nach Mayotte fahren, aber dann sah ich auf der Straße nach Missiri, wie Garanti auf mich zukam, »ach, der schon wieder, was will er denn jetzt von mir«, das war die Frage, die ich mir stellte, und ganz außer Atem sagte er, »ich habe dich überall gesucht«, und ich fragte mich, ob Connaît-Tout ihn losgeschickt hatte, um nach mir zu suchen, ob er vielleicht seine Meinung geändert hatte, aber da hätte es mit dem Teufel zugehen müssen, ich wusste ja, dass Milde seine Sache nicht war, Connaît-Tout war ganz und gar keiner, der Gnade vor Recht ergehen ließ, und ich selber war auch nicht bereit, auf meine Pläne zu verzichten, egal was Garanti mir jetzt sagte, nein, Connaît-Tout hatte sich nicht geändert, konnte er gar nicht, so viel stand fest, aber Garanti war gekommen, um mir einen eigenen Vorschlag zu machen, er wollte, dass ich zuerst zu ihm nach Hause ging und ein paar Tage dort blieb, zusammen mit seiner Frau und seinen Kindern, »bis dein Vater seine Entscheidung rückgängig gemacht hat«, sagte er noch, er hatte es ihm zu erklären versucht, aber Connaît-Tout wollte sich nicht abregen, er stieß weiter lauthals Drohungen aus und schwor bei allem, was ihm heilig war, dass er mir niemals erlauben würde, noch einmal einen Fuß in sein Haus zu setzen, er hatte Garanti wissen lassen, dass er mir nicht verzeihen würde, ja, das hatte er gesagt, er, der sich zu dem Spruch aufgeschwungen hatte, man dürfe sich niemals die schlechte Hand abschneiden und sie fortwerfen, wo waren auf einmal seine moralischen Werte, er war also unfähig, mit gutem Beispiel voranzugehen, deshalb sagte ich Garanti auch, dass er nicht darauf warten sollte, dass Connaît-Tout sich änderte, er hätte alles in seinem Herzen besiegelt, und dann machte ich ihm klar, dass meine Entscheidung bereits getroffen war, es war nicht an mir, einen Rückzieher zu machen, sie sollten bloß nicht erwarten, dass ich auf mein Leben als Aal verzichtete, das wäre ein schwerer Fehler, mein Herz verlangte immer danach, ich musste mein Leben woanders aufbauen, er versuchte es weiter, flehte mich an, aber ich sagte ihm deutlich, dass das nichts brächte, »wo willst du denn hin, einfach so«, fragte er, und ich gestand ihm meine Pläne, ja, ich sagte ihm alles, und er erklärte mir, Geschwister von ihm wohnten in Mayotte, die hätten dort ein gutes Leben und könnten mich aufnehmen, er diktierte mir Namen und Adressen, und ich notierte sie auf einem Blatt aus diesem Heft, in das ich zu Hause nur Aale gezeichnet hatte, Garanti war schon mal nach Mayotte gefahren, da war er noch jung gewesen, zehn Jahre hatte er dort verbracht, er kannte die Insel gut, dann gab er mir noch die Namen von Leuten, die in Domoni diese illegalen Überfahrten organisierten, und er meinte, ich brauchte unbedingt jemanden, der sich gut auskannte mit den Kwassa Kwassa, zwei Namen merkte ich mir, er sagte sie immer wieder, »Miraculé und Rescapé, das sind die Besten in diesem Geschäft, nur dass Rescapé mal bei einer Rückfahrt aus Mayotte drei Monate übers Meer geirrt ist, man hat ihn in Mosambik wiedergefunden, aber das ist schon lange her, sehr lange«, stellte er klar, wie um mich zu beruhigen, bevor er mich ziehen ließ,

ich machte mich auf den Weg in eine weite Ferne, schaute auf die Medina hinter mir, und zwei große Tränentropfen lösten sich aus meinen Augen, es war das erste Mal, dass mir das passierte, seit ich siebzehn war, aber ich verließ meine Höhle, den Ort, wo ich mich immer beschützt gefühlt hatte, wo mir mein Aalleben voll und ganz zu Bewusstsein gelangt war, und genauso wusste ich, dass ich nicht dorthin zurückkehren würde, es war eine Reise in eine einzige Richtung, eine Hinfahrt ohne Zurück, das hatte ich in meinem Herzen unterschrieben, jawohl, genau dort, aber ich hatte nicht damit gerechnet, mich wiederzufinden, wo ich jetzt bin, an einem Nichtort, in einer Leere, einem Abgrund, glaubt nicht, ich sage das, weil ich es bedaure, versucht einfach mal, mich zu verstehen, manche Leute verstehen etwas nur, wenn sie es mit den Ohren hören oder den Augen sehen, aber es gibt auch welche, die hören und sehen mit dem Hintern, und mit dem Hintern zu hören ist echt noch schlimmer, da können mir alle diese Menschentypen noch so sehr sagen, das sei die beste Art zu verstehen, von wegen, wenn ihr so weitermacht, werdet ihr Schwierigkeiten haben, mich zu verstehen, lasst euch das gesagt sein, ihr könnt euer ganzes armseliges Leben dafür opfern, meine Worte abzuhorchen, aber verstehen werdet ihr nichts von dem, was ich sage, ihr hört nur etwas wie den Wind, ja, wer mich wirklich verstehen will, der verlasse sich nicht auf seine Ohren, seine Augen oder seinen Hintern, sondern bediene sich seines Herzens, um in meinem Herzen zu lesen, und dabei vergesse er nicht, dass man das Herz nicht so einfach versteht, es ist wie die unendliche Weite, und wenn ihr wissen wollt, was ich von dieser Reise verstanden habe, dann sage ich euch, dass man nicht zulassen darf, dass die Träume sich so aufführen wie dieser Computervirus namens Trojaner, es braucht einen Hauch von Traum, um das Leben zu würzen, aber nicht einen ganzen Hagel, um es zu vergällen, ein Hagel von Träumen im Leben ist bloß der Schierling in der Suppe,

Tranquille zerschlägt mit einem Knall ihren Felsen

im Inneren des Minibusses, mit dem ich fuhr, hörten manche Fahrgäste nicht auf zu schnattern, es waren zwei lange Reihen, die Sitzplätze einander gegenüber, Männer und Frauen, und einige sahen sehr müde aus, sie gähnten die ganze Zeit, andere schliefen im Stehen, aber es gab auch welche, die störten mich, und um die geht es hier, ihretwegen gerieten meine Gedanken ständig durcheinander, ich schaffte es nicht, mich auch nur auf einen einzigen zu konzentrieren, dabei hatte ich sie so nötig, schließlich ist das meine Leidenschaft, mich in eine Welt hineinzudenken, die nur mir allein gehört, eine stille Welt, wüst und leer, die Terrasse fehlte mir schon, aber ich musste sie vergessen, doch jedes Mal, wenn ich versuchte, ein wenig zu träumen, riss mich die Frau mir gegenüber mit ihrer schnarrenden Stimme heraus, das war eine fürchterliche Plappertasche, diese Frau, und wie sie erzählte, hatte sie auf dem Markt von Hampanga ihre Bananenbüschel zu einem Spottpreis verkauft, also ehrlich, als hätte man sie gezwungen, das Angebot zu akzeptieren, und dann bläst sie einem die Ohren voll, dabei hatten wir ihr gar nichts getan, hatten es vielmehr verdient, uns wohlzufühlen, hatten Geld bezahlt, bevor wir in den Wagen stiegen, außerdem sprach sie nur von Verlusten, nie von Gewinnen, und ließ niemanden zu Wort kommen, aber dann fing eine andere, genauso ungeduldige Frau trotzdem an, sie hatte auch Lust, etwas zu sagen, und erzählte ebenfalls von sich, ohne darauf zu warten, dass ihre Nachbarin aufhörte, wahrscheinlich wusste sie, dass die sowieso niemals aufhörte, und als die Quasseltante sah, dass man ihr ins Wort fiel, ohne etwas auf sie zu geben, fühlte sie sich genötigt zu schweigen, die zweite Frau sprach von ihrem Maniok, der noch nicht verkauft war, und die ganze Zeit, solange sie das Wort hatte, beklagte sie sich, wie um der Schwätzerin zu sagen, dass sie zufrieden sein solle, statt sich undankbar zu zeigen, worauf ein Mann, der offenbar aufmerksam zugehört hatte, seinerseits große Lust bekam, etwas zu sagen, und er antwortete ihnen, »hören Sie, meine Damen, Sie machen sich das Leben unnötig schwer, Sie können nicht jeden Tag mit Ihrer Ernte Geld verdienen, erzählen Sie uns doch lieber von Ihren Erfolgen der letzten Tage«, ein paar Fahrgäste brachen in Gelächter aus, die Frauen lachten auch, sagten aber weiter nichts, und der Mann erklärte ihnen, dass sie nicht die Einzigen seien, die Probleme hätten, er selber bleibe gelassen, obwohl er eben eine Auseinandersetzung mit Großhändlern in der Stadt gehabt habe, diese Leute würden ihm für seinen Sack Nelken den Preis diktieren, aber diesen Sack hatte er, wie er sagte, zusammen mit seiner Frau und seinen Kindern geerntet, und jetzt wusste er nicht, was er ihnen sagen sollte, er hätte ja nicht geahnt, dass er seine Nelken für einen Kanten Brot würde abgeben müssen, nachdem sie für diese Arbeit monatelang Blut und Wasser geschwitzt hätten, meinte er, eine undankbare Arbeit, wie man jetzt sehe, er habe Mäuler zu stopfen, und was man ihm gegeben habe, reiche kaum für eine Woche zum Essen, trotzdem habe er den aufgenötigten Preis am Ende akzeptiert, er habe keine Wahl gehabt, er könne ja nicht mit dem Sack Nelken wieder nach Hause kommen, nach Bambao, wie würden seine Frau und seine Kinder ihn ansehen, mit starrenden Augen, hängenden Zungen, gesenkten Köpfen, die Hände auf dem Kopf, die Bäuche hohl, das wäre zu traurig, unerträglich, eine Schmach für ihn, er käme sich vor wie der erbärmlichste aller Väter, ohne alles, ohne Geld, ohne Trost und ohne Erklärungen, verstummen würde er, und alle Fahrgäste im Bus schienen ihm zuzuhören, manche machten gar ein betrübtes Gesicht und schafften es nicht, zu ihm hinzusehen, ein anderer Fahrgast, der im Stehen schlief, war inzwischen aufgewacht und schaute unruhig hinaus, ehe er dem Fahrer zurief, er solle anhalten, er wolle aussteigen, und in dem Moment warf ich einen Blick auf die Landschaft, um zu sehen, wo wir waren, aber ich kannte keine der Städte und keins der Dörfer, durch die wir fuhren, ich wollte schon einen Mann neben mir nach dem Namen dieser Ortschaft fragen, aber ich hatte Angst, wollte nicht, dass man mich für ahnungslos hielt, ich konnte ja nicht wissen, was er mir antwortete, vielleicht lachte er mir gar ins Gesicht, und dann würden die anderen Fahrgäste einstimmen, ich hörte schon die allgemeine Heiterkeit, weil sie es anmaßend fanden, um eine solche Auskunft zu bitten, dabei empfand ich überhaupt nichts Hochmütiges oder Geringschätziges ihnen gegenüber, warum sollte ich auch anmaßend sein, aber ihr müsst verstehen, es gibt Leute, deren Vorstellungen sind ein verschlungenes Rätsel, ich musste also nachdenken, bevor ich den Mund aufmachte, inzwischen stand der Mann, der aussteigen wollte, schon auf dem Asphalt, und der Wagen fuhr wieder los, und genau in dem Moment, als ich mich das alles fragte, unterbrach eine Frau meine Gedanken, denn sie sagte zu den anderen, und dabei meinte sie den Fahrgast, der eben ausgestiegen war, »der Herr war sich nicht mal bewusst, wo er war, er hat sich nach allen Seiten umgeguckt, ehe er gemerkt hat, dass wir in Bazmine sind, was dachte er wohl, wo er war, vielleicht träumte er ja, er würde im Weltall schweben oder er wäre in seinem Schlafzimmer und gerade aus einem Nickerchen aufgewacht«, und wieder lachten alle schallend, Männer und Frauen, manche hielten sich vor Lachen den Bauch, nur ich konnte nicht erkennen, was lachhaft gewesen wäre am Verhalten dieses armen Kerls, aber ich musste nur den Namen hören, den die Frau ausgesprochen hatte, und ich wusste, dass wir in

Bazmine waren, für meine Ohren war der Name nicht neu, so wie all die anderen Namen, die ich schon mal gehört hatte, auch wenn ich nie dort gewesen war, ich kannte von den Ortschaften, durch die wir gekommen waren, nur Mirontsi und Ouani, wo der Flughafen ist, wir hatten Patsy und Koki also schon durchquert, ohne dass ich es wusste, Patsy ist da, wo die Firma Coca-Cola sich niedergelassen hat, dort befindet sich auch das gefürchtetste Gefängnis der Insel, jedenfalls kam mir in diesem Bus nun eine Idee, wenn ich nur zuhörte, wie die Fahrgäste dem Fahrer Bescheid sagten, dass sie aussteigen wollten, würde ich die Namen der weiteren Städte erfahren, und so sah ich eine Reihe von Ortschaften, wir kamen durch Mchacojou, durch Tratringa, durch Bambao Lamtsanga, dort stieg der Mann mit den Nelken aus, mit all seinen Sorgen und dem leeren Nelkensack in der Hand, durch Jéjé, dann durch Jomani, wo die Frau, die von ihrem Maniok gesprochen hatte, mit ihrem großen und noch vollen Sack ausstieg, zwei Männer hatten Mühe, ihn vom Dach herunterzuholen, dann durch Shiroroni, da stieg die erste geschwätzige Frau aus, die mit den Bananen, und von da an herrschte Stille in diesem Gehäuse, bis wir schließlich nach Domoni kamen, der ehemaligen Hauptstadt der Insel, ich hatte die anderen Fahrgäste schon von der Stadt sprechen hören, sie waren also von dort, ganz bestimmt, denn Domoni war die letzte Station, wo der Chauffeur haltmachte, und da blieben außer mir nur noch vier Fahrgäste, zwei junge Männer, eine junge Frau und eine alte Frau, die Männer sprachen über Fußball, die Frauen sagten nichts, die alte Frau hatte die Augen halb geschlossen, wie eine Schlafwandlerin, und schien erschöpft zu sein von der Fahrt,

als wir in der Stadt waren, hielt der Fahrer an einem Platz mit vielen Menschen, da stiegen wir dann auch aus, und ich sah, wie die jungen Männer auf eine lange und enge Straße zugingen, die junge Frau nahm eine Straße geradeaus, die Alte humpelte langsam zu einer anderen, und ich sagte mir, dass ich am besten der Alten folgen und sie um Auskunft bitten sollte, im Bus hatte ich ihr keine Fragen stellen wollen, die anderen Fahrgäste wären nur neugierig geworden, und auf diesem Platz, wo wir ausgestiegen waren, schienen alle beschäftigt zu sein, mit Kartenspielen, mit Geschäften oder anderem, das war ein ziemliches Spektakel ringsum, und von überallher lärmte es, auch wenn es schon dunkel wurde, ja, seit ich aus dem Bus ausgestiegen war, strich mir die abendliche Kühle übers Gesicht, also fragte ich die Dame nach ein paar der Orte, die Garanti mir genannt hatte, Papani, auch Balawi und dann noch Mtsangombéli, aber zuerst musste ich nach Papani, da hatte Garanti nämlich Freunde, und die alte Frau sagte mir, ich solle ihr folgen, und wir gingen zu ihr nach Hause, wo sie einen ihrer Enkel losschickte, mich nach Papani zu bringen, der Junge war vielleicht zwölf oder vierzehn,

wir nahmen dieselbe Straße, die auch die junge Frau gegangen war, und liefen eine ganze Weile, ich war schon fix und fertig, nur die wenigen Autos, die mal vorbeikamen, deuteten auf die Existenz von Menschen hin, die ländliche Stimmung verwirrte meinen Kopf, diese Atmosphäre, in die sich ein dämmriges Licht mischte, das uns den Weg erhellte, immer wieder hörte ich in den Bäumen das hinreißende Zwitschern von Vögeln, hörte auch den Schrei einer Eule, und man hätte meinen können, es wäre ein Mensch, der mit saturnischer Stimme jämmerlich weinte, aber es war die Klage eines Uhus, der unablässig buhute, ich sah Nachtfalter über meinem Kopf schwirren, wie um mich zu verzaubern, ein Blausieb wäre mir beinahe ins rechte Auge geflogen, andere auch, nur der kleine Junge, der vor mir herging, sprach kein Wort, aber ich musste seine Stimme hören in dieser verstörenden Stille, um seine Silhouette nicht mit einem Gespenst zu verwechseln, bloß seine Stimme, um meine

Zweifel zu zerstreuen, also fragte ich ihn, ob es ihm gutgehe, eine alberne Frage, völlig unnütz auch, denn selbst wenn es ihm nicht gutgegangen wäre, hätte ich nicht gewusst, was ich für ihn tun sollte, und als er sagte, »ja, klar, alles prima«, fühlte ich mich ein bisschen erleichtert, aber ich spürte auch, dass mir der Magen schon in den Kniekehlen hing, wäre ich zu Hause gewesen, hätte ich um diese Uhrzeit gegessen, die Fahrt hatte mich erschöpft, der kleine Junge ging mit Riesenschritten voraus, das heißt, so klein war er gar nicht, so wie er raste, ich hatte Mühe, mit ihm Schritt zu halten, für mich war das eine Quälerei, dieser Marsch, und um ihn zu bremsen, stellte ich ihm eine Frage nach der anderen, ich fragte ihn, ob er einen Miraculé kenne, er sagte Ja, und ich fragte gleich weiter, »und Rescapé«, und bekam dieselbe einsilbige Antwort, ein knappes Ja, so wie auch auf alle anderen Fragen, er antwortete immer ohne Umschweife, mit einem einzigen Wort, nicht mehr und nicht weniger, vielleicht war er auch nur schüchtern, aber Vorsicht, ich misstraue schüchternen Menschen, Schüchternheit heißt meist nur, dass da was im Busch ist, unterm Felsen wie bei einem Aal, das ist wie die Stille, das zu vergessen wäre die schlimmste Dummheit auf der Welt, ja, ich bleibe dabei, schüchterne Menschen sind meist die treuesten Anhänger des aaligen Lebens, so wie ich, wenn ihr's wissen wollt, ich war immer schüchtern, und dabei grub ich einen tiefen Schlund von emetischer Kraft, mehr sage ich dazu nicht, oder wie mein Vater Connaît-Tout sagen würde, »früher oder später wird euch schon aufgehen, dass der Hühnerarsch nur einer ist«,

schließlich kamen wir an, endlich hörte ich wieder Menschenstimmen, überall waren Leute, die sich miteinander unterhielten, und ich fragte den Jungen, wo ich die Männer finden könnte, nach denen ich suchte, darauf führte er mich in Richtung einer Ansammlung einfachster Behausungen, ein Stück abseits stieg

Rauch auf, und ich schaute hin, weil ich wissen wollte, was das war, es wurde gegrillt, auf Spießen, Fische unter freiem Himmel, jetzt fragt mich nicht, woher ich das wusste, es roch einfach nach Fisch, haltet mich nicht für nasenbehindert, auch Bänke standen dort, wo der Rauch aufstieg, auf denen saßen Männer, ich konnte sie mit eigenen Augen sehen, rund um ein Feuer saßen sie, aßen und unterhielten sich, aber die Stimmen gingen durcheinander, ich konnte kein einziges Wort aufschnappen, außerdem waren da noch, etwas weiter entfernt, die Wellen, die sich am Ufer brachen, das Geräusch kannte ich gut, schließlich hatte ich immer damit gelebt, und wenn ihr meine Natur verstehen wollt, sage ich euch, dass ich auch eine Welle bin, eine Welle, die zuerst an Land geschwappt ist, bevor sie sich ins Meer zurückzieht, dorthin, wo ich geboren bin, ich bin also sehr empfänglich für die Rufe meiner Schwestern, der Wellen, und es tat mir gut, als ich hörte, wie sie sich aufschaukelten und gischtend an einem Ufer brachen, das ich an diesem Abend nicht sehen konnte, es war zu weit weg, aber ihr Rauschen konnte ich hören, so wie sie in Bewegung waren, wie Verrückte in Freiheit, aus Leibeskräften riefen diese Koketten nach mir, und es kam mir vor, als gerieten sie wegen meines Schweigens in Wallung,

wir waren also in der Nähe eines Strands, sagte ich mir, außerdem spürte ich es unter meinen Füßen knirschen, aber da war nicht nur Sand, es gab auch Kies und große Steine, der Junge war gleich losgegangen, um einen Mann zu holen, der unter all den essenden Leuten saß, er trug einen Binsenhut, ein Baumwollhemd und eine kurze Jeans, und als er dann auf mich zukam, hatte er in seiner Hand einen Spieß und in seinem Mund ein Stück Fisch, an dem er kaute, ich stellte mich zunächst vor und erzählte ihm von Garanti, den kannte er, »ja, ein guter Freund von mir«, sagte er, und ich erklärte ihm, dass ich noch am selben Abend nach Mayotte hinüberwollte, »tut mir wirklich leid, junges Fräulein, aber du musst bis morgen warten, unser Boot ist vor einer Stunde erst losgefahren, mit achtzig Personen an Bord, Rescapé, mein Partner, wird morgen in aller Frühe zurück sein, und klar, wenn du willst, steht dein Name auf der Liste der Leute, die morgen mit mir fahren«, bedeutete er mir in aller Ausführlichkeit, aber ich war schwer enttäuscht, als ich das hörte, bis morgen zu bleiben war für mich wie ein ganzes Jahr, ich wollte auf der Stelle los, fort von dieser Insel, die mich hatte auf die Welt kommen sehen,

Miraculé und Rescapé, die beiden Freunde, besaßen ihr eigenes Kwassa Kwassa und waren, wie Garanti hervorgehoben hatte, sehr bekannt, weil sie mit ihrem Geschäft so großen Erfolg hatten, »mit denen riskierst du nichts«, hatte er mehrmals betont, sie machten illegal hochriskante Überfahrten nach Mayotte, und wenn ich »hochriskant« sage, dann weil diese Überfahrten eben hießen, den Teufel zu versuchen, genau das habe ich getan, aber Miraculé und Rescapé hatten schon viele Menschen auf die Nachbarinsel geschleust, und wie Garanti sagte, war ich dort, wo ich mich jetzt befand, näher an Mayotte, das war nur eine Frage von zwei oder drei Stunden, bloß hätte ich nicht gedacht, dass ich in diese Stadt kommen würde, um bis zum nächsten Tag zu bleiben, noch dazu, wo sich an diesem merkwürdigen Ort alle Leute als Nachtschwärmer entpuppten, ich mag lieber die Geräusche der Natur als die der Menschen, die Geräusche der Natur verwirren und befreien mich zugleich, anders als die der Menschen, die verwirren mich nur, aber wie auch immer, Miraculé nahm mich mit zu sich nach Hause, das war gleich um die Ecke, wir brauchten nur ein paar Schritte zu gehen und standen mitten in dieser Ansammlung von Hütten, er hatte Frau und Kinder, die Frau war sehr aufmerksam und sanft, sie gab mir gekochte Bananen zu essen, gegrillten Fisch und eine Schale Reisbrei, aber ich bekam keinen Bissen hinunter, mein Hunger war stumpf geworden, so heftig war der Wunsch, endlich loszufahren, ich blieb dann noch draußen, um zu rauchen, wie ein Schlot rauchte ich, und dabei schaute ich zum Meer, das dort hinten im Dunkel lag, das waren die schönsten Augenblicke, die ich an diesem Ort erlebte, denn indem ich aufs Meer schaute, fühlte ich mich gehalten, und mein Herz schaukelte allerliebst, wie ein glückliches Kind in der Wiege, endlich fühlte ich mich wohl, vom Rauschen der Wellen wurde mir ganz leicht, und ich stellte mir vor, ich wäre zu Hause, auf der Terrasse, vor dem Strand von Mjihari, und während sich die Geräusche der plaudernden Menschen mit dem Rauschen der Wellen vermischten, vergaß ich nach und nach meine Sorgen,

in dem Zimmer, in dem ich schlafen sollte, tat ich die ganze Nacht kein Auge zu, ja, mit weit offenen Augen lag ich da und schlief keine Sekunde, vor allem weil dort große Mücken waren, die meine Ankunft offenbar feierten und sich meinen Körper schmecken ließen, ich fragte mich schon, ob das nicht ein Komplott war, das diese Meute unverschämter Insekten gegen mich geschmiedet hatte, außerdem gab es in dem Zimmer nicht den kleinsten Komfort, es war völlig leer, und in dieser Nacht, die so lang war wie ein Tag ohne Brot, sah ich nur auf die leichten Baustoffe, aus denen diese traditionelle Behausung errichtet war,

ich war früh auf den Beinen und ging gleich hinaus, um das Meer zu sehen, die Sonne war noch nicht aufgegangen, es waren nur wenige Menschen in der Nähe, und ich spürte, wie eine wohlige Brise mein Gesicht mit einem kühlen Hauch überzog, das Meer tanzte still vor meinen Augen, in dieser Welt ist das Meer morgens seltsam ruhig, genauso wie das Land, wenn man nicht weiß, was unter den Dächern geschieht, aber auf einmal sah ich in der Ferne ein Boot aufs Ufer zusteuern, es kam mit ohrenbetäubendem Lärm heran, das war der Lärm des Motors, und als die Person, die an Bord war, den Motor ausstellte, konnte ich hören, wie Stimmen in der Umgebung seinen Namen riefen, auf allen Lippen lag er, man hörte nur noch diesen Namen, Rescapé, dann war er es also, und als das Motorboot auf den Sand glitt, sah ich, wie auf einmal Miraculé erschien, viele weitere Menschen auch, die Hütten spuckten sie unaufhörlich aus, und sie empfingen Rescapé, als wäre er ein echter Milon von Kroton, Miraculé ging gleich auf ihn zu, sein Lächeln sagte alles Mögliche, beide machten ein überaus zufriedenes Gesicht, Auftrag ausgeführt, ja, ich konnte mir vorstellen, was die beiden so glücklich machte, und dann sah ich sie in einem herzlichen Miteinander langsam auf die Hütten zugehen, ein ewiges, fröhliches Geplauder, es war ihnen von den Lippen abzulesen, und immer wieder schallendes Lachen, aber auf einmal drehte Rescapé sich um, schaute zu mir, musterte mich kurz, bevor er mit Miraculé weitersprach, und dann kamen sie zu mir, und Miraculé sagte, »wie war noch mal Ihr Name, junges Fräulein«, und nachdem ich ihn genannt hatte, fragten sie mich, wie viel ich dabeihätte, um die Überfahrt zu bezahlen,

ich ging meine Tasche holen, und da hörte ich hinter mir, wie Rescapé sich über meinen Namen lustig machte, ja, mit gedämpfter Stimme rief er, »mein Gott, Anguille, da lachen ja die Aale«, und Miraculé, der vielleicht dachte, ich hätte es gehört, sagte zu ihm, »sei still«, in dem Moment hätte ich in die Luft gehen können, was erlaubte er sich, einen solchen Spott bekam man nicht im Supermarkt zu kaufen, natürlich kannte ich mich ebenfalls in der Sprache der Nattern aus, konnte mich meines eigenen Voltairismus bedienen, um ihm zu antworten, wenn nicht einer noch bissigeren Sprache, aber selbst wenn ich ihm gesagt hätte, dass er nur dank des Mitleids, das ich für ihn empfände, noch am Leben sei, hätte er mich nicht verstanden, die Überlebenden ließ ich nämlich heil davonkommen, sonst hießen sie ja auch nicht Überlebende, so wie Rescapé, der seine Irrfahrt überlebt hatte, fragte sich nur, ob er den Sinn seines Namens überhaupt gekannt hatte, ehe er sich damit schmückte, ich mag rüde Kerle wie diesen Rescapé nicht, es gibt Menschen, die sind so dreist und lachen egal wie, aber eins kann ich euch sagen, euch, die ihr gerne über andere lacht, Lachen allein reicht nicht, man muss auch wissen, wie man lacht, ohne zu einem Makaken zu werden, manche Wörter verschmutzen nämlich sowohl den Geist des Sprechers als auch den seines Gegenübers, so wie die Fürze auf die Gesundheit gehen, aber das sagte ich bereits, oder es ist das erste Mal, ich werde es nicht ein weiteres Mal sagen, dieser Rescapé dachte wohl, er hätte den schönsten Namen der Welt, ja, ich spreche immer noch davon, weil mich das wirklich auf die Palme gebracht hat, versucht nicht, mich zu unterbrechen, ihr, die ihr nicht da seid, und wenn ihr fragt, ob das eine Ehre war, ein solcher Name, Gott bewahre, lieber umkommen, als einen Namen zu tragen, der sich ans Elend klammert, denn im Überleben steckt das Elend, ich jedenfalls möchte niemals eine Überlebende sein, lieber sterbe ich hier, als dass ich gerettet werde, ja, als dass ich den Namen dieses Feiglings trage, der auch noch stolz darauf war, Überleben, was für eine Feigheit, wie gerne hätte ich es ihm heimgezahlt, aber ich tat so, als hätte ich nichts gehört,

ich gab ihnen alles, was mir noch geblieben war, damit sie mich mitnahmen, ich wollte bloß losfahren, das war für mich das Wichtigste, wollte nicht länger dortbleiben, allein schon dieser Rescapé, er widerte mich an mit seiner Art, auf die Person zu zielen, Schluss, ich sah ihn scharf an, aber er merkte es nicht mal, die beiden ließen sich alle Zeit, die Summe zu zählen, die ich ihnen gegeben hatte, wieder und wieder zählten sie nach, sie dachten also nur ans Geld, diese Geschäftemacher, Miraculé schaute irgendwann auf und sagte zu mir, »okay, du fährst dann heute um siebzehn Uhr mit, es kommen noch andere Passagiere, wir warten auf sie«, das gefiel mir natürlich gar nicht, erst um siebzehn Uhr, oje, wo ich schon vor Ungeduld verging, aber ich sagte nichts und brachte meine Tasche zurück in dieses Zimmer, wo ich eine schlaflose Nacht verbracht hatte, und da die Sonne langsam aufging, wollte ich sie mir ansehen, ich setzte mich also unter einen Seemandelbaum, der gleich vorn am Strand stand, so ein mickriges Ding, ganz und gar nicht wie der Seemandelbaum in unserem Viertel, der in Mjihari war ein alter Koloss, und er hatte schon viel erlebt,

von der Stelle aus, wo ich saß, konnte ich sehen, wie Leute kamen und unsere Geschäftemacher etwas fragten, sie gaben ihnen Geld und hörten sich aufmerksam an, was die beiden ihnen sagten, es waren mehrere Frauen darunter, mit Kindern oder Säuglingen, und irgendwann merkte ich, dass in der Umgebung ganz schön viele Leute waren, vermutlich Passagiere, denn sie waren überall verstreut, ich konnte sie gar nicht alle zählen, klar war mir nur, dass es an die hundert waren, und ich fragte mich, wo sie später wohl einstiegen, um nach Mayotte zu fahren, ich konnte mir nicht vorstellen, dass man uns in ein einziges Boot laden würde wie die Kokosnüsse,

die Sonne stand im Zenit, ich fühlte mich wie in einem Schmelzofen, und ständig weinten Kinder, ihre Mütter waren genervt, andere Mütter hielten ihre Babys unterm Chiromani und stillten sie, ein alter Mann hörte laut Radio und verscheuchte die ganze Zeit mit der Hand Fliegen, ich hörte deutlich den Sprecher des Senders, auf den er das Radio eingestellt hatte, ein Passagier war der Alte nicht, er schien zu dem Ort zu gehören, und als ich gerade meine Blicke über dieses Schauspiel schweifen ließ, sah ich in der Ferne eine Gestalt auftauchen, die mir sehr vertraut vorkam, und als ich genauer hinsah, traute ich meinen Augen nicht, es war Crotale, richtig, niemand Geringeres als meine Schwester, sie ging auf eine Traube Frauen zu, die im Schatten einer Hütte Schutz gesucht hatten, sie selber hatte mich nicht gesehen, und als sie die Frauen etwas fragte, schien sie ein wenig nervös zu sein, ich nahm an, dass sie nach mir suchte, und ich schwenkte meine Hand wie eine Verirrte in der Wüste, die mit irgendwas auf sich aufmerksam machen will, aber sie sah mich immer noch nicht, dafür bemerkte eine der Frauen mich, und indem sie mit dem Finger in meine Richtung zeigte, lenkte sie Crotales Blick auf sich, Crotale drehte sich auch gleich um, und kaum hatte sie mich erkannt, warf sie mir ein halbherziges Lächeln zu, ehe sie auf mich zulief, ich stand sofort auf und fragte mich, weshalb sie wohl herkam, »was will die denn schon wieder«, rumorte es in mir, und als sie dann, ganz langsam jetzt, näher kam, sagte sie, »Gott sei Dank, da bist du ja«, und setzte sich hin, wie um zu verschnaufen, und bevor ich auch nur einen Ton herausgebracht hatte, fing sie an zu erzählen, »Garanti hat mir gesagt, wo ich dich finden kann, ich hatte schon Angst, dich nicht mehr anzutreffen, ich dachte, du wärst bereits gestern losgefahren«, und dann schwieg sie seltsam still, als wartete sie darauf, dass ich ihr mit einem Wort entgegenkam, dass ich meine Stille brach, aber so war ich nun mal, ich war immer noch unter meinem Felsen, und die Stille, täuscht euch da nicht, ist der beste Schutz für einen Aal, und als hätte Crotale verstanden, was ich mich im Stillen fragte, sagte sie, kaum hörbar, »ich fahre mit dir«, natürlich wollte ich wissen, was das hieß, und ich bat sie, mir zu erklären, was zu Hause passiert war,

es wunderte mich sehr, dass Crotale auf einmal vor mir aufkreuzte und sagte, sie wolle mitfahren, wieso hatte sie Connaît-Tout verlassen und war hergekommen, was genau war passiert, fragte ich mich, und ich folgte all ihren Bewegungen, versuchte in ihrer Miene zu lesen, aber sie sah mich nicht an, während sie sprach, starrte vielmehr aufs Meer, mit einem traurigen und nachdenklichen Blick, und immer wieder brach sie ihre Sätze urplötzlich ab, für mich sagte sie im Grunde nichts, sie strapazierte nur meine Ohren, irgendwann fiel ich ihr ins Wort, »willst du mir jetzt sagen, was passiert ist, statt drum herumzureden«, und sie zögerte erst noch, aber dann sagte sie mir, die Frau von Garanti hätte nach meinem Aufbruch alles Tranquille weitererzählt, ja, sie war tatsächlich nach Hombo gegangen, zu Tante Tranquille, und hatte ihr von dem ganzen Kladderadatsch mit Connaît-Tout berichtet, und Tranquille, noch völlig unter Schock, war gleich zu Connaît-Tout nach Hause gerannt, dort kam dann alles auf den Tisch, Connaît-Tout und Tranquille standen im Hof, Crotale hatte sich hinter den Vorhang gestellt, an der Tür zum Hof, und hörte ihnen die ganze Zeit zu, es war ein hitziger Wortwechsel, die beiden schrien sich sogar an, Tranquille wollte von Connaît-Tout wissen, warum er mich rausgeworfen hätte, ohne ihr Bescheid zu sagen, offenbar rührte das an einen wunden Punkt, denn sie tobte immer heftiger, war ganz außer sich, vor allem als Connaît-Tout dann sagte, »das ist mein Haus, und das sind meine Töchter, ich mache mit ihnen, was ich will, ohne wem auch immer Bescheid zu sagen, wir sind hier nicht im Tollhaus«, und Tranquille, die nicht länger hinnehmen konnte, wie er mit ihr sprach, antwortete ihm, dass er sich irrte, und Connaît-Tout erwiderte, »ach ja, worin irre ich mich, willst du damit sagen, dass das nicht mein Zuhause ist oder dass es nicht meine Töchter sind, kann es nicht zufällig sein, dass du dich irrst«, worauf Tranquille sich erst noch ein wenig wand, sie wollte ihn nicht beleidigen und sagte, »nein, das ist es nicht, du irrst dich, wenn du glaubst, du hättest das Recht, die Kinder so zu behandeln«, und gleich wetterte Connaît-Tout wieder los und betonte, dass er keiner dieser Väter sei, die die Augen verschlössen vor einem schmählichen Fehlverhalten, er könne es nicht dulden, dass man ihm einen

Makel von solchen Ausmaßen in den Verstand pflanze, es habe ihn schon aus dem Gleichgewicht geworfen, als er erfahren habe, dass ich schwanger sei, er vegetiere nur noch vor sich hin, auch wenn er mich rausgeworfen habe, aber er werde nicht zulassen, dass seine Person in der ganzen Stadt zum Gespött werde, schließlich habe er keine Mühe gescheut, uns vor solchen Taten zu bewahren, und als Tranquille ihm dann klarzumachen versuchte, dass sie bei dieser Sache ein Wörtchen mitzureden habe, jawohl, weil sie wie unsere Mutter sei, stellte Connaît-Tout sich taub und redete weiter auf sie ein, sagte, dass er der einzige Hahn sei, der bei ihm zu Hause krähe, und in festem Ton sagte er am Ende noch, »schließlich habe ich dir deutlich gesagt, dass es meine Kinder sind, und niemand hat das Recht, sich in meine Angelegenheiten einzumischen, geh zu Anguille, wenn dir danach ist, aber lass mich in Ruhe«, und mit diesen Worten hatte er Tranquille so in die Ecke gedrängt, dass es aus ihr herausgesprudelt kam, nicht das kleinste bisschen von dem, worüber sie siebzehn Jahre lang geschwiegen hatte, ließ sie aus, »ach ja, das heißt, du weißt nicht mal, dass es gar nicht deine Töchter sind, oder, wusstest du das?«, sprang es ihr über die Lippen, und Connaît-Tout dachte, es wäre eine Provokation, bloß eine Provokation, und ein wenig beunruhigt zunächst, dann wie desinteressiert warf er ihr an den Kopf, »was soll das, was willst du überhaupt, kommst her und beleidigst mich, sag mir lieber, worauf du hinauswillst, Madame«, doch sein Gegenüber schaute immer ernster und betonte noch einmal, »das ist die Wahrheit, Connaît-Tout, seit wann lüge ich, ich weiß genau, was ich dir sage, es sind nicht deine Töchter, Connaît-Tout, deshalb wollte ich damals auch nicht, dass sie bei dir bleiben, ich habe alles getan, um es dir nicht sagen zu müssen, aber du hast es so gewollt, bitte sehr«, Connaît-Tout traute seinen Ohren nicht, bekam kaum ein Wort heraus, als er sie dann fragte, »wie das, kannst du es mir wenigstens erklären«, und Crotale konnte hören, erzählte sie mir, wie Tranquilles Stimme auf einmal umschlug, es war ein dramatischer Ton jetzt, ja, ihre Stimme zitterte ganz traurig, als ob sie weinte, denn auch ein ständiges Schniefen war zu hören, als Tranquille dann in Ruhe und ausführlich alles ans Licht brachte und Connaît-Tout enthüllte, dass unsere verstorbene Mutter ihr noch am Tag unserer Geburt etwas Schändliches anvertraut habe, nämlich dass sie von einem anderen Mann schwanger sei, ja, sie habe ihren Mann betrogen, sie fühle sich ganz schlecht und bedaure es unendlich, sie und der Mann hätten sich wie verrückt geliebt und ständig getroffen, sobald Connaît-Tout aufs Meer fuhr, und das alles bei uns zu Hause, in ihrem Schlafzimmer und auf der Terrasse, irgendwann habe ihr Geliebter sie fallenlassen, habe sie mit einer anderen Frau betrogen und sei dieser Frau gefolgt, sie habe ihm nicht einmal sagen können, dass sie schwanger sei, schwanger von ihm, nicht von ihrem Mann, das habe sie genau gewusst, aber das passiert ja oft, dass man von jemandem den Bund kennt, der an einem öffentlichen Ort gefeiert wurde durch das, was man Hochzeit nennt, nur gibt es manchmal eben auch andere, deren Bund niemand kennt, eben weil er vom Herzen in einem Felsen gefeiert wird, Mama hatte jedenfalls nicht gewusst, wie sie Connaît-Tout sagen sollte, dass sie ihn zwar liebte, das schon, nur eben nicht so abgöttisch wie diesen Mann, der die ganze Zeit in ihrem Herzen war, und wenn sie Connaît-Tout meinen Namen hatte auswählen lassen, dann um ihm zu gefallen, dabei wusste sie gar nicht, dass es eine doppelte Schwangerschaft war, mit zwei Babys, und wie Tranquille ihm erzählte, hatte Mama sich Sorgen um ihn gemacht, so große Sorgen, dass sie sich vor sich selbst schämte, das dauerte einfach seine Zeit, immer hatte sie versucht, es ihm zu sagen, hatte gelitten unter ihrem Schweigen, und Connaît-Tout, der sie so verdrossen sah, dachte, das käme von der Schwangerschaft, deshalb würde sie auch immer dünner, ja, irgendwann war sie so mickrig wie ein Kuckuck, bis sie sich eines Tages fürchterlich krank fühlte, die Geburtsschmerzen waren für sie ein Zeichen, dass sie bald sterben würde, und Connaît-Tout tat alles, damit Tranquille bei ihr war, ehe er loszog, um auf dem Markt Heilpflanzen zu kaufen, und dann hatte die Ärmste, so kurz vor der Entbindung, ihre Geheimnisse nicht mehr für sich behalten können, angesichts ihrer Todesqualen hatte sie Tranquille alles gesagt, nur nicht den Namen des Mannes, dem sie ihr Herz anvertraut hatte, des Mannes, der dieses Herz gebrochen hatte, ohne Erbarmen, so wie übrigens jeder gefräßige Mensch, die Frage war natürlich, ob die Schmerzen der Entbindung sie daran gehindert hatten, den Namen dieser schnöden Person Tranquille ins Ohr zu sagen, vielleicht hatte sie auch nur vergessen, ihn ihr zuzuflüstern, oder sie wollte ihn lieber für sich behalten aus Angst, ihren ganzen Felsen leer zu räumen, so wie ja auch ich Vorace' Namen in dem meinen aufbewahrte, jedenfalls hatte die arme Hochschwangere ihrer Schwester gesagt, sie möge sich um das Kind kümmern wie eine Mutter, dabei war es gar nicht ein Kind, es waren zwei, und sie gab Tranquille auch eine Entschuldigung für ihren Mann mit auf den Weg, »sag ihm die Wahrheit, und sag ihm auch, dass ich mich bei ihm entschuldige für diese Kränkung, die er nie wird vergessen können, sag ihm bitte, dass ich es auf ewig bereue und dass er ein guter Ehemann ist, dass er es verdient hätte, aufrichtig geliebt zu werden, aber dass ich mich verhalten habe wie ein undankbares Weib, ein falsches Luder, ein verdorbenes vor allem«, und während Tranquille diese Klageworte wiedergab, zitterte sie die ganze Zeit, so Crotale, und musste einfach weinen, auch Mamas Gesicht war tränenüberströmt gewesen, die Augen rot und geschwollen, der Ton weinerlich, und dann schrie Mama, Tranquille hätte gar nicht sagen können, ob es die Schmerzen der Entbindung waren oder die ihrer seelischen Wunden, und auf einmal kam das erste Baby, sein Schrei und der Schrei der Mutter fielen ineinander, für Tranquille war es ein unglaubliches Gewirr, sie wusste gar nicht, wem sie sich zuerst zuwenden sollte, der Gebärenden oder dem Baby, und da bemerkte sie auf einmal, dass die Mutter immer weiterschrie, weil da noch ein zweites Baby war, das ihr einen noch viel rasenderen Schmerz zufügte, Mamas Körper war ein einziges Zucken und Beben, alles brodelte in ihr, und als das zweite Baby dann da war, stieß sie nur noch einen letzten Seufzer aus, Tranquille sah, wie ihre Augen weit offen standen, reglos, klar, was glaubt ihr, ihre Rolle war zu Ende, sie hatte ihre Seele abgegeben, das ist normal, die gehörte ihr ja nicht, die Seele ist eine Art unsichtbare Lampe, die man uns für einen bestimmten Zeitraum leiht auf dieser dunklen Bühne, die man die Welt nennt, Mama hatte die ihre bei unserer Geburt abgegeben, weil ihr Vertrag beendet war, Tranquille war also Augenzeugin des Todes unserer Mutter gewesen, und sie selber hatte ihr die Augen geschlossen, denn offene Augen ohne die Seele machen einem nur Angst, sie erinnern an eine Bühne ohne Beleuchtung, eine Welt ohne Sonne also, Tranquille vergoss bittere Tränen, und da schrie sie dann zum ersten Mal, aus Leibeskräften, schrie sich den Schmerz aus dem Herzen, und ihre gellenden Schreie alarmierten die Nachbarn und die Passanten auf der Straße, auf einmal war das Haus voller Leute, und Tranquille sagte kein Wort mehr, sie war verstummt an diesem Tag, für einen ganzen Monat, alle dachten natürlich, der Grund wäre der Tod ihrer Schwester, aber das war eben nicht das Einzige, was sie bedrückte, auch Connaît-Tout hätte nie gedacht, dass seine Frau, bevor sie starb, seiner Schwägerin etwas derart Brisantes auftragen könnte, dabei war es dieses unerhörte Geständnis gewesen, das Tranquille zu einer Taubstummen machte, geschwiegen wie ein Grab hatte sie all die Jahre, die Sache war ja auch, dass sie selber nicht wusste, wer unser richtiger Vater war, und Connaît-Tout hatte alles dareingesetzt, uns zu behalten, fast hätte er sich deswegen mit Tranquille in die Haare gekriegt, und da Tranquille ihn nicht kränken wollte und vor allem das Bild ihrer Schwester nicht beschmutzen, hatte sie beschlossen, sich fernzuhalten, um in Ruhe nachdenken zu können, das war alles andere als einfach für sie, die Jahre vergingen schneller als gedacht, und wenn Tranquille uns besuchte, vermied sie es, dem armen Connaît-Tout zu begegnen, nicht dass es zum großen Knall kam, deshalb kam sie auch immer zu einer Zeit, wenn er auf dem Meer war, und verließ uns, sobald die Sonne am Himmel sank, sie wollte nicht mal zum Essen bleiben, so ging das siebzehn Jahre, und auf einmal stehen die beiden einander gegenüber, wegen eines Skandals, der eher mit mir zu tun hatte, und jetzt verstand ich auch den Sinn der Fragen, die Tranquille uns dauernd stellte, so oft hatte sie uns gefragt, ob wir keine Probleme hätten, ob wir nicht irgendwas brauchten, hinter ihrer Ruhe verbarg sich also etwas, was sehr viel überraschender war, so überraschend, dass wir jetzt, als wir das alles hörten, unsere Zweifel hatten, ob das die echte Tranquille war,

Connaît-Tout hatte alle Wortgewandtheit verloren, all seine lapidaren Sprüche waren verflogen, geblieben war ihm nur sein schlohweißer Kopf, nie im Leben hatte ihn etwas derart grausam ins Unglück gestürzt, ja, Tranquille hatte ihm alle Kraft genommen, und er war seinerseits verstummt, verstummt für immer, Crotale hatte, wie sie sagte, keine einzige Regung mehr von Connaît-Tout vernehmen können, nur Tranquilles Stimme erfüllte noch den Hof, und irgendwann war auch sie still, hoffte auf eine Reaktion von ihm, aber nichts, Connaît-Touts Schweigen wog immer schwerer, wie eine drückende Last, und nach Tranquilles Schweigen war auf einmal das lange Quietschen und dann das Zuschlagen der Haustür zu hören, und da hatte Crotale verstanden, dass Connaît-Tout gegangen war, ohne ein Wort, und die Frage war, ob er so unter Schock gestanden hatte, dass er allein sein musste, oder ob er ganz einfach seine Not hatte, gegenüber Tranquille die richtigen Worte zu finden, aber an Wörtern hatte es ihm nie gefehlt, so viel konnte ich mit Sicherheit sagen, diese Hypothese schien mir recht dünn zu sein,

Tranquille hatte Crotale gerufen und ihr mit verzweifelter Stimme gesagt, dass sie nicht dort bleiben könne, bei einem Mann, der nicht ihr Vater sei, »ich weiß nicht, was du für ihn jetzt bist, jetzt, wo er die Wahrheit kennt, aber ich kann dich nicht hierlassen, pack deine Sachen«, und dann meinte sie, Connaît-Tout hätte wenigstens etwas sagen sollen, damit sie gemeinsam eine Lösung fänden, aber er sei ohne ein Wort gegangen, Crotale war tief betroffen, das Schicksal kam ihr unendlich hart vor, und auch sie wusste nicht, was sie sagen sollte, und dann erklärte sie Tranquille, dass sie zuerst gerne wüsste, wo ich sei, »ich brauche sie, ich habe immer mit ihr zusammengelebt, ich möchte gerne, dass wir wie vorher zusammen sind«, und Tranquille sagte ihr, dass ich die Insel verlassen und nach Mayotte fahren wollte, sie wisse nicht, wo ich mich in dem Moment aufhielte, und da quietschte die Tür wieder, und Garanti kam herein, der zu Connaît-Tout wollte, klar, dann war er es gewesen, der Crotale alle Informationen gegeben hatte, damit sie mich einholen konnte, dabei hatte er ihr deutlich gesagt, dass die Chance, mich in Domoni zu finden, gering sei, da sie erst am nächsten Tag werde aufbrechen können, da hatte er recht, denn während Garanti ihr das alles sagte, war es schon dunkel geworden, also hatte Crotale die Nacht bei Tranquille verbracht, und die gab ihr alles, was sie brauchte, um zusammen mit mir die Fahrt nach Mayotte anzutreten, »wenn ihr Probleme habt, ich bin immer für euch da, ansonsten warte ich darauf, von euch zu hören«, hatte sie ihr noch ein paarmal gesagt, bevor sie sie gehen ließ, kaum hatte Crotale mir das alles erzählt, sah ich, wie sich nicht weit von uns entfernt ein großer Tumult erhob, in einem aufgeregten Durcheinander liefen die Passagiere auf den Strand zu, und da bemerkte ich auch die Gestalt von Miraculé, der ein Stück vor ihnen herging, es war also Zeit für die Abfahrt, ja, kein Zweifel, der Haufen war bereit, den Teufel zu versuchen, und ich sagte Crotale gleich Bescheid und nannte ihr die Abfahrtzeit, damit sie sich entschied, ob sie mit an Bord gehen wollte oder nicht, sie sagte, sie müsse noch die Überfahrt bezahlen, und ich nahm ihr das Geld ab und ging rasch in Richtung Miraculé, ich musste so schnell wie möglich bei ihm sein, vor dieser abenteuerlichen Schar, die da herbeigestürmt kam, und dann erzählte ich ihm von meiner Schwester, stakste so wie er mit langen Schritten, blieb ihm auf den Fersen, auch wenn ich schon außer Atem war, denn da lagen auch große Steine zwischen dem Kies, und er antwortete mir, ohne seinen Lauf zu unterbrechen, ein echter Geschäftemacher, dieser Miraculé, und nahm flugs Crotales Geld, ohne einen Hauch von Verärgerung, ohne zu zögern oder sich zu zieren, für ihn war das ein gutes Geschäft, das er sich nicht entgehen lassen konnte, und ich bin sicher, wären noch andere Neue gekommen, hätte er sie bereitwillig ebenfalls mitgenommen, wozu auch auf eine bestimmte Summe Geld verzichten, dabei waren wir schon unheimlich viele für dieses kleine Boot, und während er das Geld in der Tasche seiner kurzen Hose verschwinden ließ, als hätte er es gestohlen, sagte er mir, dass wir uns in wenigen Minuten auf dem offenen Meer befinden sollten, ich wollte Crotale rufen, damit sie der Gruppe folgte, aber dann fiel mir ein, dass ich meine Handtasche nicht dabeihatte, ich hatte sie in dem Zimmer gelassen, wo ich übernachtet hatte, ich musste also noch mal los und sie holen, die Tür des Zimmers war zum Glück nicht verschlossen, nur angelehnt, ich riss sie auf und stürzte hinein, ja, einfach so, ganz spontan, und dort, meine Güte, ihr werdet es nicht glauben, aber ich habe es gesehen, mit meinen eigenen Augen, nicht zu fassen, was für ein Idyll, was für ein schamloses Idyll, der Teufel soll mich holen, wenn ich lüge, aber das war eine außergewöhnliche Szene, ihr könnt euch nicht vorstellen, worauf meine Blicke fielen, auf zwei Lippenpaare, wie Saugnäpfe, die sich unter dem Schock meines plötzlichen Hereinplatzens voneinander lösten, knallrot von dem langen und heftigen Saugen, und klar, das waren natürlich die Lippen eines Mannes und einer Frau, oder was glaubt ihr, was das gewesen wäre, Uranismus oder Sapphismus, nein, ganz und gar nicht, weder das eine noch das andere, mal davon abgesehen, dass es besser gewesen wäre als das, was ich gesehen habe, denn auch wenn es Mann und Frau waren, der Haken an der Sache war nun mal, dass dieses Paar mir deutlich aalartiger zu sein schien, als ihr es euch denken könnt, das waren nämlich Rescapé und die Frau von Miraculé, richtig, die Ehefrau seines Freundes, die Frau, die einen so sanften und ausgeglichenen Eindruck gemacht hatte, aber sie war eben auch ein falsches Luder, da könnt ihr mal sehen, was unter einem Felsen so alles los ist, Falschheit, Falschheit und nichts als Falschheit, was für eine Welt, ja, oder besser gesagt, was für ein Schauspiel, allenthalben Untreue, Dreistigkeit und Perfidie, nichts anderes war um mich herum und selbst vor meinen Augen, ein Fluch, ich hatte die Nase voll, und jetzt hört gut zu, was ich euch sage, nicht von ungefähr kann ich alles, was ich hier ans Licht bringe, bezeugen, ich erzähle nur, was ich mit eigenen Augen gesehen habe, ohne ein Jota hinzuzufügen, und wenn ihr meine Meinung wissen wollt zu einer solchen Schandtat, denn schändlich ist das sehr wohl, dann sage ich, dass ich so etwas abscheulich finde und immer finden werde, ob heiß lodernde Flamme oder Strohfeuer, man muss genau wissen, was man will, ich hoffe, ihr versteht meine Sichtweise, klar, ich mag es auch, auf die tiefe Stimme meines Herzens zu hören, wenn es zu mir spricht und mich bittet, ihm ein solches Spielzeug zu schenken, aber dieses

Herz hat mir niemals gesagt, dass ich zwei Männer auf einmal lieben soll, außerdem habt ihr ja gesehen, was passiert ist, als ich nur einen einzigen Mann geliebt habe, warum also mehrere Personen lieben, wobei die Frage ist, ob man überhaupt zwei Menschen gleichzeitig lieben kann, wie soll das gehen, wozu soll es gut sein, den Röcken oder Hosen hinterherzujagen, ein Herz ist gemacht für ein einziges Herz, nicht für mehrere, genau das macht ja die Erhabenheit dieses unvergleichlichen Reiches aus, denn dieses arme, einzigartige Reich, das nichts anderes verlangt, als von einer Lampe erleuchtet zu werden, verliert seinen lichten Glanz, sobald man eine zweite hinzufügt, und eben das ist eine große Besonderheit, nur die verbrannten Hirne wollen es nicht begreifen,

als ich an diesem Tag nun zwei dieser Herzen dabei überraschte, wie sie ihren Bund unter einem Felsen feierten, tat ich so, als hätte ich nichts gesehen, klar, genau das wollten diese Herzen ja auch, und Rescapé und Miraculés Frau schwiegen still, zur Salzsäule erstarrt, die Köpfe gesenkt wie Kinder, die man bei einer Dummheit ertappt hat, ein Stück voneinander entfernt, aber einander gegenüber, während ich zwischen ihnen hindurchging, um meine Tasche von der Matratze zu nehmen, und erst da fragte ich mich, warum ich sie nicht dabei überrascht hatte, wie sie auf dieser Matratze *eine Pfefferschote aßen* und dabei schrien wie ich und Vorace oder wie die Katzen, die ich auf der Terrasse überrascht hatte, sie hielten Abstand zur Matratze, als hätten sie Angst vor ihr, also ehrlich, das wäre ein Schauspiel gewesen, aber sowenig ich auch gesehen hatte, war es doch nicht schlecht, hätte ich Rescapé auf der Frau von Miraculé erwischt, wäre es das Sahnehäubchen gewesen, ich hätte ihm zugerufen, »mach nur weiter, du mieser Lump«, ihr denkt vielleicht, ich scherze, aber von wegen, da kenne ich nichts, ihr müsst nur hören, was ich ihm gesagt habe, bevor ich schließlich ging, erst wollte ich einfach so gehen, ohne mit ihnen zu sprechen, aber dann blieb ich an der Tür stehen, weil mir etwas Wichtiges eingefallen war, ich musste Rescapé ja noch das Geld fürs Zimmer geben, ganz ohne zu buckeln und zu lächeln, das bestimmt nicht, außerdem hatte er verdient, zu erfahren, wer er wirklich war, denn ich fand, sein Name war es wert, sehr viel mehr, als er gedacht hätte, er verstand gar nicht, was das ist, ein Überlebender, da war ich mir sicher, er kannte den Sinn nicht, weil er bloß ein dummer Esel war, es war also höchste Zeit, dass ich es ihm beibrachte, und so sah ich ihn fest an und teilte ihm von Angesicht zu Angesicht Folgendes mit, »ein vollendeter Überlebender ist einer, der das Vertrauen eines Freundes ausnutzt und dessen Frau nachsteigt, einer, der still und leise ein aaliges Leben führt und sich über den Namen des Aals lustig macht, vor allem aber einer, der am Ende zu einem Schwein wird und es nicht mal weiß, weil er am liebsten für immer als Überlebender gelten will, jawohl, jetzt ist mir alles klar, lieb weiter, was du zu sein glaubst«, dann wandte ich mich an Miraculés Frau, ihr hatte ich nichts vorzuwerfen, ich musste sie also beruhigen, und ich sagte ihr ohne jedes Drumherum, »Madame, Sie brauchen sich vor nichts zu fürchten, ich verschließe fest die Augen vor allem, was mich nichts angeht, genau das tut ein Aal, fern jeder Vorstellung, ein Überlebender zu sein, dazu muss man stehen«, und dann verließ ich diese Suhle, eine Aalstatt war das, aber auch eine Suhle,

ich rannte wieder dorthin, wo ich Crotale zurückgelassen hatte, sie war immer noch da, aber als ich sie sah, verschlug es mir den Atem, sie war in Tränen aufgelöst, wie ein armes Würmchen, das unter dem Verlust eines Angehörigen leidet, und ich fragte sie, was sie denn jetzt wieder habe, aber sie bekam kein Wort heraus und deutete nur auf den alten Mann, der Radio hörte, »was ist los mit dem komischen Alten, scheint ja sehr beschäftigt zu sein mit seinem Kasten, er macht dir Angst oder was, oder hast du noch nie einen alten Mann mit einem Radio in der prallen Sonne gesehen«, sagte ich ungerührt und hielt Crotale für das weinerliche Mädchen, das ich kannte, aber sie zeigte nur wieder auf den alten Mann und sagte, »hör zu«, das war alles, mehr brachte sie nicht heraus, ich lauschte also auf die Stimme aus dem Radio, es klang wie eine wichtige Meldung, nur schniefte Crotale so erbärmlich, dass ich mich nicht darauf konzentrieren konnte, ich verstand lediglich den Namen Connaît-Tout, ja, immer wieder kam der Name aus dem Mund des Sprechers, wie in der Schule, ehrlich, als wollte er es den Leuten in die Köpfe bimsen, ich ging also auf den alten Mann zu, um besser hören zu können, aber es war schon vorbei, man hatte Musik aufgelegt, eine, die auf seltsame Weise bis ins Herz hallte, eine ganz und gar saturnische Melodie, ein Lamento, ich hasse so eine Musik, trotzdem musste ich den alten Mann fragen, was es mit diesem Connaît-Tout auf sich hatte, aber er verstand mich nicht, weil das Radio zu laut war, er musste es erst leiser stellen, und nachdem er mir zugehört hatte, war es ihm ein Vergnügen, mich aufzuklären, wie ein Lehrer, der einem faulen Schüler auf die Sprünge hilft, »es geht um einen Fischer aus Mutsamudu, einen Siebzigjährigen, bekannt unter dem Namen Connaît-Tout, schon ein seltsamer Name, laut Bericht ist er gegen Abend ohne Angelgerät aufs Meer gefahren, er muss recht angespannt gewesen sein, denn nach Aussage der Leute, die ihn haben losfahren sehen, hat er mit niemandem gesprochen, und dann ist er nicht mehr zurückgekehrt, heute Morgen haben Kollegen von ihm seine Piroge gefunden, leer, sie trieb auf hoher See, also, ich persönlich glaube, der Mann war nicht normal, in einem solchen Alter, ihm muss etwas in der Birne gefehlt haben, er hatte keine Chance, das Schlimmste aber ist, dass seine Töchter ebenfalls vermisst werden, vielleicht soll diese Familie ja aussterben, den Fischer werden sich die Fische jetzt wohl schon schmecken lassen«, der Alte hörte gar nicht mehr auf, und während ich an Connaît-Tout dachte, schickte er mit Freuden noch alles hinterher, was ihm durch den Kopf rauschte, ich machte lieber kehrt, um mir das nicht weiter anhören zu müssen, mir gingen schon die Nerven durch, schließlich hatte ich ihn nicht nach seiner Meinung gefragt, wieso antwortete er auf Fragen, die niemand gestellt hatte,

über diese Nachricht geriet ich schlagartig ins Sinnieren, Connaît-Tout war also auf hoher See verschwunden, hatte lieber verschwinden wollen, als weiter dieses Bild eines Mannes im falschen Haushalt abzugeben, das man ihm all die Jahre zugemutet hatte, ohne dass er es wusste, armer Connaît-Tout, er hatte alles getan, um nach dem schmerzlichen Tod seiner Frau die tiefen Wunden nicht zu spüren, und jetzt hatte er noch einmal zwei harte Schläge hinnehmen müssen, Schlag auf Schlag, und diese beiden Schläge, der eine so verhängnisvoll wie der andere, hatten ihm keine andere Wahl gelassen, als in den Fluten des Meeres zu verschwinden, er, der glaubte, er wäre mit allem gesegnet, um solche Katastrophen zu verhindern, er, der alle warnte, beriet, belehrte, Kinder und Erwachsene, alte Männer und alte Frauen, quer durch alle Generationen, er, der sich für einen entspannten Menschen hielt, weil er immer zufrieden war mit dem bisschen, was er besaß, so zufrieden, dass er sich lustig machte über die, die immer mehr haben wollten, und dann wird er aus heiterem Himmel getroffen, zuerst in die Brust, ein zweiter Pfeil geht direkt ins Herz, ein tödlicher Treffer, der ihn niederstreckt, bestimmt hatte er sich in die Tiefen dieser unendlichen Weite geworfen, um nie wieder aufzutauchen, er wünschte nicht mal, dass man seinen Körper fand, ja, er hatte alles getan, um ganz und gar zu verschwinden, nicht nur, weil er diesem Bild entgehen wollte, dem Bild eines Opfers einer außerehelichen Eskapade, sondern auch den Blicken und bissigen Bemerkungen der Leute, denn es gab viele böse Zungen, so wie es auch zu viele Augen gab, wenn jemandem ein Unglück geschah, man darf eben nicht vergessen, dass es nicht ausreicht, nur zu warnen, zu beraten oder zu belehren, man muss auch wissen, wer man ist und wo man ist, ehe man den Mund aufmacht oder die Klappe hält, will ein Hahn krähen, muss er sich zunächst vergewissern, dass er nicht neben einem Plagegeist steht, der jeden Moment in seinen Gesang einfallen kann, oder, um es deutlich zu sagen, nicht weil der Hahn so schön kräht, weiß er auch, was unter seinem Dach passiert, es gibt immer Fallen, denen man ausweichen muss, in allen Ecken lauern sie, darunter auch die schlimmsten, und sind die Menschen erst in mehrere Rollen geschlüpft, schaffen sie es nicht mehr, ihnen auszuweichen, ja, denn jeder hier ist ein Schauspieler mit vielfachen Rollen, manchmal wechselt man die Rolle, ohne dass man es weiß, ganz einfach weil man es nicht wissen will, deshalb schlägt das Unglück auch dort zu, wo es ihm passt, es kann mir nichts, dir nichts hereinbrechen, ungebeten wie der Tod, achtet also auf die Regieanweisung und hört nicht auf, eure Masken zu tragen, früher oder später werdet ihr sehen, was es heißt, zu spielen,

Wer mich liebt, der folge mir

ich lief rasch noch einmal zu Crotale, als ich sah, dass alle längst an Bord waren, außer Miraculé, der stand bis zu den Hüften im Wasser und machte sich am Motor zu schaffen, auch Rescapé war aus der Hütte herausgekommen, wo er mit dieser Frau gewesen war, die er unter einem Felsen mit seinem Freund teilte, ohne dass der davon wusste, aber er war am Ufer stehen geblieben, ein Stück weiter weg, und beobachtete das Boot mit den Leuten darin, erst dann ging er auf Miraculé zu, und jetzt standen alle beide über den Motor gebeugt wie zwei Ärzte über einem Schwerkranken, Crotale weinte immer noch, ich sagte ihr, das sei keine gute Idee, sich selber zu bestrafen, sie solle sich endlich entscheiden, ob sie mitkommen wolle oder nicht, schließlich sei sie groß genug, um zu wissen, was sie wolle, Connaît-Tout sei nicht mehr da, aber dafür könnten wir nichts, das sei sein Schicksal, uns bleibe nur das unsere, man müsse der Realität ins Auge sehen, mein einziger Wunsch sei es, in dieses Kwassa Kwassa zu steigen und nach Mayotte zu fahren, und ich würde gerne wissen, welches Ziel sie habe, worauf sie mir einen strengen Blick zuwarf, unsicher auch, als hätte sie etwas Bitteres zu sagen, was sie mir ersparen wollte, für mich war klar, dass sie nicht mochte, was ich ihr gesagt hatte, ja, sie hielt mich für jemanden mit einem stumpfen Herzen, für eine Person, die nichts als Herzlosigkeit bewies, die sich in ihrer Gefühllosigkeit und Gleichgültigkeit suhlte, so ein Quatsch, mich ließ das alles kalt, warum beurteilen die Leute andere immer nach ihren eigenen

Maßstäben, und das tun viele auf dieser Welt, sie erlauben sich alles, als würden sie sich selber überhaupt kennen, dabei sollten sie erst mal versuchen, all die Geheimnisse des Meeres kennenzulernen, wo sie schon so intelligent tun, aber sie sehen nur die Oberfläche der Dinge und rühmen sich, alles zu kennen, und dann nehmen sie sich heraus, irgendeinen Unsinn zu reden, zu egal welchem Thema und unter egal welchen Umständen, genug damit, was wollte diese Heulnase, dass ich mich zu ihr setzte und ebenfalls weinte wie ein Waisenkind, dass ich das kleine Mädchen spielte oder was, pah, das ist was für einen Backfisch, nicht für einen Aal,

während ich Crotale ungerührt beobachtete, hörte ich in der Ferne eine Stimme, vom Meer her, es war Miraculé, der uns rief, »Beeilung, junge Damen, nur noch ihr beide fehlt«, und da sah ich, dass er fertig war mit der Überprüfung des Motors, und warf Crotale rasch noch einen letzten Blick zu, sie ahnte, was ich ihr nun sagen würde, und mit festem Ton kam sie mir zuvor, »dann geh, ich bleibe hier und fahre zurück nach Mutsamudu, jemand muss dort sein und um unseren Vater trauern, er war ja doch ein Vater für uns, seien wir ehrlich, also, ich habe meine Entscheidung getroffen, triff du deine eigene«, ähnliche Worte hatte ich erwartet, das erstaunte mich kein bisschen, Crotale war ein verdammtes Fähnchen im Wind, sie auch, wollte mit mir fahren, als ich schon weg war, und kaum sieht sie mich, wird sie albern und möchte irgendwo trauern, als würde die Flut der Tränen, die sie die ganze Zeit vergossen hatte, nicht ausreichen fürs Trauern, aber sie wollte ihre Tränen vor einer Menschenmenge vergießen, damit man sie beachtete, damit es hieß, sie hätte ihren Vater geliebt, die Kleine, ja, sie wollte, dass es hieß, »ach, das arme Mädchen, Connaît-Tout hatte einen Engel an seiner Seite«, dann bitte, sollte sie doch gehen mit ihren Tränen, bevor sie mich noch ansteckte, was bringt das überhaupt, zu weinen, wenn die Person längst abgetreten ist, nun sagt schon, ihr, die ihr mich nicht hört und trotzdem da seid, das ist doch Unsinn, was ihr da macht, ihr wollt für immer auf der Bühne bleiben, auch wenn ihr miserabel spielt und die Zuschauer sich langweilen, als könntet ihr euch nicht vorstellen, dass sie die verschwendete Zeit am Ende bereuen, ich habe Crotale also noch kurz über den Kopf gestreichelt und ihr viel Glück gewünscht, mehr habe ich nicht zu ihr gesagt, und bin zum Meer runtergelaufen, zu meinem geliebten Meer, dabei konnte ich hören, wie Rescapé vom Ufer aus Miraculé im letzten Moment noch zurief, »da kommt sie, wartet«, der war nämlich schon in dem Kwassa Kwassa und wollte gerade den Motor anlassen und losfahren, ich rannte fast übers Wasser, besser gesagt, stolperte durchs Wasser, ich war klatschnass, und zwei der Männer, die in dem Boot waren, standen auf, um mir hineinzuhelfen, sie reichten mir die Hand und hoben mich aus dem Wasser, als hätten sie mit bloßen Händen einen großen Fisch gefangen,

als ich dann im Boot war, sah ich verblüfft, dass es inmitten dieser Menschenschar eine Ziege gab, aber umgedreht, die Füße mit einem Strick zusammengebunden, sie lag still und reglos auf dem Rücken wie ein Kadaver, sogar Fliegen setzten sich drauf, ohne dass das Tier auch nur mit der kleinsten Bewegung seiner Unzufriedenheit Ausdruck verlieh, ach, ich wusste ja nicht, wie es dann kommen würde, aber ich nahm auf einem Benzintank Platz, der stand gleich neben Miraculé, ich nehme an, es ist derselbe, auf den ich mich jetzt stütze, als Unterlage, um nicht zu ertrinken und verschlungen zu werden von dieser aufgewühlten, wütenden Unendlichkeit,

im Boot hockten wir so dicht gedrängt wie die Sardinen in der Büchse, ich fühlte mich gar nicht wohl in diesem Haufen, rechts neben mir stieß ich an eine dicke Frau mit einem Säugling im

Arm und vor mir an eine etwas jüngere, tatsächlich transportierte man in diesem furchtlosen Nachen mehr als achtzig Personen, einschließlich der Kinder, und dann noch die Ziege, sie mussten das arme Tier ins Boot gebracht haben, als ich meine Tasche holte oder von Connaît-Touts Verschwinden hörte, ich hatte also nicht mitbekommen, was am Strand alles passiert war, und als ich das Tier dann mitleidig ansah, sprach jemand im Boot zu mir, nur hatte ich gar nicht gemerkt, dass die Frage an mich gerichtet war, Miraculé fragte nämlich, »deine Schwester hat es sich anders überlegt, nicht wahr«, und als ich mich umdrehte und sah, dass er mich anschaute, sagte ich rasch Ja, dabei bemerkte ich, dass fast alle Mitfahrenden ihre Augen auf mich gerichtet hatten, einige mit so missmutigen Gesichtern, dass ich Angst vor ihnen bekam, irgendwann brach eine Frau das Schweigen, eine dicke Frau mit zwei Kindern, einem Säugling im Arm und einem Jungen, der sich an sie lehnte und Löcher in die Luft starrte, vielleicht hatte sie gespürt, wie verlegen mich ihre Mienen machten, und so traute sie sich, mir ohne Umschweife zu sagen, was alle anderen mir mit ihren bösen Blicken zu verstehen geben wollten, »junges Fräulein, man muss tapfer und entschlossen sein, egal was man unternimmt, vor allem wenn es eine gemeinschaftliche Unternehmung ist, ihr habt uns warten lassen, obwohl wir mehr sind als ihr, dass ihr es wisst, wir sind vierundachtzig Personen, und ihr wart nur zwei«, worauf eine andere Frau, die neben ihr saß, die Stirn in Falten legte und zu ihr sagte, »lass gut sein, es ist vorbei«, und da war mir klar, dass auch ich ihnen etwas sagen musste, und zwar eine Entschuldigung, ich entschuldigte mich also und sagte, meine Schwester sei schuld an der Verspätung, dann wollten sie wissen, warum sie die Überfahrt nicht habe mitmachen wollen, und ich sagte, »wir haben erfahren, dass unser Vater gestorben ist«, und da machten alle ein betrübtes Gesicht, ja, sie senkten die Köpfe, um mich mit ihren Blicken nicht zu verletzen, und ohne mich anzuschauen sagten sie, dass es ihnen leidtue, sie hätten sich nicht so erregen sollen, aber sie hätten das ja nicht gewusst und seien ebenfalls traurig über diesen bitteren Verlust, und dann entschuldigten sie sich ihrerseits, wie Saufkumpane, die merken, dass sie einen Fehler begangen haben, worauf eine Frau mich fragte, »und du warst trotzdem so mutig und bist mitgekommen«, und ihre Nachbarin meinte, »ihre Schwester ist ja schon zurückgefahren, da müssen doch nicht alle beide zurück, also bitte, das Leben geht weiter, ein Toter darf es nicht aufhalten«, und sie fingen an, einander leidenschaftlich zu widersprechen oder beizupflichten, bis ein Mann sagte, sie sollten sich beruhigen, »aus Achtung vor dem Andenken des Vaters von diesem jungen Fräulein«, sagte er noch, und da fragte ich mich, wie viele Männer wohl im Boot waren, und zählte, es waren elf, einschließlich Miraculé, für einen Moment war alles still geworden, nur der Lärm des Motors war zu hören, bei dem Dröhnen musste man sowieso fast brüllen, damit die anderen einen verstanden,

hinter mir, schon weit in der Ferne, sah ich Domoni, ich konnte den Strand, wo wir losgefahren waren, gar nicht mehr erkennen, und irgendwann verschwamm alles, aber diese Landschaft zog gierig alle Blicke an, ohne im Gegenzug ihren Hunger zu stillen, unaufhörlich war da ein Kribbeln, wie eine klare Welle, die ewig rollt, vor allem als die Sonne dann ins Meer sank, ein hinreißendes Bild, es erinnerte an ein Hochzeitsbett, ich weiß nicht, ob ihr ein solches Gefühl schon mal erlebt habt, wie es das Herz aufrührt, wenn ihr euch von Angesicht zu Angesicht der Person gegenüberseht, die euch vor Hoffnung erbeben lässt, aber genau das durchfuhr mich und strömte durch meine Adern, als wollte es mit diesem roten Saft konkurrieren, den die Menschen anreichern, um nicht zu sterben, ja, es gibt einfach keine sättigendere Nahrung für das Herz als eine Liebe, die von der untergehenden Sonne bezeugt wird, nur wird man leicht liebesfett, was viele noch nicht wissen, und der Mann, dem ich mein Herz anvertraut hatte, hatte mich enttäuscht, denn er hatte es gebrochen und mir ins Gesicht geworfen wie Ausschuss, es gab also gar keinen Grund, an die Liebe zu denken, nur wieso prickelte es dann so, zum Teufel damit, Schluss mit dem Quatsch, das alles dachte ich doch bloß, weil meine Blicke auf dieses rätselhafte Wesen fielen, denn manchmal ist die Sonne ja ein unglaublich betörendes Geschöpf, aber als ich merkte, dass sie mich zu weit fortführte, an einen Ort, an den nie mehr zurückzukehren ich mir geschworen hatte, drehte ich mich sofort um und betrachtete den schäumenden Weg, den dieses lärmende Ding durchs Wasser zog, ja, dieser Draufgänger, der uns mitnahm wie eine Ladung verfaulter Tomaten, um erbarmungslos die armen Wellen zu überfahren, als wären sie nichtsnutzige Strolche,

während ich noch mit den Augen dieser schäumenden Linie hinter unserem Kwassa Kwassa folgte, hörte ich undeutlich die Stimme eines Mannes, der von seiner Karriere in Mayotte erzählte, ich drehte mich zu ihm hin, weil ich wissen wollte, wer das war, und sah, dass er eine weiße Kappe und ein schwarzes Baumwoll-T-Shirt trug, nur sein Gesicht konnte ich nicht gut erkennen, weil er mitten in der Menge saß, dieser Mann lebte schon lange in Mayotte, wenn auch illegal, wie er sagte, und dabei schrie er fast, damit die Leute ihn verstanden, man hatte ihn festgenommen, als er aus einer Fähre stieg, mit der er von Grande Terre nach Petite Terre zur Arbeit gefahren war, er arbeitete als Maler, als Anstreicher, ja, und war mit einem Freund auf dieser Fähre gewesen, aber gleich beim Aussteigen hatte der Freund die Polizei bemerkt und war geflüchtet, noch mal Glück gehabt, der Maler nun, den man am Tag vor unserem Abenteuer abgeschoben hatte, sagte die ganze Zeit, er fahre zurück nach

Hause, »Mayotte ist mein Zuhause, dort gehe ich nie wieder weg«, schimpfte er, er fahre zurück und gehe direkt zu seiner Arbeit, er nehme die Arbeit wieder auf, die er am Vortag begonnen habe, so als wäre er nie festgenommen und ausgewiesen worden, er werde sein Leben einfach weiterführen, denn schließlich sei er Maler von Beruf, und einen Arbeitgeber finde er immer, er werde eine Familie gründen und weiter frei dort leben wie bei sich zu Hause, niemand könne ihn davon abhalten oder dazu bringen, seine Meinung zu ändern,

ein anderer Mann, der ihm gegenübersaß und es in Mayotte als Tischler zu etwas gebracht hatte, sagte, ganz bestimmt sei sein Essen noch nicht verdorben, er werde es sich schmecken lassen, sobald er ankomme, vor seiner Festnahme habe er sich nämlich zu Hause einen leckeren Hühnertopf gekocht, er war ebenfalls am Vortag abgeschoben worden, und das nicht zum ersten Mal, wie er sagte, aber wann immer man ihn abgeschoben habe, sei er gleich am nächsten Tag ganz entspannt zurückgekehrt, er werde essen, was er am Vortag zubereitet habe, und seinen Beruf unbeeindruckt weiter ausüben, als hätte er nur einen kleinen Ausflug gemacht, »ich bekomme immer eine kostenlose Überfahrt, mindestens einmal im Jahr, und dann kann ich meine Familie besuchen, nur dass ich jedes Mal in Handschellen bin wie ein Dieb, wenn sie mich aufs Schiff bringen, oder wie ein Herrscher mit seiner Eskorte, denn das alles ist immer auch ein Spaß, ja, man muss sich im Leben ein bisschen amüsieren, selbst mit der Polizei«, tönte er, worauf ein paar der Mitfahrenden vor Lachen prusteten, und eine Frau, die ich nicht sehen konnte, aber undeutlich vernahm, fragte ihn, wie man ihn denn festgenommen habe, und so fing er an zu erzählen, er war mit einem alten Freund aneinandergeraten, einem Kunden, besser gesagt, denn ist der Handel erst geschlossen, gibt es keine Freundschaft mehr, da heißt es Wort halten und tun, wozu man sich verpflichtet hat, die Ehre retten, bevor der Ruf beschmutzt ist, schließlich hat man, wie ihr wisst, schnell Dreck im Gesicht, sobald im Spiel ist, was man Geld nennt, erst muss alles bezahlt sein, dieser Kunde jedenfalls, so erzählte der Tischler, hatte ihn arbeiten lassen, ohne das vereinbarte Geld zu zahlen, und das, obwohl er ein hoher Beamter war, aber er hatte Möbel bestellt, nachdem er jeden Tag in Verzückung geraten war über all die verschiedenen Möbel, die der Tischler für andere Kunden anfertigte, tatsächlich kannten sie sich schon seit Monaten und waren Freunde geworden, der Tischler hatte also großes Vertrauen in ihn, und als der Beamte dann eines Tages selber Möbel bestellte, machte er sich auf der Stelle an die Arbeit, vor allem weil er die stolze Summe einstecken wollte, die sein Freund ihm versprochen hatte, doch als die Möbel fertig waren, zahlte der Beamte nur die Hälfte des Geldes und versprach, den Rest bekomme er in den nächsten Tagen, also sagte der Tischler, er könne die Möbel ruhig mitnehmen, in der Hoffnung, der Mann würde die restliche Summe schon zahlen, aber nein, der Beamte hatte sein Wort gebrochen, hatte die Möbel mitgenommen und seine Schulden vergessen, war spurlos verschwunden, und so zogen die Monate ins Land, schließlich anderthalb Jahre, er hatte alles getan, um nicht mehr an der Werkstatt des Tischlers vorbeizukommen, obwohl er auf dem Nachhauseweg früher immer dort vorbeigekommen war, aber er nahm andere Wege, um dem Tischler nicht mehr zu begegnen, und der wusste gar nicht genau, wo dieser Schuft wohnte, doch dann trafen sie eines Tages vor einem Supermarkt aufeinander, der Beamte wollte gerade in sein Auto steigen, und als er sah, dass der Tischler ihn bemerkt hatte und festen Schrittes auf ihn zukam, tat er, als kramte er in seinem Gedächtnis, als könnte er sich nicht an ihn erinnern, danach versuchte er es auf die schleimige Tour, er entschuldigte sich und sagte, es sei ihm völlig entfallen, dass er noch Schulden habe, aber der Tischler schwor ihm, er werde ihn nicht eher gehen lassen, als bis er ihm sein Geld bezahlt habe, anderthalb Jahre habe er darauf gewartet, länger warte er nicht mehr, er wolle das Geld auf der Stelle haben, kein weiteres Wort, andernfalls werde er sich mit ihm schlagen und auch ihre Freundschaft vergessen, so wie er das Geld vergessen habe, und als der andere seine Worte in den Wind schlug und gehen wollte, packte der Tischler ihn am Kragen, vor einer Menschenmenge, die immer weiter angewachsen war, man hätte meinen können, ein Dieb und ein Polizist würden sich prügeln, und beinahe hätten sie sich ja auch geprügelt, nur war die Polizei tatsächlich schon da, sie zerstreute die Menge, und dann fing der Tischler an, sich zu rechtfertigen, aber der Beamte ging immer wieder dazwischen, »das stimmt nicht«, sagte er sehr selbstgewiss, »das ist nur eine Masche, um die Leute übers Ohr zu hauen, ich bin längst nicht sein erstes Opfer, ein Betrüger ist das«, worauf der Tischler den Polizisten sagte, er könne ihnen seine Werkstatt zeigen, und er schwöre, wenn hier einer lüge wie gedruckt, dann der Beamte, aber der gab ihm den Rest, als er den Polizisten sagte, »das ist ein Illegaler, der ist nicht mal richtig eingewandert, und wenn Sie glauben, dass ich lüge, fragen Sie ihn doch nach seinen Papieren, er flieht immer vor der Polizei«, das konnte er gefahrlos vorbringen, denn der Tischler hatte ihm seine Herkunft und seinen Status auf mahorischem Boden nicht verschwiegen, also fragte die Polizei, die sowieso jeden überprüfte, der ihr ins Netz ging, sie nach ihren Papieren, alle beide, und der Beamte holte seine aus dem Wagen, nur der Tischler sagte, er habe keine Papiere, er wolle sein Geld haben, also wurde er festgenommen, die Hände mit Handschellen auf dem Rücken, und zuerst versuchte er noch, sich der Polizei zu widersetzen, und verlangte immer wieder sein Geld, »ich gehe mit Ihnen, aber nur, wenn er mir sofort mein Geld gibt«, doch die Polizisten hörten gar nicht mehr zu und kassierten ihn schließlich mit Gewalt ein, der Ärmste durfte zusehen, wie der Beamte ihm ein spöttisches Lächeln schenkte, bevor er in sein Auto stieg, und der Tischler fühlte sich so gedemütigt, dass er ihm vom Polizeiwagen aus zurief, »du wirst schon noch sehen, wer von uns beiden der Betrüger ist, du aasige Kanaille«, dann hatte man ihn zur Wache gebracht und eine Stunde später zum Hafen, zusammen mit anderen Illegalen, es waren unheimlich viele, auch der Maler war dabei, denn wie der Tischler in seinem Groll sagte, hatte die Polizei an diesem Tag an verschiedenen Orten eine große Razzia durchgeführt, und kaum waren sie am Hafen, hatte man sie auf ein Schiff gesetzt und nach Anjouan zurückgeschickt wie ein gefährliches Gepäckstück oder irgendwelche Kreaturen, die Unglück bringen, ja, wie irgendein Gesindel, das nur die Umwelt verschmutzt, aber genau wie der Maler sah der Tischler diese Abschiebungen anders, er war der Meinung, auch sie hätten Rechte auf mahorischem Boden, und er redete unablässig auf die anderen im Boot ein, »das ist alles unerheblich«, sagte er, »sie schenken uns eine Gratisfahrt, damit wir unsere Familien besuchen können, ist doch besser als nichts, außerdem haben sie so eine Beschäftigung, statt für nichts fette Gehälter zu beziehen und Hähnchen zu essen, und wir sind gut bedient, denn Mayotte, liebe Brüder und Schwestern, ist unser Zuhause, lasst nicht zu, dass man euch mit irgendwelchen Trikoloren blendet, glaubt diesen Träumern nicht, sie irren sich, wenn sie sich für Franzosen halten, das ist alles unerheblich, lasst es euch gesagt sein«, und wenn man ihn so hörte, hätte man denken können, er wollte uns Unterricht erteilen, für eine ganze Zeit war er der Einzige, der das Wort hatte, wie ein Hirte vor seinen Schäfchen, man konnte richtig hören, wie seine Stimme gegen das Motorgeräusch ankämpfte, ein Wortgefecht, das sich länger als eine Stunde hinzog, Kehle gegen Maschine, Speichel gegen Treibstoff, Erzählen gegen Dröhnen, eine Geschichte gegen das inhaltsleere Getöse, schließlich sagte der Tischler, er habe, wann immer man ihn abschob, auf dem Schiff neue Freunde kennengelernt, gestern zum Beispiel welche, die in Mayotte als Bauern oder Fischer arbeiteten, aber auch als Elektriker, Schneider oder Maler, so wie der Maler in unserem Boot, seit dem Vortag seien sie beide zusammengeblieben, und dann schilderte der Tischler uns, wie man sie, die illegalen Migranten, im Hafen von Mutsamudu verhöhnt hatte, kaum dass sie Anjouan erreichten, aus allen Richtungen erschollen die Rufe, »da kommen sie, die Pwerés, so viele heute«, ja, so riefen sie sie, mit diesem Fischnamen, *pweré*, das heißt Bonito, denn man sah sie als Bonitos an, die die mahorische Polizei gefischt hatte, es war der einzige Moment, in dem man sich wirklich schämen oder peinlich berührt sein konnte, die meisten aber schienen es einfach hinzunehmen, mehr noch, sie riefen überschwänglich, »gleich heute Abend fahren wir zurück, in weniger als vierundzwanzig Stunden sind die Pwerés wieder dort, wo sie herkommen«, sie waren wirklich dickköpfig, tapfer auch, und standen dazu, dass sie Bonitos waren, aber Bonitos von einer anderen Art als die im Meer, denn »welcher Bonito kann schon zurück ins Meer, nachdem er gefischt wurde, nur die cleversten Bonitos«, und so stopften sie ihren unverbesserlichen Spöttern das Maul,

während der Tischler uns das alles erzählte, hörte ich auf einmal einen Säugling schreien, das Baby fing immer wieder an, so laut, dass seine Schreie die Stimme des Tischlers verschluckten, und erst da merkte ich, dass es Nacht wurde, mir war gar nicht aufgefallen, dass die Sonne und auch das Dämmerlicht längst verschwunden waren, ich saß nämlich ganz gekrümmt da, damit mir nicht schlecht wurde, aber es hatte nichts genutzt, in meinem Kopf drehte sich alles, vielleicht hatte ich mich beim Betrachten dieser schäumenden Linie, die mich so begeisterte, verausgabt, ich versuchte anzukämpfen gegen die unsichtbare Last, die meine Augen immer schwächer werden ließ, meine Lider schwer, dann meinen Kopf und schließlich meinen ganzen

Körper, das alles war stärker als ich, dazu kam noch ein widerlicher Schluckauf, ein unangenehm munteres Zittern auch und ein ständiges, aus dem tiefsten Inneren aufschießendes Sodbrennen, ja, ich musste mich übergeben, aber es kam nur Flüssiges heraus, beim ersten Mal ergoss sich diese Flüssigkeit in den Nacken der Frau, die vor mir saß, und ich sah, wie ihr das Erbrochene über den Hals lief, den Rücken hinunter, wie es nach und nach ihr türkisblaues Kleid tränkte, eine gelbliche Flüssigkeit nur, sonst nichts, aber ich hatte ja auch nichts gegessen an diesem Tag, hatte nur losfahren wollen, mein Inneres gab also nur eine heiße, brennende Flüssigkeit von sich, und ich konnte sie genau verfolgen, bevor die Frau sich umdrehte und mich voll Ekel und zugleich mitleidig ansah, sie hatte sich erst nach einer ganzen Weile zu mir umgedreht, warum auch immer, vielleicht dachte sie, es sei ein Schwall Wasser gewesen, wie das Meer ihn mit dem Wind immer wieder hereinfegte, aber da hattest du dich geirrt, du arme Frau, ich hatte dich beschmutzt, hatte unabsichtlich meine Flammen, mein Ätzwasser über deinem Nacken ausgegossen, um meinen Kummer dort einzugravieren, dein Rücken war nur eine zufällige Kupferplatte, du selbst die Leidtragende, ich schämte mich richtig, als sie mir dann ihren zweideutigen Blick zuwarf, ja, so einen süßsauren, und in dem Moment sah ich ihr pausbäckiges Gesicht, aber warum hatte sie Mitleid mit mir, vielleicht, sagte ich mir, machte ich ja einen so erbärmlichen Eindruck, dass sie mit einer Sterbenden nicht streiten wollte, ich kam schon auf die merkwürdigsten Gedanken, vielleicht war ich ja tatsächlich schwer krank, oder es waren Anzeichen meiner Schwangerschaft, dann wüssten jetzt alle im Boot, dass ich schwanger war, und würden sich mit ihren Fragen überschlagen, das durfte ich nicht zulassen, wer setzt sich schon freiwillig auf den Verhörstuhl, aber wie auch immer, was kümmerte es mich, sollten sie ruhig etwas ahnen, nur für die Frau tat es mir leid, ich konnte nichts für sie tun, wie bei einem Vulkanausbruch war es aus mir herausgekommen, und lässt sich ein ausbrechender Vulkan aufhalten, niemals, ich hatte gerade mal einen Teil in meinem Mund zurückhalten können, mich zum Meer hin gedreht und ihn ausgespuckt, das war gar nicht so leicht, sich in diesem Haufen umzudrehen, man kam gar nicht umhin, einander zu berühren, die Köpfe stießen die ganze Zeit aneinander, schlugen einer gegen den anderen wie Weinflaschen, ja, und so kam mir der Name meines Lieblingswassers wieder in den Sinn,

aber was ich sagen wollte, ich musste wirklich aufpassen, dass ich keinem der anderen im Boot etwas antat, deshalb hielt ich meinen Kopf zwischen den Beinen vergraben, so hörte ich auch den Lärm des Motors nicht so laut und konnte mich auf die Geschichte des Tischlers konzentrieren, immer wieder spürte ich, wie eine große Woge sanft an mir vorbeizog, die salzigen Tröpfchen, die sie sprühte, nässten mein Haar, meine Hände und meinen Rücken, ich hatte ein wenig davon probiert, weil ich sicher sein wollte, dass das Meer sie ausspie und nicht der Himmel, ja, sie waren salzig, und als ich dann wieder das Baby schreien hörte, hob ich den Kopf, die Schreie waren so gellend, dass sie den Motor übertönten, und ich sagte mir, dass das Kind wahrscheinlich Angst hatte, aber das konnte ich natürlich nicht wissen, vielleicht fragte es sich auch, wohin man es brachte, richtig dunkel war es in dem Moment allerdings noch nicht, das Schlimmste kam noch, und niemand ahnte es, sagen wir es mit einem Spruch meines Vaters Connaît-Tout, wenn er von einem Unheil sprach, das über einen Freund kommen mochte, den er nicht ausstehen konnte, »das ist nur der Strick, der Ochse kommt gleich hinterher«, der schreiende Säugling jedenfalls hatte die anderen Kinder, die bis dahin in bitterem Schweigen ausgeharrt hatten, mit seiner Angst angesteckt, und auf einmal war zu hören, wie fast alle Kinder weinten, und so wie sie ihre schrillen Schreie zu einer Welle verwoben, hätte man meinen können, man befände sich inmitten eines verstimmten Chors,

die Mütter dieser aufmüpfigen Kleinen, die da so jämmerlich plärrten, wurden nervös, weil sie merkten, dass sie verantwortlich waren für diesen Heidenlärm, die Kleinen hörten einfach nicht auf mit ihrer erbitterten Musik, die so unangenehm in meine Ohren drang, schließlich fuhr unser Anführer aus der Haut, Miraculé schrie die Frauen an, sie sollten ihre Kinder beruhigen, »ich weise Sie darauf hin, meine Damen, dass wir uns der mahorischen Küste nicht nähern können mit einem solchen Radau im Kwassa«, wetterte er, wie um sie zu warnen, und dabei fragte ich mich, ob das hieß, dass wir schon in der Nähe von Mayotte waren, am Himmel zogen Wolken auf, und auf einmal war alles tiefschwarz, wie ein Spuk umhüllte uns die Finsternis, wir spürten sie direkt am Körper, alles war stockdunkel, wir selber genauso, und eine drückende Müdigkeit lastete auf mir, als würde ich selber durchs Wasser pflügen und nicht das Boot, die Kinder beruhigten sich nach und nach, aber da war noch dieser Säugling, der einfach keine Ruhe fand, die Leute nahmen ihn in die Arme, um ihn zu wiegen, ihm etwas vorzusingen, mit ihm zu sprechen, auf ihn einzubrabbeln, auch wenn er gar nicht zuhörte, mit allen möglichen Gegenständen versuchten sie ihn zu besänftigen, mit Plastikflaschen, Brotstücken, Trinkwasser, dann mit allen möglichen Faxen und Grimassen, angefangen mit einem Lächeln, mal sanft, mal überschwänglich, mal wütend, mit einem forcierten Lachen auch, wie die Verrückten, aber das Kind hörte einfach nicht auf, uns die Ohren vollzuheulen, dann kamen die großen Wellen, und alles, was wir anhatten, war nass, unsere Körper, selbst unsere Herzen, ich hörte Kinder und Frauen, die sich übergaben wie vergiftete Katzen, dann Männerstimmen, die irgendwas vor sich hin stammelten, es musste etwas Furchtbares sein, sie sprachen von einem fahlen Licht, das sie in der Ferne bemerkt hätten, das könne die mahorische Polizei sein, die dort lauere, sagten sie, oft würde sie bewusst die Aufmerksamkeit auf sich lenken, um die illegalen Motorboote dann zu überrumpeln, was bildeten die sich ein, diese Polizisten, alle schienen in Panik zu geraten, nicht wegen des wild gewordenen Meeres, sondern wegen des dämmrigen Lichts, das man für ein Signal der Polizei hielt, und dann brauste es auf einmal, ein Geräusch ähnlich dem Zischen einer Schlange, ich konnte genau spüren, wie sich dieses unsichtbare Wesen durch die Gänge meiner Ohren schlängelte, ja, unablässig streichelte mich der Wind, aber ich achtete nicht weiter auf ihn, weil die großen Wellen uns immerzu bespritzten, wie die Kugeln bei einer Schießerei gingen sie auf uns nieder, und eine Schießerei war es allerdings, was diese kapriziöse Schwester des Landes da in Gang gesetzt hatte, das Meer, ja, Zwillingsschwester des Landes, launisch und aufsässig, seit jeher voller Neid und Eifersucht auf die andere in giftigem Schweigen, eine jede der beiden im strahlenden Glanz dank der Vielfalt der Lebewesen und der Reichtümer, die sie in ihrem Leib tragen wie eine schwangere Frau, aber das Land glaubt sich dem Meer überlegen, weil unter den Geschöpfen, die es hervorbringt, die Menschen sind, und die sind, denkt es, vernunftbegabt, können seine Form gestalten, es verschönern oder verschandeln, lebenswert machen oder unerträglich, können noch dazu das Meer an sich reißen, es besiedeln, verschmutzen und in Land verwandeln, nachdem sie seine Reichtümer geplündert haben, ein Konflikt bleibt also im Verschwiegenen zwischen den beiden geheimnisvollen Schwestern, das weiß nur noch niemand, denn das Meer und das Land, diese beiden Frauen, sind eben, wie gesagt, voller Geheimnisse, sie können es sich nicht versagen, eine Überraschung an die andere zu reihen, lassen vielmehr einen anderen Konflikt aufscheinen, keinen stillen, und in diesem Streit stehen sie einem anderen

Feind gegenüber, denn eines vergessen sie nie, was sie im Übrigen verbündet, nämlich dass sie einen gemeinsamen Feind haben, und dieser Feind ist die menschliche Grausamkeit, ja, seit die Welt eine Theaterbühne ist, hören die Menschen nicht auf, sich zu verhalten wie überspannte, launische Kinder, sie spucken die wildesten Töne und zeigen eine maßlose Grausamkeit gegenüber der schmückenden Ausstattung, die sie für Firlefanz halten, ein Dekor, das doch so meisterlich ist, ungemein reich, immer harmonisch und heilsam, zum Wohle der menschlichen Seele, oft nennt man diese Kulisse Umwelt, die Prahlerei aber ist Gift für die menschliche Seele, viele nehmen dieses Gift als Droge zu sich und wissen es nicht mal selbst,

das Meer rächte sich also an diesem Tag, immer und immer wieder brachen sich die Wellen an unseren Köpfen wie an Klippen, unsere Körper waren verschimmelte Schwämme, vollgesaugt mit Salzwasser, und unter den Tränen des Säuglings wurden der Nebel und die Böen hart, der Wind wehte nicht länger sanft, unbändig peitschte er uns ins Gesicht, die Augen der Passagiere waren weiter auf dieses absurde Dämmerlicht gerichtet, dort hinten, in einiger Entfernung, und sie murmelten alle möglichen Gebete, Beschwörungsformeln, Koranverse, einige beteten laut und mit gefalteten Händen, andere widerstrebend, man hätte meinen können, in diesem Boot brummte ein Schwarm Fliegen, dann dröhnte auf einmal der Motor nicht mehr, ich drehte mich um, wollte sehen, wieso, Miraculé hatte ihn absichtlich ausgestellt, ja, sagte unser Anführer, das müsse er, so machten Miraculé und Rescapé es nämlich immer, wenn sie sich der mahorischen Küste näherten, man durfte keinen Lärm machen, damit die Polizei niemanden kommen hörte, das Boot musste also über die brausenden Wellen gleiten wie ein Tausendfüßler über die Kleider einer Verrückten, aber die Verrückte hörte nicht auf zu schäumen, statt uns ein freundliches Lächeln zu schenken, die Wellen rollten immer schneller heran, schlugen immer höher, und das Kind hörte nicht auf zu plärren, Miraculé schien nervös zu werden wegen dieser Schreie, und er holte zwei Ruder hervor, um das Boot rasch voranzubewegen, ein Mann nahm eins der beiden Ruder, um ihm zu helfen, offenbar war es keine leichte Aufgabe und sehr anstrengend, irgendjemand sagte, es sei zu viel Wasser im Boot, die Ziege würde leiden, und der Anführer erklärte, man müsse die Ziege über Bord werfen, damit das Boot besser vorankomme und nicht versinke, der Besitzer der Ziege stimmte ohne Umschweife zu, er hatte viel Geld bezahlt, um seine Ziege mit nach Mayotte zu nehmen, aber nun sah er sich verpflichtet, sein Einverständnis zu geben in der Hoffnung, dieser Gefahr mit heiler Haut zu entrinnen, für ihn war das in dem Moment am wichtigsten, das arme Tier sah schon fast aus wie Aas, es hatte zu viel Wasser geschluckt, und nicht irgendwelches Wasser, sondern Salzwasser, sie warfen es also in diese wütende Unendlichkeit, und ich dachte schon, das Meer würde sich beruhigen, es hatte ja ein großes Stück Fleisch bekommen, aber nein, das reichte ihm nicht, es brachte das Boot weiterhin fast zum Kentern, war wie entfesselt, wie sollte man dabei rudern, Ungeheuer waren die Wellen, hinderten die beiden Ruderer daran, ihre Arbeit zu tun, und auf einmal verlor der Mann, der Miraculé half, sein Ruder, die Ungeheuer hatten es verschlungen, hatten es ihm einfach aus den Händen gerissen, beinahe wäre er ebenfalls in ihr wütendes Maul gefallen, er hatte es gerade noch geschafft, der arme Mann, und ich sah, wie enttäuscht Miraculé war, er machte eine mürrische Miene, in seinen Augen lag ein plötzlicher Verdruss, und er schaute sich in alle Richtungen um, als suchte er nach etwas, um die Wellen zu besänftigen, die Wut dieser Kreaturen war auf dem Höhepunkt, die Brecher, die sie auf uns warfen wie aus Kanonen, waren ganze Sturzbäche, und irgendwann wunderte ich mich, dass ich keine Kinderschreie mehr hörte, nur noch ein Murmeln von Gebeten, ein Brummen auf den Lippen, dazu das Lärmen der Wellen und das unaufhörliche Tosen der Brecher, und ich fragte mich, wer oder was den kleinen Schreihals hatte beruhigen können, es war eine sonderbare, drückende Stille, sie währte ein paar Minuten, und auf einmal, der Teufel soll mich holen, wenn ich lüge, hörte ich eine Frau schreien, »nein, mein Kind, mein Kind, guter Gott, was habe ich getan, mit meinen eigenen Händen habe ich mein Kind getötet, Himmel, Erbarmen«, und die Leute wunderten sich sehr, die Gebete verstummten, alles drehte sich zu dieser Untröstlichen um, und dann war klar, was passiert war, die Frau hatte den Mund und die Gliedmaßen ihres Kindes fest umschlossen, damit es nicht weiter schrie oder zappelte, aber irgendwann hatte ihre Hand dem Säugling auch die Nasenlöcher zugehalten, mit aller Kraft gedrückt hatte die Mutter und dabei nicht mal auf das sterbende Kind geschaut, hatte immer weiter gedrückt, bis in den Taumel ihrer Kräfte, weil sie es nicht mehr aushielt, als die unglücklichste aller Mütter zu gelten wegen dieser Schreie, die nicht aufhören wollten und den Leuten auf die Nerven gingen, aber sie hatte nicht an das Schlimmste gedacht, hatte vergessen, dass es ein Kind war, ein unschuldiges, wie es unschuldiger nicht hätte sein können, vergessen auch, dass ein Kind ein Engel ist, der immer lärmt, dass ein Kind ein Schatz ist und dass ein Schatz etwas ist, was man nur schwer erlangt, was den Geist nicht in Ruhe lässt, selbst wenn man ihn sorgsam in Händen hält, und jetzt hatte sie ihren Schatz verloren, weil sie ihn für einen dummen Spielverderber gehalten hatte, der Kleine hatte sich widersetzt, aber vergeblich, am Ende war er gestorben, ja, war auf einmal leblos, die Augen weit offen, und als die Frau es merkte, war es zu spät, der Vogel hatte sich aufgeschwungen zur großen Reise, weit weg von dieser tragisch theatralischen Welt, aufgeschwungen in die Kulissen, hinter die Vorhänge, dorthin, wo der Kleine dann auf seine Mutter wartete, denn ihr blieben, jawohl, auch ihr, nur ein paar Minuten dieses tragischen

Lebens, bevor sie ihrem Kind wiederbegegnete, aber wie auch immer, dieser Säugling sollte enden wie so viele andere Kinder, die das Meer, das Anjouan von Mayotte trennt, zusammen mit ihren Müttern schon in der Stille verschlungen hat, und würden wir die Frauen und Kinder zählen, die allein das mahorische Meer verschluckt hat, seit der Text dieses Stücks, das wir spielen, unter den Augen seines Verfassers immerzu entstellt wird, dann wüssten wir, wie jämmerlich herzbehindert die Hauptdarsteller sind, was nichts daran ändert, dass das Schauspiel weitergeht, dass man zum illegalen Einwanderer wird oder umkommt an dieser Sterbestatt, egal, wichtig ist, dass das Schauspiel weitergeht, darauf kommt's an,

die Mutter schrie aus Leibeskräften, und ebenso fest drückte sie den Körper des Kindes an ihre Brust, andere Frauen weinten auch, jammerten und flehten zu Gott, schon schrien alle Kinder, und dann war dieser elende Nachen ein einziges Schaukeln, er sprang hoch, schwankte wie der schlimmste Säufer, ja, wie Voilà, kippte auf die eine Seite, dann auf die andere, die Wellen schüttelten uns, warfen uns hin und her, dann durcheinander, als wären wir der letzte Dreck, bis wir uns auf einem Haufen wiederfanden, zusammengeklumpt, die einen auf den anderen, wie Kraut und Rüben, die Schenkel der Frauen und die Oberkörper der Männer entblößt, die Kinder, die unter dieses erbärmliche Gemenge gerieten, erstickt, und nur noch Schreie waren zu hören, begleitet von schmerzerfüllten Jammerlauten, von Schluchzern und Seufzern, und alles versuchte aufzustehen, um sich wieder richtig hinzusetzen, aber der einen Welle folgte die nächste und immer so fort, ich konnte nicht mehr, fast alle Frauen waren ebenfalls erschöpft, ich rührte mich nicht mehr, genau wie sie, die Männer versuchten weiterhin, auf die Füße zu kommen, riefen um Hilfe, so laut sie konnten, das waren diese Memmen, die glauben, es reiche, zwei Bällchen zwischen den

Beinen zu haben, um sich als Mann zu fühlen, Waschlappen allesamt, ein Mann, der dieser Bezeichnung würdig ist, schreit im Angesicht des Todes nicht wie ein Geistesgestörter, bescheuerte Schreie waren das, was macht euch Angst im Tod, ihr Minderbemittelten, oder habt ihr vergessen, dass die Bühne euch nicht bis in alle Ewigkeit gehört,

niemand kannte mehr seine Gebete, gab es denn keinen Gott mehr oder was, die Leute schrien sich die Lunge aus dem Hals, damit die Polizei uns entdeckte, damit sie uns ins Gesicht lachte, auf uns spuckte, uns Handschellen anlegte und mit geschwellter Brust aufs Schiff brachte, um uns abzuschieben, was soll dieses Spiel, ich hasse diese Knallchargen, man muss ernsthaft seine Rolle spielen, wie ein Aal, das sagte ich bereits, glaube ich, aber niemals, nicht eine Sekunde hätte ich mir vorstellen können, zu einer Überlebenden zu werden wie Rescapé, dieser Schisser, den man vor der Küste von Mosambik gerettet hat und der es wagt, mit der Frau seines Freundes zu schlafen,

von der Polizei dort drüben wollte ich nichts hören, ich dachte nur, verzieht euch, und hielt schön den Mund, ja, zugesperrt, Schloss davor, um nicht einzufallen in diesen derben Humor, es tat mir schon in den Ohren weh, nicht weil ich unerschrocken gewesen wäre, gar nicht, mein Herz trommelte wie wild, aber ich schaute verächtlich auf diese Männer, die nur brüllten, und mitleidig auf die Frauen und Kinder, die nur weinten, und ich fragte mich, ob das noch dieselben Personen waren, die vor ein paar Stunden erst so voller Tatendrang gewesen waren, sie kamen mir seltsam vor, mit einem Mal kreuzunglücklich, ich war bereit, mein Schicksal als Aal anzunehmen, und sie, sie wollten alle Überlebende werden, diese Naivlinge, dachten doch tatsächlich, sie würden dem Tod von der Schippe springen, und nicht nur das, Überlebende in Handschellen, verjagt wie die

Hunde, versteht ihr, was ich sagen will, wozu losfahren, wenn ihr schon damit rechnet, dass man euch wie Hunde behandelt, nachdem man euch einkassiert hat, als wärt ihr die übelsten Halunken, sagt, wozu den Teufel versuchen, tja, das Gewünschte haben sie nicht bekommen, sie hatten sich geirrt, denn niemand hörte uns, niemand kam, und, glaubt mir, niemand hat uns gerettet, eine Farce war das, was sie da spielten, alle sind sie umgekommen, nur ich bin immer noch da, komme in den Genuss einer Extrazeit, um ins Leere zu sprechen, seht ihr jetzt, wie das Schauspiel abgelaufen ist, für eine kleine Zeit bin ich immer noch am Leben, dank diesem Behälter vor mir, während die anderen längst Futter für die Fische sind, selbst für die größten Feiglinge unter den Fischen, das ist der springende Punkt, kein Fisch wird mich fressen, aber was rede ich, he, Anguille, schon lange her, dass du keinen mehr gepichelt hast, was ist los mit dir, du bist doch nicht bekloppt, was ist, hast du vergessen, wo du bist, du bist hinüber, meine liebe Anguille, du erntest, was du gesät hast, hast es verdient, wie ein wahrer Aal zu sterben, ja, wie deine wahren Schwestern, und dann verschluckt zu werden von einem wahren Nimmersatt, einem Hai oder auch einem Pottwal zum Beispiel, oder bist du kein Aal, wozu all die ungereimten Gedanken, aber plapper ruhig weiter, wenn du so ein Sturkopf bist, wirst schon sehen, was gleich kommt, hörst du jetzt endlich auf, dumm zu quatschen, du hohle Träne, dir bleiben nur noch ein paar Sekunden, und was tust du, bläst dich auf, bloß weil du noch am Leben bist, ganz schön dreist, das Leben ist nichts Besonderes, das weißt du sehr gut, sei einfach, was du immer gewesen bist, und stirb, wie es sich gehört, jaja, verstanden, wo ich das Ende schon rieche, warum sollte ich mich nicht beeilen,

es ist lausig kalt hier, ich muss schnell fertig werden mit dieser Szene von dem Kwassa Kwassa, schon richtig, ich komme also zurück auf die große Gefahr, der wir uns am Abend ausgesetzt sahen, dabei weiß ich nicht mal, ob es überhaupt richtig Abend ist, da ist niemand, der es mir bestätigen könnte, aber das juckt mich nicht, ich spreche weiter zu euch, als wärt ihr da und würdet mir zuhören, ihr, die ihr mich nicht hört, ja, und dann wurden wir ein letztes Mal durchgeschüttelt, rums, und alles war still, jetzt erinnere ich mich auch, wie ich mich für einen Moment am Himmel habe dahingleiten sehen wie einen Vogel, mitten im Windloch, und dann, wosch, in die Fluten, ich bin untergetaucht, ringsum alles schwarz, nur das gurgelnde Wasser konnte ich hören, bevor ich wieder aufstieg an diese gespenstische Oberfläche, wo ich mich jetzt befinde, und da bin ich nun, hervorgetaucht wie ein Eisberg, es wehte ein höllischer Wind, ich war ganz in der Nähe dieses Tanks ins Wasser gefallen, an den ich mich jetzt klammere, Gott sei Dank, ich weiß nicht mal, wie man schwimmt, schwimmt man mit dem Kopf oder eher mit dem Hintern, könnt ihr mir das bitte sagen, ich habe nicht die geringste Ahnung, aber ich nahm all meinen Mut zusammen, schwamm auf Teufel komm raus, obwohl, schwimmen würde ich das gar nicht nennen, ich planschte wie eine Ente in einem aufgewühlten Teich, ächzte zum Erbarmen, aber ich legte mich ins Zeug, um an den Behälter heranzukommen, war schon voller Salzwasser, ja, ich hatte Wasser geschluckt, mein Bauch war ganz prall, aber ich kämpfte weiter, gegen alle Widerstände, man muss beherzt sein und zupacken, um sich zu verdienen, was ich im Moment habe, das heißt diese Zeit, die man mir gewährt hat, damit ich meine Bilanz ziehen kann, denn eine Bilanz hat mein Leben verdient, ich bin eine ganz und gar eigene, ebenbürtige Welt, jedes Organ meines Körpers ist ein Kontinent und jeder Augenblick meines Lebens ein Ozean, ich habe euch gesagt, dass ich gerne mal alle Ecken meines Gehirns besuchen würde, vielleicht schenkt man mir ja noch etwas Zeit, die Frage, die ich mir stelle, ist demnach, ob ich tatsächlich noch für eine gewisse Zeit lebe oder ob ich schon tot bin, ich wage mal folgende Schlussfolgerung, man lohnt mir diesen Mut, lohnt mir alles, was ich bis hierhin habe erzählen können, ich habe es geschafft dank meinem Mut und diesem Bootstank, und dabei bin ich nicht schlecht gefahren, also weiter, bevor man mir meine Lampe wegnimmt und ich für immer und ewig einschlafe,

ach ja, der Tank, keine Sorge, ich halte ihn fest an meine Brust gedrückt, in meinen Armen wie einen Geliebten, einen wahren Geliebten, und ein Geliebter ist er ja, ein wahrer Geliebter ist nämlich einer, der euch das Leben rettet, und sei es für ein paar Sekunden, ein paar Minuten oder ein paar Stunden, egal, vor allem aber einer, der nicht Reißaus nimmt, solange ihr selber ihn nicht gehen lasst, und das ist dann ein Zeichen von Undank, nur glaubt mir, so einer ist ein taubstummer Geliebter, aber ein treuer,

geohrfeigt und geprügelt von wild gewordenen gigantischen Wellen, hörte ich undeutlich die Schmerzensschreie und Hilferufe, und trotz des ohrenbetäubenden Donnerns dieser Ungeheuer, die man Wellen nennt, konnte ich gerade noch die Stimmen der Frauen von denen der Männer unterscheiden, die Kinder und die Säuglinge waren vielleicht schon in den Kulissen, ich weiß nicht, mir klebte die Zunge am Gaumen, obwohl mein Bauch voll Wasser war, ich konnte immer noch nichts sehen, wusste nicht mal, woher diese geisterhaften Schreie kamen und diese Schläge, die auf meinen Körper einprasselten, und dann, ein paar Sekunden später, begann alles, was ich mit den Ohren und dem Körper erfasst hatte, zu schwinden oder sich der Wahrnehmung zu entziehen, Gott weiß, ob ich lüge, es war wie in einem Traum, die Laute schwanden, als entfernten sie sich und versänken in einem Abgrund, immer tiefer und tiefer, die Schreie ähnelten jetzt einem kläglichen Heulen, das sich im Endlosen verlor, an das Weitere erinnere ich mich nicht mehr, bitte entschuldigt, ich glaube, ich bin ohnmächtig geworden, ja, so war es,

und kaum bin ich wieder zu mir gekommen, sehe ich nichts, höre ich nichts, spüre ich nichts, aber das ist kein Körnchen wert, ich sagte es bereits, glaube ich, es bringt nichts, das immergleiche Lied zu singen, Aalterrine wieder und wieder, wozu soll das gut sein, belangloses Zeug, was zu viel ist, ist zu viel, denn wenn man nur wiederholt, was man schon gesagt hat, verschmutzt man nur die Umwelt und damit den Verstand und alles, was einmal gesund war, lieber knattern wie ein Esel, statt die Worte wiederzukäuen, bis sie leer geworden sind, aber erlaubt mir, euch eine andere Frage zu stellen, vielleicht die letzte, wer weiß, aber was meint ihr, wo könnte sich wohl der Hauch einer Spur von diesem ganzen Haufen finden, ein Leichnam etwa, ein Kopf, ein Fuß, ein Auge zumindest oder bloß eine Haarsträhne, gar nichts, verstehe, dann auch nicht die Spur eines Wracks, als hätte man diese Fluten gereinigt, ja, als wollte man die Sache vertuschen und hätte mich absichtlich übersehen, damit ich auf eine Art Erpressung eingehe, in nebelhaften Gedanken versinke, den Kopf hängen lasse, kurz, damit ich bereue und all die um Verzeihung bitte, die ich getäuscht oder verletzt habe, angefangen bei Connaît-Tout, klar, aber von wegen, nicht mal die Todesqualen können mich beeindrucken, ich habe nicht die geringste Angst, spüre keinen Kummer, kein Bedauern, wer hat schon einen Aal gesehen, der zurückweicht, nicht mal ihr, die ihr nicht wisst, was das heißt, sich im Aalgang zu bewegen, nicht mal ihr könnt euch vorstellen, dass ein Aal zurückschlängelt, das wäre reine Feigheit, ein Aal stürzt sich immer mit gesenktem Kopf voran, das sage ich euch ganz offen, merkt euch das gut, der Teufel soll mich holen, wenn ich lüge, ein Aal bereut niemals, hat er sich erst in den Nebel gestürzt, kann nichts ihn mehr aufhalten, nicht mal die Feinde der Freiheit, ich selber habe mir ausgesucht, wie ich lebe und was ich tue, so wie man sich für eine Strecke oder eine Geschwindigkeit entscheidet, und hier ist der Ort, an dem ich anhalten musste, an dem ich sterbe und hinübergehe, mitten in einer Aalerei, und so gebe ich mich hin, Hals über Kopf und furchtlosen Herzens,

he, was zum Teufel wollt ihr von mir, woher dieses bittere Dunkel, das meinen ehemals beschaulichen Geist weiter heimsucht wie die Übellaunigkeit des Meeres meinen reglosen und unbeschwerten Körper, Himmel, darf ich mich noch einmal erinnern, ich vergesse alles, und woran ich mich erinnert habe, schmilzt dahin wie Schnee in der Sonne, meine Bilder verschwinden, aber einem Aal zuliebe, bitte, wer hat mein gespenstisches Federvieh verscheucht, wer seid ihr, wo bin ich jetzt, ist das die Hölle oder das Paradies, es gibt Dummköpfe, die werden es nicht lassen können und sich zu einer Antwort aufschwingen, als wüssten sie tatsächlich, was das ist, ein Paradies oder eine Hölle, und dann wagen sie noch zu behaupten, sie wüssten, wohin sie gehen nach ihrem Tod, pff, da pfeif ich drauf, wohin man mich schickt, das bekümmert mich nicht, die Sonne scheint für alle, und ob ich bereits in der Welt der Manen bin oder eher in der Welt der Lemuren, das ist mir egal, so was von egal, ich bin zu allem bereit, jawohl, das geht mir sonst wo vorbei, an Land jedenfalls war ich eine Huri, ein Engel, ein Stern, eine Göttin, wovon immer ihr träumt in eurem Wahn, ich spreche zu euch, ihr Nimmersatten mit euren steinernen Herzen, die ihr von einer solchen Frau träumt, also ehrlich, ein Schwachsinn ist das, eine Eselei, eine Sauerei, Schweine seid ihr, allesamt, keine Schweine aus der Herde Epikurs, nein, ganz einfach Schweine, ihr denkt bloß daran, den Röcken hinterherzulaufen, an nichts anderes, eine Welt ist das, wo der Stern an einem dunklen Himmel leuchtet wie das Schreckbild eines Werwolfs, wo der Duft, den die Rose verströmt, die Gesundheit belastet und wo der Gesang der Vögel in den Ohren schmerzt, ganz einfach weil die Seelen elend verdorren, und das nicht wie das Blatt an einem Baum,

um Gottes willen, he, wo bin ich, was ist das, soll das heißen, es ist Zeit, in die Kulissen abzutreten oder was, ich bin dran, nicht wahr, ja, ich weiß, dass es vorbei ist, auch wenn ihr es mir nicht sagt, es ist aus für dich, Anguille, du dummes Ding, man muss es nicht komplizierter machen, als es ist, und fertig, so geht jeder Aal dahin, Mutsamudu, meine Liebste, die Medina, mein Schatz, im Angesicht des Endes meiner tiefsten und dunkelsten Träume empfehle ich mich in aller Demut, das köstliche Land habe ich verloren, verliere mich in den tosenden Wellen, um zu verschwinden inmitten der Blitze dieses diesigen Himmels, und jetzt, da ich, uff!

Jasmin Schreiber *Marianengraben*

Paula braucht nicht viel zum Leben: ihre Wohnung, ein bisschen Geld für Essen und ihren kleinen Bruder Tim, den sie mehr liebt als alles auf der Welt. Doch dann geschieht ein schrecklicher Unfall, der sie in eine tiefe Depression stürzt. Erst die Begegnung mit Helmut, einem schrulligen alten Herrn, erweckt wieder Lebenswillen in ihr. Und schließlich begibt Paula sich zusammen mit Helmut auf eine abenteuerliche Reise, die sie beide zu sich selbst zurückbringt – auf die eine oder andere Weise.

»Eigentlich kann man gar kein Buch schreiben, das vom Sterben handelt, gleichzeitig sehr lustig und tieftraurig ist, sich aber anfühlt wie ein Roadmovie. Wie gesagt: eigentlich!« *Sascha Lobo*

Jasmin Schreiber, geboren 1988, ist studierte Biologin und arbeitet als Kommunikationsexpertin und Autorin. 2018 gewann sie den Digital Female Leader Award und wurde als Bloggerin des Jahres ausgezeichnet. Sie arbeitet ehrenamtlich als Sterbebegleiterin und Sternenkinder-Fotografin. Das Internet macht sie auf Twitter unter @LaVieVagabonde unsicher. Jasmin Schreiber lebt in Frankfurt am Main.